台北人　著

曾經他是
整個
花花世界

目次

上部

0

我跟她之間很多問題是無解的。

就像我始終不明白，她究竟看上我哪裡。

或許她就是個本質浪漫的姑娘，而她想要的東西，只有在愛情故事裡才會有。

1

我從不害臊盯著女人的臉和胸，所以看得清清楚楚。

那女孩十六歲，就住在樓下，上下鄰居，我們既不熟悉，也不算陌生。好幾次在狹窄的樓梯間匆匆一瞥，她背著書包，穿著校裙，一頭規矩刻板的齊耳短髮，樓梯陰暗，只隱約看出是個白淨的女學生，左胸口繡著學號姓名，青色繡線在制服上纏繞出兩個字：

文靜

2

文靜校裙上的每條褶子永遠熨得工工整整，安靜地貼伏在腿上，走得快點還會發飄；她愛乾淨，腳上的白布鞋總是一塵不染。我騎著摩托車，載著她騎回老家那條公路，我把她抱起來丟下海，看她在海裡拚命掙扎，我才知道她是隻旱鴨子，根本不會游泳。

我帶她去過很多地方。好比情侶那般到處約會。

我帶她跳上泊在碼頭邊的無人漁船，那些菸蒂酒罐塑膠袋在烏黑的河面上零零落落地漂浮，她柔順地靠在我肩上，我們一起遙望對面的觀音山、欣賞眼前臭不可聞的河海，交換了一個又一個潮濕的熱吻，漲潮時分，我解開了她的胸罩，裙子一掀，幕天席地，她終於躺下了——

女人只要躺下，男人就痛快了。

那天的夕陽就像傾盆倒下的熱油，澆淋在我和她的皮肉上。完事後，她問我愛不愛她，我沒理她。她非要我給她一個答案。我表面沉溺在射精後的疲憊中，實際上已在心裡盤算如何擺脫這個話題，於是想也不想就說：「妳要敢跳下去，我就告訴妳。」

我當時也就是隨口一說。

哪知道她真跳了下去。

我忘不了那一幕。噗通一聲，水花四濺，白色的裙擺在黑綠色的鹹水中猛然綻放，在這條堆積了一世紀的垃圾河裡，開出一朵狀似烈焰的生命之花——

3

八年前的這一天我孑然一身踏進了監獄，在此之前，僅花了一個下午不到的時間，將自己近三十年的人生交代完畢。

預想中，那些暴力陰暗的逼供手段都不曾出現，我以為在這種過程當中，起碼會有兩個大塊頭，一個拿著厚如磚頭的電話簿，一個拿著鐵鎚，在黑漆漆的小房間裡對我嚴刑拷打，我想我至少能堅持二十分鐘，直到二十分鐘後，才丟盔棄甲，痛苦不堪地投降，「我說、我說……」

然而這些通通沒有發生。

那些警察的目光總讓我想起以前家中天花板上的那些壁虎，牠們總是長時間地趴在一個位置動也不動，黑芝麻粒似的眼珠流露出一絲陰冷，毫無感情地盯著你看，直看得人背脊發寒……

「配合點，我也輕鬆，早點完事，對大家都好。我是個講道理的人，也不想把場面弄得太難看，沒必要，要換做其他同事可能就不是這樣了。」

那警察話裡話外將我威脅恐嚇了一頓，要我將一切交代清楚。毒品怎麼來的。拉皮條多久了。是否還有同夥。進行過多少次交易。跟那女孩怎麼認識的。是否有不正當關係云云——

一切細節必須交代。

其實他大可不必這麼威脅我。從我進來那一刻開始，就沒想做無謂的掙扎。只是不確定所謂的「細節」究竟是個什麼標準，多細、得細到什麼地步，又該從何坦白。

有時過去這種東西就和女人一樣，當你越想給它一個交代，往往就會變得無從交代。

不過我還是全力地配合，於是在腦中想了下措辭，態度良好地回答，「是有些關係。」

那個警察一臉嚴肅地問：「什麼關係？具體點。」

「性關係。」我一本正經地回答。

那警察喔了一聲，追問第一次是在什麼情況下？在哪裡發生？是否被我強迫等等……

我認真回憶了所謂一切的「細節」，看著那警察面無表情的臉，不僅不感到畏懼，甚至還有一絲平靜過頭後產生的亢奮、痛快。

人對於苦難的適應力強，當我開始對未來不抱希望，反而無比樂意做一個誠實的人。

我甚至開始擔心時間不夠用，不夠我交代自己的一生。

「我沒強迫她。」我說。

「第一次在我家，她自願的。她非常主動，老是來給我做家務，給我擦地洗碗洗內褲，我一時被她感動，才半推半就跟她上了床。她騎在我身上，雖然胸部很小，但皮膚很白……」

那警察面無表情，我也不知道他信不信我，只能接著招供：

「……這種事有一就有二。我們不存在買賣關係。就是我想了，她也願意；她想了，我也願意而已——」

……

那警察又問了許多問題。尤其執著於我和文靜一共發生了幾次性關係。這種事怎麼可能掰著指頭一一算過，隨便答了個三十五次。那警察一眼就看穿我在扯淡，嘴角勾出一抹冷笑，說你這樣不行，細節不夠。

於是我老實回答：不知道，幹過很多次，記不清了。

警察循循善誘，這會兒又開始扮好人了，還拿了張紙讓我寫出來，他盯著我寫，也不催促我。這種感覺彷彿回到了初中時代，那時我和阿龍一天到晚被訓導主任喊去辦公室寫悔過書，在一把三公分粗的教棍面前，讓我累積了相當的經驗，懂得如何避重就輕。

我在紙上言情並茂地詳述了我和文靜最後一次發生「不正當關係」的場景以及點點細節：那天我們跑去了淡水河，那個下午太陽很烈，河水很臭，到處都是垃圾，還有條野狗在岸邊蹲著撒尿。嚴格說來，這算是我們第一次約會。那時我們倆正好著，就像普通談情說愛的男女那般，在老街上到處遊晃，在一條無人的漁船上等待日落，然後開始打炮——寫到這兒我頓了一下，忽然覺得這麼交代好像太過粗俗，不夠文雅，於是劃掉，改成了野合，寫完還是覺得不太合適，再劃掉，寫做愛……

那警察就在對面冷冷地盯著我看，也不催促。

在那個四面蒼白、壓抑無比的小房間裡，我漸漸感受不到那道審視、又鄙視的目光，獨自沉浸在一股「迴光返照」的投入之中，開始口不擇言，想到什麼就一股腦地往外倒，語速極快，交代得越多，精神越旺，停不下來。

我原以為自己的故事就是說上三天三夜都說不完，可直到坐定開口後才發現徹底相反。我想交代一切，可現實如此貧瘠，有時一句話，就是半輩子了。

4

有人說，當一個人開始頻繁地想起遙遠之前的過往，通常有兩種可能：

一、是你老了。

二、是你快死了。

我不知道自己是哪一種。

裡面的日子確實窮極無聊，當生活逐漸步入一潭死水，才發覺越叫人感到窮途末路的往往是時間。

後來文靜的面孔逐漸在記憶裡模糊，我開始難以想起她的樣子，那套校服始終如鬼似魅地糾纏於我夢中，綠色的浴缸，發霉的牆，白色的襯衫，黑色的裙子，還有一缸不斷溢出來的冷水，我時常沒來由地驚醒，滿頭汗地睜開眼，全身發麻不能動，搞不清自己身在何處……

我常常在深夜的一片鼾聲中失眠，牢房的夜晚顯然不適合獨自清醒，一個人一旦睡不著覺，很多東西會一下嘩啦啦地淹進腦袋，淹進眼睛，在那片漆黑之中，眼前茫茫一片，過去反而變得無比清晰。

5

二十年前我偷了我二哥那輛不知從哪偷來的綠皮偉士牌，離開車路崎之前，留下一張字條給我奶奶，卻壓根忘了她不識字。豔陽烘烤著公路邊的野草，我一頭扎進鹹澀的海風中，懷抱滿腔幻夢，從白天騎到天黑，最後在新店溪棄車，天地之大，除了年輕，我一無所有。

我發現我喜歡這座擁擠、混亂的城市。繁雜的樓廈車流，路燈電線，舞廳商場，以及街上鮮豔摩登的青春男女，這裡的一切與前十九年我在老家的生活有著天地之別，那股揮之不去的藻腥氣徹底消失了，在這裡，連空氣中的味道都不再一樣。

二十初頭的我，骨子裡已是個市儈至極的俗人，我徘徊在中華路的天橋上，混跡在濃豔的夜浪中，同身邊那一顆顆晦暗不明浮動而過的人頭一起仰望那些巨大的、燈紅影綠的霓虹看板，深深感受到繁華的吸引力，我心裡恍惚想著：一個人要是在年輕的時候早早超脫了，往後的日子還有什麼意思？不如直接去跳樓呢……

這座城市的夜晚被數不盡的金錢彈炸得亮如白晝，火爆又繁華的黑夜就像一道巨大的龍門，看上去人人可躍，它是一道瘋狂的洪流，把時間往回倒退至二十年前，我亦是被欲望淹沒過的小卒之一。

我叫許放，曾是一名色情掮客，呈堂之上，罪孽從此開始——

6

作為一個皮條客，我無意深入了解一個女人的過去，只在乎她是不是一個麻煩。

初初見文靜，我就沒什麼好感。

討厭一個人不需要什麼理由，我天生就不喜歡那種看起來文謅謅的讀書人，當時我並不承認自己只是看她不順眼。只是一種長年浸淫在妓女堆裡打磨出的直覺：一個十六七歲的未成年少女，眼底太多內容，一般沒什麼好事。

在這棟公寓住了三年，跟她算是上下鄰居，經常在那條樓梯間碰見她穿著制服背著書包上下學，一個女學生一個皮條客，從未打過招呼。

那條筆直到底的樓梯，長年故障的燈泡，黑漆漆的望不到底，暗紅的檳榔汁濕漉漉地烙在階梯上，好似一張血盆大口，隨時能把人一口吞沒。菸蒂紙屑散落樓下的水溝蓋上，蒼蠅嗡嗡亂飛，樓道經常迴盪著渾沌模糊的吆喝與洗牌聲，忽大忽小，忽遠忽近，再往上爬，直到陰影幢幢的三樓，就是我家了。

幾年前我離開阿龍他父親的工地，也順邊從我兄弟阿龍家搬了出來，漂泊了幾個地方，才在廣州街這棟陰濕破敗的公寓裡安了家。

搬進去的時候，文靜那一家就已經住在樓下，有陣子我時常見到她父母在附近一塊進出，看上去也不是什麼正常家庭，夫妻倆瞧著年紀都不大，不像能有個文靜這麼大的女兒，尤其是那個男人，和文靜站在一塊，與其說是父女，更像是兄妹……

什麼人住什麼房子。

廣州街這地方入夜之後燈紅酒綠，這棟破公寓進出的男男女女，大多不是什麼正經人，包括我自己。

上下左右的鄰居，天天在同一條逼仄的樓道內擦身而過，什麼人什麼貨色，瞥兩眼就心裡有底——這是種長期蝸居於下九流中的神通，雖然互不相識，卻不妨礙彼此互相鄙夷。

我三樓對門就住著個風騷的暗娼，上了年紀，打從我搬進來第一天，就知道她是幹什麼的。那女人三天兩頭帶著各式各樣的散客回家，有時甚至夜不閉戶，家門就那麼半敞著，一縷幽紅的光線就從門縫內流洩而出。那女人經常大半夜披散著頭亂髮，身上就穿著件豹紋乳罩和內褲，大喇喇地蹲在門口抽菸，兩條岔開的白花花大腿，彷彿塗了螢光劑似的，在陰暗的走廊泛著葷腥的油光，眼角的皺紋也在這般黑夜裡通通隱去。

我心想，難怪有人道夜晚是女人回春的時刻，這話果真沒錯。

對門那女人晚上一看，比白天年輕了六七歲，乍看上去就像三十出頭。那一身將垮未垮的皮肉，每天晚上就掛在三樓的門口晃來晃去，散發廉價又濃烈的香水味，有時聽對面那叫聲，光是這棟公寓裡的，就不知道多少人關照過她生意。

和她做了三年對門鄰居，她也沒少對我拋過老媚眼：

「帥哥，要不要啊？姐姐算你便宜啊。」

我是從不踏進她的門，但無礙有時用眼角瞄兩眼那對碩大的胸房，反正看一看也不要錢。

文靜一家三口就住二樓。

她那個媽一看就是個在夜場討生活的，總是晝伏夜出，塗得濃妝厚粉，妖嬈亮麗，時常三更半夜醉醺醺地和她男人在樓梯上演全武行，鬧得鬼哭狼嚎的，整條樓梯都是他們的聲音。

那對夫妻三天一小吵，五天一大吵，頻率幾乎和我隔壁那對中年夫婦一樣。

這棟公寓的隔音相當差勁，我人在三樓，夜半在床頭抽菸吃消夜，就一邊聽樓下又在那兒唱大戲，聽那女的罵她男人，罵來罵去也差不多都是那些詞，沒什麼創意，「啊！渾蛋！王八蛋！畜牲！你就不是個男人！」要不就是咄咄逼人的吆喝：「出來！哭什麼哭？妳是我生出來的！說啊！妳要跟誰！」……

文靜的爸是個英俊高瘦的男人，三十出頭模樣，卻有個十五六歲女兒，長得也不太相像，起初我沒少帶著猥瑣的惡意揣測過他們究竟是不是親父女。

我曾見過他和文靜一塊站在樓下按摩店門口說話，那男人穿著件藏藍色夾克，腳踩藍白拖鞋，叼著根菸，側面有點像《八道樓子》裡的吳營長，又比吳營長油氣得多。當時他正從皮夾掏錢給文靜，我經過旁邊，就聽見「吳營長」打發人似地：「晚上自己去吃。」說完就走進了那間生意火爆的按摩店裡去。

我無意深究那個午後文靜怎麼會突然跑上來敲我家的門。

我脾氣不算好，從小就有起床氣，到了夏天更加嚴重。中午我一般還沒睡醒，就有人來敲門，我本不想理會，誰知道那人鍥而不捨，敲個不停。我一肚子火立刻竄出來，跳下床，拉開大門，門上的鍊條差點沒綳斷。

我面色不善，盯著門縫外徬徨不安的女孩，我憋著火，滿腔暴躁。

那是我第一次近距離觀察她，長相說不出有什麼特點，就是年輕、白皙，頂青澀的一張臉。

她臉色不太好，聲音很輕，看起來緊張又侷促。她先朝我道歉，接著問我能不能讓她進來，她遇到了點困難，想請我幫忙。

「……」

這一覺把我睡得滿身汗濕，臉沒洗，牙沒刷，鬍子也沒刮，渾身就穿了一條四角內褲。

「不能。」我直接拒絕她。

可她不僅不走，還伸手卡在我的門板上。膽子還挺大。

我抹了把臉，吐出一口長長的濁氣，盯著她說：

「小妹妹，有事就去找警察、找親戚，找隨便哪個認識的……找我，我看起來像好人嗎？」

她抿著嘴，也不說話，那表情說不清是什麼意思，可能是羞愧，可能是請求，一雙眼睛拚了命地眨個不停。

但我一點都不心軟。

她可能察覺到我的企圖，僵持中，把半條手臂幾乎插進我家門縫內，貼著門框，五根泛白的手指牢牢摳住我家門板，阻止我關門的念頭。

我相當不客氣地打量她，面無表情，怕她聽不清楚，幾乎一字一板地說：

「知道我是幹嘛的嗎？」

她沒答話，一張臉漸漸憋紅，上下兩片嘴唇微微張開嘴，喉嚨隱隱發出咕嚕一聲。

我懶得跟她繼續玩僵持，說：

「知不知道什麼是皮條客？妳還是處女嗎？

「幫妳——」我嗤笑：「幫妳拉皮條啊？」

……我已經忘了那天是幾月幾號，只記得那是個夏天，旱得新店溪都露出了大半個河床。學生還在放暑假，滿大街亂竄的少年人就像我們車路崎老家後面那片發了瘋的野芒草，要麼一根都不長，一長就是一大片乃至占據半個山頭，張牙舞爪，隨處可見。

文靜並沒有被我嚇走。

這個十六歲的女孩鎮定得出乎我意料。

最後我還是讓她進了門。

二十分鐘後，她又走了。

那就是我和文靜第一次交談。

氣氛不算友好，就和全天下大多女人即將投身火坑的場面一樣，很公式化，沒什麼特別。該說的我都說得很清楚，她垂著眼，不時點個頭，整個過程安安靜靜的，我發現這女孩人如其名，話少，總是耷拉著腦袋，看起來心事重重的，而我對她唯一那點好感，就是她沒玩哭哭啼啼那一套。我問她還是不是處女時，她抬頭看了我一眼，眼珠子黑黝黝的，裡頭靜靜地跳著一簇幽火，也不燒人，就燒她自己，我直直盯著她，吸了口菸，心裡嘁了聲——心想，果然人不可貌相。

我讓她回家等「通知」，並告訴她在此之前隨時可以反悔，反正一切都是她自己的選擇。我對於她背後的難處一點興趣都沒有，那些跳火坑的故事，說起來都大同小異，人活一輩子，要麼撞上錢，要麼是撞上現實。

生活就是如此一隻大手，別說她，就是我自己，也都身陷其中，難以自拔。

7

我十九歲離開那年，老家還是沒有電視機。

初時來到台北，我無處可去，身邊除了一台二哥偷來的車，半毛錢都沒有。之所以敢這麼幹，憑的也不是一頭腦熱，當時我心想，反正我親大哥也在台北，他的電話號碼我一直隨身攜帶，再不濟，混不下去了，還可以去找他，起碼看在親兄弟的份上，他總不可能眼睜睜看我餓死。

可直到我飢腸轆轆在地下道中睡了兩天一夜後，依然沒有聯繫我大哥，反而豁開了臉，跑去投奔了我初中的老同學李華龍。

我和阿龍認識了十幾年，乃是穿一條褲子長大的玩伴。

我們本是小學同學，初中又讀了同一所學校，從童年到少年時代，打小混在一塊，感情可謂相當深厚，曾在同片牆根撒過尿，打過書包仗，謀害過數學老師那個老娘們，可以說是最好的朋友、兄弟。

小時候我老家沒電視，一到周末，就跑到阿龍家去看連續劇。他家境比我要好不少，至少買得起電視，不像我家，人窮兄弟多，他老爸就他一個獨生兒子，為了這個兒子在外拚死活地做工。

他們家的電視櫃下，錄影帶堆積如山，阿龍說那是他阿爸閒暇時唯一的小愛好，那些影帶全是他父親的。以前《保鑣》開播的時候，我每天放了學就往阿龍家跑。一頭扎在電視機前，看得樂不思蜀，結束的時候，總是不情願搭最後一班車回荒涼的三芝去。

有時玩得晚了，阿龍父親就留我下來住一晚，我就在阿龍房間打地鋪，慢吞吞地拖到禮拜天晚上才搭公車回車路崎去。小時候我對阿龍父親的印象，除了左手的斷指，就是他身上那一股又嗆又辣的藥酒味，聞起來相當醒腦，他父親性格好客，難得在家的時候，也會坐在客廳和我們一起看電視，喝著啤酒，興致高昂。

阿龍的父親是個土水師傅，七〇年代已在台北的工地四處作活，經常好幾天不在家，左鄰右舍一說起賺錢，誰也沒他父親那樣拚命，彷彿鐵打似的陀螺，永遠不知疲倦。

他偶爾會到學校門口接阿龍放學，經常一副灰頭土臉的造型，衣服褲子髒得看不出本來的顏色，踩著拖鞋，手腳和指甲縫裡都裹滿了青白的泥灰，每次看到阿龍，那張板起來凶神惡煞的臉孔，就會咧開一抹侷促又憨厚的笑容來。

以前班上很多同學都以為阿龍的父親是個乞丐，曾經有個男同學不怕死地蹦到阿龍面前問他爸爸是不是臭要飯的，當天就在廁所被阿龍一個水桶罩住頭，尿得滿褲子不說，還被打得滿地找牙。

後來當阿龍告訴我他父親在台北給有錢人蓋別墅的時候，我幾乎目瞪口呆，心想：蓋別墅——聽起來多威風啊！

也是從那個時候起，他父親的形象瞬間在我腦海裡高大起來，以至於日後再見他父親，我總有一種莫名的敬畏、羨慕。原來他父親真不是流浪漢。阿龍經常跟我說他父親的事，他開始學蓋房子的時候，我們都還沒出生哩。

在那段身心動盪的少年時代，沒有大人管，我們經常一起偷看他父親藏在電視櫃下模糊粗糙的三級錄像帶，還時常騎著自行車在鎮上的電動間外徘徊亂竄；我們會溜到淡水碼頭去，在日落時分，跳上空無一人的漁船，躺在甲板上抽菸、打牌，熱烈討論英文老師那顆渾圓得不科學的屁股。那時候我們幾乎形影不離，差距不大，生活單純，比親兄弟還親。

有一回，我在船上問阿龍以後想幹什麼，那時他很肯定地告訴我，他以後也會到台北去，他老爸現在在幹什麼，以後他就跟著幹什麼。我聽了羨慕不已，於是伸手卡住他的脖子，我們倆滾成一團，哈哈大笑，「好，你在台北好好幹，等我以後去投靠你，一起幹票大的！」

初中畢業後，阿龍就舉家搬到了台北去，我則繼續在淡水的垃圾高中浪費光陰，此後兩三年跟阿龍幾乎沒再連絡。

我大哥是十八歲那年就孤身到台北闖蕩，出去以後，沒再回家過。不知道為什麼我三哥總是能知道我大哥很多事。我三哥說那年少棒隊打下了世界冠軍，凱旋而歸，長長的車河在台北街頭風光遊動，一路從敦化北路緩緩駛到重慶南路，我都不知道自己那時才幾歲、人在哪裡、又在幹什麼，但我知道，那正好是我大哥離開老家到達圓環的那個白天。

我三哥說那天圓環那兒已湧進了幾千人，放眼望去，人潮狂熱地占領了一條街，堵得水洩不通，頭上綁著布條，舉著旗子，還有人爬上了車頂，尖叫、歡呼，場面瘋狂到了極點。三哥說老大當時就是個土包子，哪裡見過這種大場面，完全不知道發生什麼事，還以為自己遇上了暴動，差點嚇得屁滾尿流。當時他抓緊背包，在人群中抱頭竄逃，「啊、啊、啊」地邊跑邊叫，那點聲音徹底淹沒在人海之中，本來歡天喜地來到台北，瞬間樂極生悲，以為共產黨打了過來……

我們家四個兄弟，我是老么，和大哥相差了約十歲，說不上很親，但我隱隱記得小時候他對我和老三都很不錯，每次放暑假我們偷偷坐車跑到台北去找他，他就帶我們到處吃香喝辣。我和老三第一次吃火鍋、第一次進戲院看電影都是我大哥帶著我們，他已經不再是個土包子，他穿著木屐，一條亮黃色喇叭褲，頭上抹著髮膠，一身騷裡騷包的，每次都一手一個拎著我跟三哥，好像老子帶兒子那樣……

他雖然只有初中學歷，但天生口才好，腦子也很靈光，在音樂教室裡學過唱歌，據說那時和他同班上過課的一兩個女同學，出師後還給瓊瑤的電影唱過主題曲，他一喝醉就老說陳淑樺是他同學，拿這些事到處臭蓋，逢人就說那些大明星他都認識，也不知道是真是假。他在台北的生活似是多采多姿，不過我和老三都是他親弟弟，也了解這人從來吹牛不臉紅的臭德行，對於我大哥這段不時掛在嘴上的那段「黃金歲月」，都是半信半疑。

我們那海邊老家就是個七零八落的風水，人一個個的都留不住。從前留不住我父親，也留不住我母親，再來是留不住我大哥，也留不住我三哥。

後來輪到我步上兄弟們的後塵，在台北無處落腳的時候，就是阿龍二話不說收留了我。

我當時餓得兩眼發昏，老同學闊別幾年，還來不及聯絡感情，我幾乎是臉也不要地對阿龍開口：「兄弟，我需要錢，需要工作，你能幫我嗎？」

阿龍什麼也沒問，拍拍我的肩膀，痛快無比地說，「行啦，你先跟著我幹，累是累了點，但只要有我一口吃的，就餓不死你。」

這話讓當時的我差點熱淚盈眶。

原先我還有點猶疑，這才知道阿龍真的一點沒變，還和以前一樣仗義。

我那時身無分文，阿龍不僅讓我在他家白吃白住了一年多，還介紹我進工地打工。

那工頭是他父親的好友，很照顧阿龍，阿龍自己也在那邊做工，雖然年紀輕輕，但因為他父親的關係，上上下下還算吃得開，我這種外行進去就是純屬賣力氣，阿龍不一樣，算是有技藝在身的，待遇比我們這些粗工好得多。

不過比上不足比下有餘，有了阿龍這個「後門」，少了那群人力仲介夾在中間吸血，我的日子還是比其他人好過上不少。

那時工錢是日結的，每天包一盒二十五塊錢的便當，尼龍蓋掀開，只有兩樣菜，除了重油之外，幾乎吃不出其他多餘的滋味來。

最難的時候，我一直沒找我大哥求助，一路來全是這個老同學幫助了我，且不求回報。

在很長一段時間裡，我十分感激阿龍。

這種發自內心的感激，在我進入工地之後，逐漸壓過了我們之間那份曾經純粹的友情。

很多時候，我不由自主在阿龍面前矮上一截，在工地我從不和阿龍處得過分親近，也不再隨便高喊他「兄弟」，我更像他的跟班，自動自發給他跑腿，幫他拿便當，幫他到「小蜜蜂」買菸買涼飲，連抽菸都搶著幫他點火，那時不少工友看不慣我這副鞍前馬後的行為，人前人後嘲笑我狗腿，我卻樂此不疲，每日在工地和阿龍同進同出，時間一久，還有人以為我們倆搞同性戀……

做苦力不需要什麼高學歷，更不需要什麼凌雲壯志，只要有一腔蠻力，誰都能勝任這份工作。

就這樣，我開始了和磚頭水泥打交道的日子。

就像我曾經和警察交代的那樣，我不是天生下來就是拉皮條的料，去武光頭店裡之前，有兩年我一直跟著阿龍在工地埋頭幹活，腳踏實地領那份一分一角都不含糊的血汗錢，一連二十多天三十六七度的高溫，所有的工友都像條直曝在太陽底下的老狗，拖著舌頭，賴賴喘息，我們每日灌進肚子裡的水都是以公升起跳，工地廁所遠，為了方便，就在牆邊擺兩只螢光橘的塑膠水桶，反正全是男人，也不怕人看，尿急了，褲子一拉，就嘩啦嘩啦地在水桶裡解決。

涼飲喝多了，工友的尿都特別黃。

燠熱的環境裡，強烈的阿摩尼亞混合著各種汗臭、狐臭，把我們摧殘得精神襤褸。我們每天都像隻從淡水河裡打撈起的爛皮鞋，濕漉漉的，汗和著泥，身體就沒有乾過的時候。為了趕工，經常耽誤中午吃飯時間，直到終於能夠找個角落蹲下來打開飯盒的時候，迎面撲鼻而來的餿味，也不知是便當裡乾黃的飯菜，還是身上發皺酸鹹的汗衫。

每晚我拖著灌了鉛似的身體回到阿龍家，昏昏沉沉看著手中的幾張鈔票，感受那陣陣來自胳膊的疼痛與顫動。黑夜中，我開始異想天開。遙想未來某一天的好日子，想吃什麼就吃，想買什麼就買。我懷念幼時我大哥帶著我們夜遊街頭的那種感覺，吃著火鍋唱著歌，夜色很美、風很涼快，有轟隆隆的大冷氣機可吹，還有電視可看。

8

每年到了炎炎夏日，也是武光頭店裡的多事之秋，那群姑娘的陰道總在這個悶騷的季節裡集體發炎。

武光頭是個身高六呎開外的壯漢，人如其名，一顆油亮光滑的頭顱就是他的標誌，年輕時在基隆挖過煤礦，一身猙獰虯結的腱子肉曬得黑中帶紅，在黃燈下總是顯得油亮亮的，在萬華混了二十多年，他那年過四十的老相好仙姐都早已臃腫變形，兩隻乳房猶如布袋似的垂了下來，他仍舊高大威猛。

武光頭是半個聾子。他十八歲時跟著他親戚上山挖煤，遇上礦道爆炸，大難不死，在肩背那一大片陳舊駭人的傷疤，凹凸不平的皮膚上布滿細密的肉色疤痕，整個左耳也只剩下一點細碎肉沾黏在皮膚上，露出一顆漆黑可怖的圓孔，店裡小姐大多怕他那一身暴戾之氣，他脾氣一上來，皮帶一解，能把小姐抽得半死不活。

離開工地後，那些年我就一直窩在武光頭店裡幫忙拉「業務」。

前陣子在他店裡幹了快十年的金虹，身體出了問題，先是反覆高燒，吃了成藥也不見效，後來手腳皮膚開始冒紅疹，其他經驗老道的姑娘紛紛看出苗頭，這兩天晚上圍在桌上吃便當的時候，都在吱吱喳喳地討論，「梅毒，肯定是梅毒啦！」

金虹已經難受得手腳無力，武光頭不願送她出去看病，其他小姐也沒敢給她說話，武光頭讓我到廟口的西藥房買條紅黴素給她擦，看看情況再說。

後巷這邊大多是做皮肉生意的，很多小姐都是這間西藥房的常客，巴掌大的小店面左右夾一排中藥行之間，特別醒目。琳瑯滿目的洋藥盒塞滿了三面牆壁，花花綠綠，異常擁擠，我在這邊混了好幾年，早已和西藥房這個老闆熟透了。

那老闆成天窩在那方狹窄的櫃檯裡看小電視，小小的四方電視擺在櫃檯下，天線拉得長長的，每逢他把音量調得特別小聲，肯定就是躲在底下看黃片，那時我必定弓著腰、踮著腳，無聲無息摸過去嚇他——看他嚇得面色鐵青，我便通體舒暢。

買藥時，我把金虹的情況講他聽，他拿了盒紅黴素，一邊罵，「你當它是美國仙丹啊？趕緊送醫院去，這會死人的！」

「那我也沒辦法，我又做不了主。」我說。

金虹最嚴重的時候，連內褲都不能穿了，她身上開始有了味道，不能再接客，武光頭卻老懷疑她是在裝病，有事沒事就進她房間一把撩開她的裙子檢查，光是自己看還不夠，還要一一把小姐叫進房間輪流觀摩，連我和小馬也難逃其淫威，被迫進去圍觀金紅的下體……

金虹猶如一隻解剖台的母青蛙，四肢皆被釘死，尊嚴像條破抹布，和光溜溜的下半身一樣四處漏風。

後來是小馬這二愣子看不下去，結結巴巴跑去跟他叔叔求情，我在一旁等著看小馬會不會挨罵，哪知過了一會兒，武光頭居然答應了，直接拿錢給我，叫我帶金虹去打盤尼西林。

小馬這年輕人據說是武光頭五服之外的遠房侄子，這門親沾得九拐十八彎，可就是武光頭這麼冷血的人，卻意外地對這個結巴侄子頗為照顧，讓他待在店裡幫忙打掃，跑腿，在外面發發傳單，打打廣告。半個小時公定價，保險套加十塊，開冷氣加十塊。若是成功拉到客人，每個可以抽十五塊錢。即便小馬嘴笨得要死，經常把嫖客搞得不耐煩，武光頭也很少罵他。弄得我經常懷疑小馬是不是武光頭的私生子。

以前小姐們有個頭疼腦熱，基本上都是跑西藥房解決，我第一次帶小姐上醫院打針，才知道原來這盤尼西林得往肌肉裡注射。護士嘮嘮叨叨的，我聽是聽進去了，但基本上沒聽懂，也不明白這針往肌肉裡打，和不往肌肉裡打的區別在何處。

帶金虹去看病那天，正逢農曆鬼門開，騎樓下那些銀樓、錶行、香燭鋪可熱鬧了，滾燙漆紅的金桶，幾乎從街頭擺到街尾，米杯裡插著香，供桌上的零嘴糖果堆積如山，烈陽下鋪天蓋地的紙錢，帶著殘餘的火舌，在扭曲的熱浪中刮起猛烈的旋，彷彿真有一堆看不見的惡鬼在底下瘋狂搶食。

金虹趴在病床上虛弱哀號，面無人色，我在一旁盯著，心裡只覺得奇怪，針分明是往臀部打的，她卻老說疼得整條腿都麻痺了。我看金虹不像是裝的，就多嘴問了一句：「怎麼疼這樣？這正常嗎？」

旁邊那面無表情的老護士臉上流露出明顯的鄙視，好似在瞧什麼髒東西似的打量著我與金虹，以及她掛在腿上的紅內褲。那護士也不為我的疑問解答，只是一板一眼地給我們複誦，聲音不大不小，「多喝水，避免多重性伴侶，保持良好的衛生習慣以及安全的性交習慣……」

我多少能感覺到那個老護士眼底的未盡之語。或許因為醫院也算是個嚴肅的地方。而我已經很久沒有來過這麼正經又嚴肅的地方了，有瞬間，竟因那老護士的態度感到一絲久違的羞恥。

綠色的簾子刷地拉上，那老護士前腳一走，金虹便開始嘀嘀咕咕地罵她「死查某」，我面色訕訕，見她還有餘力罵人，應該是死不了了，就在一旁調侃她，「這次小馬子救妳一命，怎麼樣？是不是想以身相許啊？」

我都要二十八了，金虹比我還大三歲，不像小神龍看起來還似朵清晨帶露的玫瑰，三十歲的小姐，沒青春了，再過十年就真老了，於是她從不樂意聽我們叫她金姐，尤其是小馬，聽他喊姐金虹就要發火。

金虹撇撇嘴，呸了聲，「他也是個沒種的，要許他還不敢要哩！」

我樂了，「我怎麼看妳還有點失落啊？」

「失落個屁，武光頭第一個就打死我！」她忿忿地說。

別看武光頭平時好像對這侄子很不耐煩，嫌他蠢得冒泡，但一有點什麼好的，都不會忘了這個便宜侄子，甚至還私下經常告誡小馬別和店裡小姐走太近，說她們是破鞋，有病，身上不乾淨……

小馬只大文靜三歲。因為話講不清楚，從小到處被欺負，初中逃學又留級，不愛去學校。

據說是那幫同學閒來無事就喜歡聚在一塊「玩」小馬，逼著他當眾讀繞口令，只要小馬舌頭一打結，他們就一起扁他，還會把他的頭摁進拖把槽裡喝水。鼻青臉腫的小馬就經常翹課逃到華西街去，寧願到「叔叔」武光頭那兒躲著，免費給那些小姐洗內衣褲、打掃衛生，也不肯回學校繼續做同學們的「玩具」。

後來小馬高中輟學後，死活都不願再讀書，他也沒什麼志向，寧願窩在武光頭的貓仔間混吃等死。自從武光頭吩咐小馬好好跟著我「學習」後，他就一直老實巴交地跟在我屁股後頭，哥前哥後的喊我。

這小子有個最大的好處，雖然笨，但很好哄，還沒什麼主見，你叫他往東他就不會往西，叫他幹什麼就幹什麼。

我使喚他使喚得越來越順手，時間一久，竟多多少少也覺得跟這小子有點親了，把他當半個「自己人」。

我私下偷撬武光頭客人的事，並沒有刻意瞞著小馬，他也從未到武光頭那告發過我，甚至還會主動幫我隱瞞。

這小子說起來也挺上道，沒什麼壞心眼，跟武光頭那個陰沉的老江湖完全不同，相處起來毫無壓力。

早前我就看出金虹這隻「老牛」對小馬這根嫩草虎視眈眈，她看著小馬的眼神裡總是藏著一隻手，那隻手是屬扒手的，不安分，會撓人，但大抵是更懼武光頭，她對小馬那點意思，往往也只敢在我面前要耍嘴皮子，虛張聲勢罷了。

離開小診所已是晚上，送金虹回去的路上，她連連喊餓，我只好帶她去路邊點了碗麻油雞和一碗乾麵線，又切了盤小菜。

夜市人潮擁擠，嘻笑吆喝，嗡嗡一片，地上滿是菸蒂紙屑，幾個猴囝仔拿著口哨在底下亂竄裝警察，幽暗的巷子裡站著幾個看不清面孔的女人，穿著清涼，鶯聲燕語，和老頭子搭話，旁邊烏煙瘴氣的香腸攤圍著一圈人，炭燻味兒飄滿了整條窄巷。

熱騰騰的湯碗上桌，滿滿一碗，一排燈泡懸吊在頭頂上，金黃色的雞油在湯面上浮動，我啜了一大口，整個喉嚨乃至胃袋開始緩燒起來，很快逼出一腦門汗，痛快極了。

金虹索然無味地吸著那碗白麵線，一邊吃，我邊告訴她，這頓我可不請她，回頭她得把錢還我。她臉一下氣紅了，桌底下就要踩我腳，大罵，「幹，沒洨路用！」

我忙著躲開，笑得前俯後仰。

這兒離武光頭店裡不遠，金虹的腳也不再那麼麻了，吃完飯後，我們漫步回去，經過廟門，象徵性地拜了拜，萬華的每個夜晚都和昨天的沒什麼不同，人影幢幢，大紅燈籠高高掛了一排又一排，靡靡夜色中暈出一抹抹酥紅。

路上，我叼著菸，提著汽水瓶子，我就問金虹喜歡小馬什麼？

金虹愣了下，緊接就瞪著眼，冷冷笑著，「哪兒都喜歡。我心腸又不是鐵打的，你們這些人只會在旁邊看我去死，他不會。」

「就這樣？」我訝異。

「這樣還不夠嗎？」她聲音猛然尖銳起來。

幾個路人紛紛朝我們這兒看了一眼，我喔了一聲，一會兒，又說，「那我給妳個忠告，沒結果的事，別陷得太深。」

「你管不著！」她漲紅了臉，雞爪般的手在空中揮動，惱羞成怒，「老娘出來賣的時候，你不知道還在哪吃奶呢！」

「……」

店裡的霓虹光，就在幾步之外閃爍著，此時已有小姐看到了我們，貼在玻璃門上對我們猛揮手。我張了張嘴，竟有些無言以對，一時竟還有股衝動想對金虹說，我還真沒吃過我媽的奶。好在忍住了。

金虹這個人有個缺點，一急起來，就好賴不分，沒完沒了地跟人唱反調，好以此證明她金虹絕不好欺負。

平時我們相處沒大沒小，可她比我年長，又在武光頭店裡做了十年，一向自認「前輩」，在她眼裡我就是個毛頭小子，沒資格教訓她。

我也意識到自己有些多嘴，聳聳肩，直接投降，「行，妳當我放屁，當我什麼都沒說過。」

「要扶你進去嗎？」我又說。

她抿著嘴，不再理我，捂著屁股轉身，自己一瘸一拐地朝店裡走去。

末了忽然又轉過頭來，塗成大紅的嘴好似一張血盆大口，不無惡意地對著我笑：

「管好你自己吧，別以為我不知道你跟小神龍那點爛事，最好誰也別管誰——」

9

「匡噹——」

正午的太陽照得整間屋子亮堂堂的，我被一陣刺耳的動靜吵醒，難受地睜開眼睛。

隔壁那對夫婦又在發瘋。搬進來大半年不到，鍋碗瓢盆不分晝夜砸得匡噹作響，我焦躁地翻了幾個身，忍無可忍，穿著四角褲衝出家門，朝那對夫婦的大門連踹好幾腳，破口大罵：

「幹！」

「再吵放火燒你全家！」

再次倒回床上，隔壁已是一片死寂。

抓過床頭那只錶，時間還不到一點，床邊轉了一整晚的風扇搖搖欲墜，昨夜撲在上頭的濕毛巾，經過一晚上，早風乾了，不知被吹到哪個角落。

整間屋子瀰漫著一股發了酵的熱氣，茶几上在塑膠袋裡浸了一夜醬汁的雞爪都餿了。

這破房子冬不暖夏不涼，沒有冷氣，沒有電視機，家徒四壁，壁虎奇多，若逢雨季就更難熬了，每回排水管倒灌，馬桶裡飄出來的尿騷味，就在這十坪不到的空間裡擰成一股繩，薰得人不知身在何處。

我搓著錶殼，滿屋子熱氣揮之不去，一時難以入睡，一下想起今天和文靜約好的時間，一下又想起前晚金虹那些狀似威脅的話，腦子亂糟糟的。我躺在床上盤算，心想乾脆下午順便把錶拿去賣了，再找個機會通知小神龍，被金虹發現，這事是不好再幹下去了……

這錶是前陣子小神龍在店裡偷塞給我的。

小神龍是武光頭店裡的紅牌，是個眉目冶豔的山地人，在後巷是出名的「花魁」，五官深邃，皮膚黝黑，身體結實修長，俯趴下的裸體像隻山林中精瘦的野豹子，隨時準備撲出去咬人。

她有個長期酗酒的父親，天天酒醉幹些荒唐事。當年為了多買兩瓶高粱，把十二歲的小神龍稀哩糊塗地賣給了人口販子，她當時懵懂，就被塞進一輛黑色的麵包車，給人顛顛簸簸地運下了山。當年那批被載下的「山花」中，年紀最小的孩子只有八歲，大多長得又黑又小，瘦如難民，連月經是什麼都不知道，小神龍是其中賣相最好的，一群小姐妹被關在一間地下室裡，時常會有人下來驗貨講價，那個黑漆漆的地下深處，空氣稀薄，極度悶熱，為了提升賣相，那些人給她們打針，一掙扎，針頭就會斷在肉裡，她們被摁在地上翻來覆去，在一片哭爹喊娘的疼痛鬧聲中，被迅速催熟。

不知道是不是山地女人全都天生帶刺，小神龍又嗆又辣，還有把清亮的好嗓子，經常坐在店門口哼他們的山歌。

宮廟那幫醒獅團的青年壯漢，不少都是她的恩客，被她迷得團團轉，年輕人火氣大，排隊時，還會為她爭風吃醋、拳腳相向。小神龍和金虹有過節，金虹帶頭的那幾個濃妝豔抹的平地姑娘也十分看她不順眼，經常聯合起來排擠她，小神龍卻壓根不受影響，從不把她們放在眼裡。

她有位恩客，是個六十多的老芋仔，家人都不在台灣，大半輩子孤家寡人，一雙手上全是槍繭子，他鄉音極重，每個字咬起來都像四聲，我們時常聽不懂他在說什麼，十句話有八句聽著都像在罵人。

有一回他和小神龍進房不到五分鐘，我們就聽見他裡面大呼小叫，小馬居然聽成是在叫他，傻呼呼地闖了進去，當時老川頭脫褲子正幹到一半，忽然被打斷，橫眉立目瞪著小馬，破口大罵：「你麻批！出切！」

小馬愣在門口，一下沒反應過來，結結巴巴地問：「什、什麼批？」

老川頭頓時暴怒，拾起桌上的檯燈對著門口就砸過去，「滾出切——」

……這件事從此給小馬留下了陰影，往後一見到老川頭就害怕，每次一聽小姐說：「老川頭來啦！」就騰得一下站起來，帶著漫畫躲進廁所，打死都不肯出來。

兩禮拜前，老川頭落了隻錶在小神龍床頭，金色泛銀的粗錶鏈，顏色都有點發汙了，捏在掌心裡沉甸甸的。貓仔間那種地方，時不時都能碰上一些客人掉的東西，有時是打火機，有時是皮帶，有時假牙，有時是金戒子……

武光頭早前就訂下規矩，這類失物一律充公上繳，不許私藏，要是被發現，趕上武光頭心情不好的時候，一頓鞭子能抽得小姐三天三夜下不來床。

小神龍對「好東西」的定義向來粗暴，只要看起來是金的是銀的，掂起來有重量，那就是好東西。那隻錶被小神龍藏在奶罩裡，肉貼肉地捂了三天，直到我帶了兩個客人回去，她趁武光頭不注意，偷偷將那隻錶塞進我的褲袋裡。

她幹這事不是頭一回了，從沒被發現過，膽子肥起來，還敢直接從客人衣褲裡摸東西。

我和小神龍早有一腿，且這種在武光頭眼皮底下狼狽為奸、裡應外合的行徑也不是頭一回了，這些年她撿東西我銷贓，彼此分工合作，配合無間。

我打從第一次幹這種事，就從沒有過什麼心虛之感，大概還是得多虧那段幼時跟我大哥他們聯手作惡、偷雞摸狗的童年時代。

一直以來，我和小神龍都自認手腳隱蔽，但在武光頭面前，也始終不敢掉以輕心。現在這種把柄叫人捏在手裡的感覺十分不好受，不過好在金虹沒直接告到武光頭那兒，一切都還好談；壞就壞在她和小神龍積怨已久，短時間我就算安撫得住她，可時間一長，也不保證她永遠不會說出去。

誰知道下次她們倆要再在店裡吵起來，金虹會不會一個氣急，把事情全抖出來……

我躺在床上抽菸，有一下沒一下玩著打火機，一時間想了很多。

我們可以自己出來幹。或許這是一個機會。也不一定非得要待在武光頭那裡，找著機會問問小神龍，看看她願不願意跟我走。

下午出門前，我洗了個澡，刮了鬍子，把那隻手錶戴在了手上。

我走下樓，就見文靜已經在二樓等著了，身後的大門關得嚴嚴的。她穿得十分普通，一件短袖過膝的白洋裝和一雙布鞋，毫無看頭，差不多就是她這個年紀該有的樣子，乾淨、簡單，沒一點花俏。

我瞥了她一眼，也沒跟她打招呼，越過她直接往下走。

樓梯很窄，兩人無法併行，她靜悄悄跟在我身後，走路居然一點聲音也沒有。

兩點鐘太陽依舊毒辣，街上汽笛聲聲，穿梭在行道樹上插滿了青天白日的紅旗。我先載她去與小馬會合，她側坐在後座，兩手牢牢抓著我的衣角，我們在車流中蛇行，一路無語。

那年中華商場還沒拆，一棟接一棟的三層水泥磚房幾乎貫穿了整條中華路，氣味紛雜的點心餐館，一排的學生制服、西服店、唱片行、洋鞋店，琳瑯擁擠的櫥窗，格子狀地堆疊在一起，亂哄哄的，暑假還沒結束，隨處可見那些青春洋溢、嬉鬧追逐的少年人。

人潮中，小馬捧著杯綠豆冰，傻兮兮地蹲在路邊，碰頭後，就連連朝文靜看了好幾眼，三個人一時間大眼瞪小眼，頗為尷尬。

我交代了文靜一些事，主要還是確認她的態度和反應，她面色平靜——至少看上去是如此，和她說什麼，都低眉順目的，聽得很認真。

我和小馬一塊把她送去旅館。

小馬在樓下等，我把她送到三零三房門口。

這時間旅館走廊沒開燈，空氣中有股壓抑的霉味，陽光直接從盡頭的窗戶斜射到狹長的地板，細密的粉塵在光束中紛飛閃爍，偶爾能聽到一些細碎的動靜，不知從哪扇緊閉的門後傳來。

她一身白走在我前面，微低著頭，不言不語，叫我莫名產生一種送人上路的錯覺……我啞然失笑。

為免節外生枝，我不想與她有太多不必要的言語交流，門前站定，我正要伸手越過她敲門，突然被她一把抓住。

文靜不高，站直了差不多就到我胸口，我低頭盯著她頭頂的髮旋，烏黑中藏著一點青白色的頭皮，我面無表情，卻也不感到意外，心道：來了。

一路上裝得安安分分，原來等在這兒發作呢。

但我沒準備讓她反悔。這情況我有經驗，說服她的說詞，一套套自動在腦海裡跳出來，我吐出了口氣，那一刻，盡量讓自己的態度看起來溫和、友好，正要說話，她就倉皇地轉過身，與我四目相對，我發現她額頭的瀏海長得幾乎扎到眼眶裡去。

我們靠得很近。她矮，頭仰著，呼吸短促，掐住我的手在發抖，她張著嘴，卻沒發出任何聲音，看上去很僵硬、不知所措。

那是一張不見毛孔的臉。

真的是年輕啊。我不禁心想。

「我……」她拚命搖著頭，也不知到底想說什麼，聲音全含在嘴糊成了一團。

「我不行……我不想做了，我不行……」

整條走廊都沒人，四周靜得詭祕，我甚至能清楚地聽到幾扇房門後一些細微的鼾聲、還有低語。

我看了她一會兒，這下真確定了。

這確實是個年輕、涉世未深的姑娘。

這下我就放心了。

我雙手穿過她腋下，往旁邊拖了一步，把她壓在牆上。

她開始掙扎，緊緊摳著我的腰，腳在下面亂踢，指甲隔著衣服彷彿要戳進我的肉裡，疼得我差點變臉。

「我不行！」她瞪大眼睛。

「噓，噓——」我捂著她的嘴，直接用身體壓住她，她非常瘦，瘦到胸前近乎平坦，顯得肋骨更加突出，十分硌人。

「冷靜，妳聽我說，聽我說……」

這時突然有間房門打開，一對男女從裡面出來，我看了他們一眼，閉上嘴，把文靜的頭緊緊壓入懷中，靠在牆邊不動不說話。

那對男女經過我們時，我感覺那男的視線朝我們看了好幾眼，直到他們走下樓梯，聽不見腳步聲了，我才繼續安撫文靜，低聲進行誘哄。

我拍著她背，不停在她耳邊低語。

她整個身體像張拉緊的弓，有一下沒一下的亂動、抽搐，後來開始發出一些細微、無意義的怪聲，甚至還咬著我的肩膀。我感覺自己前所未有的耐性，我不停地說，並且相當自信能把她哄進那間房裡去。

……

十分鐘後，我敲響三零三的門，不多不少，敲了五下，把文靜送了進去。門關起來後，我長長地舒出一口氣，甚至在門外等了會兒，感覺不會再有什麼變數，才走下樓去。

那天旅館的生意似乎不錯，我走下去的時候，還迎面撞上兩個年輕人，一前一後鬼鬼祟祟地走上來，做賊一樣，我忍不住打量他們，笑了笑，朝他們吹了個口哨。

10

初時有一段時間，我相當適應不了獄中那種「什麼時間幹什麼事」的教化步調，總是在該入睡的時候睡不著，白天上工的時候又昏昏欲睡。

我入獄前長期作息混亂，日夜顛倒，菸酒又沾得凶，身體早就虧了。入獄之前症狀不顯，直到在裡面嚴重失眠之後，生理積壓的那些毛病才一一凸顯出來。

進去不到一年，有時我看著鏡子，發現自己老得特別快。像盆迅速乾枯的仙人掌，面色開始蠟黃，手腳變得疲軟，兩頰凹陷，嘴角起泡，還經常感冒。有陣子我提心吊膽，甚至懷疑自己得了愛滋。

那時候我就和一般恐懼死亡的普通人並沒什麼兩樣。我沒有任何人可以訴說，而這種恐怖的猜想一旦在心裡生根發芽，就難以阻擋它蔓延茁壯，足夠讓人把自己嚇得半死。

說來十分好笑。當年警察破門而入時我沒慌。俯首認罪那天我沒慌。入獄那一刻我沒慌。可就在我以為自己在牢房內得了絕症、提前知道了自己這輩子的結局之後，便有一種山崩石塌的決堤之感，原來我沒有自己以為的那樣鎮定，那樣看破紅塵，我想像了關於自己的一百種死法，想著想著，在夜裡熄燈後，我摀著眼，再也繃不住心中那股淒楚——想要哭出聲來。

那段日子，我時常想起多年前的一個下午，小馬曾在路邊問過我的一句話，他說：

「哥，我、我們以後，會不會，有報，報應啊？」

以前我從不信報應之說，所謂鬼神也恫嚇不住我。

可在獄中熄燈後的日日夜夜，我老是反覆想起這句話，覺得自己就像一個提前邁入晚年無依的老人，在日暮途窮時，在一間荒蕪人煙的院子裡，惶惶等待死亡，身邊一個親近的人都沒有，孤獨到了極點……

原來事到臨頭，感覺都是不一樣的。我本以為自己不怕死，想不到始終貪生怕死。

……我的精氣神似乎就在那段萎靡不振的時間裡徹底散掉，即使後來證實所謂愛滋絕症乃為一場烏龍，也依然振作不起來，整天要死不活的倒楣樣。這件事我和獄警老菸槍提過，結果他捧腹大笑，露出嘴裡兩顆閃閃發亮的銀牙，說話極其難聽，「嘿，你也是活該啊！真可惜，怎麼沒真得愛滋算了？」

「……」我感到一陣無語，卻也無力回擊。

這些年，因為裡面的日子實在太無聊，娛樂又少，以至於後來我不得不給自己找點事做，好讓自己活得有點希望。我閒時開始提筆寫故事。內容惡俗，寫的大多是一個男人與一個女人，男的一概叫強子，女的一概叫笛子。

原先我想寫的是我這一輩子，可每次開頭從名字開始就不是真的，於是我決定將虛偽進行到底，內容大多胡扯，可依舊無法阻擋我的投入。

邁入中年，我似乎才掘出自己的一樣天賦，寫得幾乎廢寢忘食，走火入魔。我讓這對男女在故事裡隨心所欲，結果不知不覺寫了一堆淫靡爛俗、錯字連篇的「違禁物」，我讓強子在化學教室掀開笛子的校裙、在山野誘哄她的童貞、在海裡得到她的愛情，還讓他們在這些「違禁物」裡永保年輕、永遠自由、永遠快樂……

私下裡，有幾個憋到發慌、飢不擇食的獄友倒是很捧場，他們對著我奇醜無比的字跡，一邊讀、一邊勃起，後來有人告發了我，這些東西很快以被「擾亂秩序」為由全被沒收，我還因此受到一通嚴厲的警告……

可後面又聽說我那些被收繳的「東西」，在正義的內部流傳甚廣，甚至有人看完之後還津津有味地說：「沒啦？」

當時我和一位獄警挺聊得來，那人正是老菸槍，此人人品一言難盡，我們日漸熟悉之後，這些「內幕」都是他透露給我的。

老菸槍沒事就喜歡觀察我，那一兩年，看我整天提著筆，認真投入，埋頭苦寫，還以為我浪子回頭。後來知道我在「寫小說」，便瘋狂地嘲笑我，可嘲笑過後，又忍不住心癢，老想窺探我到底在寫什麼雞巴。我藉機在老菸槍身上謀了幾次好處，然後一個字都不給他看，再看他氣得跳腳——竟也成了我在裡面為數不多的消遣之一。

我將我和文靜的故事加油添醋地寫了進去。包括那年我怎麼把未滿十七的她哄進了房間。

那個炙熱的下午，整座台北儼然成了一座火焰山，炙燒著街上黃黃白白的人肉，光是流汗還不夠，還得流油。

我和小馬坐在台北火車站的階梯上，一人啃著兩枝雞蛋冰，滿頭汗濕，消磨了如熱火油煎的一小時。

車站外人來人往，處處充滿離情。一個背著大包的阿兵哥正和一位長髮女子交頸低語，不遠處有個衣衫襤褸的男人蹲在地上吹口琴，頭髮散亂，身上很髒，鼻孔和琴孔時不時噴出幾顆水滴打落在地面，琴聲像是卡了痰一樣，一點也不悠揚。

那天烈陽高照，也不知是什麼好日子，天空飄著好幾隻風箏，高高低低，熱鬧極了。我印象十分深刻。各式各樣的動物，有蛇，有大鳥，有蝴蝶，還有幾米長的彩色蜈蚣，五毒俱全，背後都拖著好幾條綿長豔麗的尾巴，刀口般劃開天空，生命汩汩而流。

那一個小時，小馬跟屁股長了釘子似的坐立難安，浮浮躁躁的，不停問我現在幾點了、還有多久。我將冰棍扔進水溝，讓他交代清楚，他才結結巴巴地說：「我、我認識她。」

說認識其實也不算。小馬說文靜以前跟他同一所初中的，倆人既不同班，也不同屆，但在學校見過幾次。他知道她。

我喔了一聲，既沒什麼興趣，也不覺得這有什麼。

舊日同學狹路相逢的戲碼有千百種，也不知道最難堪的是不是就屬小馬和文靜這種：一個拉皮條，一個出來賣，偏偏還撞上了，也難怪小馬不知道怎麼打這個招呼，難道說：「同學，好巧啊，還記得我嗎？妳也出來賣啊？」這不是耍流氓嗎？

小馬就這樣吱吱歪歪了起來，說了些關於文靜的事。他結巴嚴重，有時說到情急處，更加磕磕絆絆，急得嘴都歪了。

小馬性格有點婆媽，我知道他這是濫好心又發作了，並不想理會，只當耳邊風，左耳進右耳出。直到後來他說了句話，我一聽，立刻就不高興了，什麼報應，我從不信這個，這小子憑什麼教訓我？

「你哪那麼多廢話啊？」我將嘴裡冰棍吐到地上，很是不耐，只見小馬縮了縮，眼神閃爍，又把頭低垂下去。

我衝著他冷笑，「怕報應你現在回去找她，看她跟不跟你走！你情我願的事，誰也沒拿刀架著她出來賣，走著瞧，等等拿錢的時候，說不定她還謝謝我呢——」

11

走回賓館的時候，小馬彷彿急著去投胎，不停催促我快點。

我們爬上三樓，又有一對年輕男女迎面走下，旁若無人卿卿我我的。

我們在三零三門口等了會兒，差不多到時間後，我敲了敲門，還是五下，無人來應。

我又敲了幾下，等了好一會兒，還是沒人來開門。

這種便宜旅館的隔音設施一般都不是太好，我貼近門板，聽了一會兒，裡面確實有聲音，拍得更大力，這時才有個男人慢吞吞過來開門。

門開了條小縫，門後露出半張欲求不滿的肥臉，脖子以下的肉全隱匿在門後，一看就知道沒穿衣服。

我一見那人的臉，心裡大罵了聲，知道出事了。

門沒走錯。確實是三零三，可這胖子我不認識。

這時小馬突然動了一下，我踹了他一腳，示意他閉嘴，門內那胖子還有些不高興，壓低聲說，「幹嘛啊？」

此時門後還傳來兩個人低聲說話的聲音，全是男人。我在那胖子關門之前扣住門縫，那死胖子一對賊眼轉了轉，又不耐煩說，「我們加錢，行了吧！」

行你媽個頭。我心裡說。

我面無表情，湊過去門邊嚇唬他，「快讓我們進去，樓下有警察！」

那死胖子一下愣了，我趁機把他推開，不顧那胖子的推阻，和小馬一起擠了進去。

門砰地關上，小馬站在我身後。

我陰著臉，房內漫著股濃濃的腥臊味，衣服和內褲散落一地，場面淫亂不已。窗簾拉得密密的，燈卻亮堂堂的。三個脫得赤條條的男人明顯還處在興奮狀態，齊齊看著我和小馬，一下高矮胖全湊齊了，之前和我交涉的那個王八蛋也在其中。

文靜死了一樣癱在床上，四肢大張，頭歪向一邊，像隻濕漉漉、黏答答的小羊羔，黑色的髮絲一撮一撮地黏在臉上，彷彿連氣都沒有了，連我和小馬闖進來，也毫無動靜。

原本那高個子的男人還猶如癩皮狗般伏在她身上，看見我和小馬衝進來，大約還有點羞恥心，奮力動了兩下，才一臉不情願地從文靜身上下來。

我臉上的肉全繃緊了，死死壓住體內那股火，盯著他們，咬牙說，「這跟講好的不一樣吧。」

和我接頭的那個男人正滿面紅潤，也對著我訕笑。此人是典型的衣冠禽獸，以前也去過武光頭店裡幾次，每次都喜歡找那種看起來年紀特小的，越小越好。武光頭店裡看起來年輕的小姐也不是沒有，但大多早不是處女，而且也不夠「純」，總讓他不夠滿意。

幾天前我跟他連絡，說有個學生妹，第一次出來做，純得不行，問他有沒有興趣。才說完，這人就在電話那頭興奮不已，連問了好幾個細節後，痛快應了價錢，想不到反手給我玩了這齣。

我也不給他們開口的機會，直接唬他們說有警察，讓他們穿上衣服趕緊走。給我們開門的那死胖子顯然有色心沒色膽，匆匆忙忙就已經穿好了衣服，回頭還催另外兩個人快點，那一高一矮本來還有點懷疑，但見那胖子緊張成那樣，也有些動搖，各自低頭撿內褲衣服。

那胖子嫌他們手腳慢，便悄悄把門打開，左顧右盼，回頭低聲說，「你們快點，我先下樓！」說完自己就先溜了。

那一高一矮的見狀，好像真的怕了，動作越來越快，要離開時，被我和小馬一前一後堵在門口，高的那個急得罵了聲髒話，倒是很自覺，讓另外那個掏錢。我和小馬還是不讓。

小馬一臉漲紅，拳頭緊得咯咯作響，幾乎就要衝過去打人，我一把把他推回去，這倆王八蛋看起來都是知道「厲害」的。我面上獰笑，會怕就好，就怕他們不怕。

和我接頭的男人自己還是個公務員，肯定不敢鬧大。我走近他們，死死盯著他說，「也是你們先給我壞事，把我好好的小姐弄成這樣，不給個交代，誰也別想走，反正人證物證具在，我直接告警察說你們強姦未成年——光腳的不怕穿鞋的，我可不怕！」

幾分鐘後，那倆男人就溜了。

門一關上，我讓小馬把錢收好，便衝到床邊去撥開文靜的頭髮，輕拍兩下她的臉，沒反應，又探她鼻子，才鬆了口氣，媽的……好在有氣！

小馬哆哆嗦嗦湊上來，問她是不是死了，我一腳踹過去，大罵：「閉嘴，擰條毛巾來！」

我扶起文靜，拿毛巾把她臉上身上的東西胡亂擦了一通，扒了扒她的頭髮，發現髮際邊上的頭皮破了幾處，沾著血塊。小馬抖著手，一邊幫她套內衣套內褲，叫了她好幾聲，一直跟她說話，文靜全程閉著眼，臉色慘白，像具屍體似的任我們擺布，一聲不吭。

替她套好衣服，我們把她帶離房間。

抱著她的腰下樓梯時，我發現她四肢完全無力，半個腳板幾乎貼在地上拖行。

我把她往上提了提，心想不好這麼經過櫃檯走出去，快到一樓時，我低聲囑咐小馬幾句，讓他走在左邊幫忙擋著，我面對面抱住文靜，將她倆手掛在我肩上，按住她潮濕的後腦勺，直接親上去。

我們一路「廝纏」，臭不要臉，在櫃台服務員的視線中，大喇喇出了旅館……

小馬騎車載著我和文靜在車流中竄行。

文靜被我們倆前胸後背牢牢夾在中間，她的頭歪在我胸口，濕熱的呼吸噴進我的領口，打出一片雞皮疙瘩。我揩過她額頭上的汗水，抓著她的雙手圈在小馬的腰間，一路兩腳托著她垂下的冰涼的小腿，肌肉險些抽筋。

我感覺小馬身上也濕了。其實我也是。頭皮背後都熱出了一身汗，還不時竄著一絲涼氣，毛孔一下收一下放，很不舒服。

路上小馬問說要不要送她去醫院，我一口拒絕。文靜現在這副樣子狀況不明，也不知道是不是吃了藥，我怕一時失控，被醫生護士察覺出什麼，那就玩完了。

我決定把文靜帶回家。

這一日簡直撞上瘟神，後來回家翻了農民曆，才曉得那日不宜出門。我一路把文靜扛上三樓時，又撞見那個討人厭的房東，手上捧著個鋼杯，站在角落的陰影裡，一對鼠目冒著精光，賊兮兮地在我和文靜身上來回打轉……我早就忍這死禿子很久了，我告訴自己，有朝一日等我搬出去，一定找個機會回來把他打得連他自己都不認識。

我進家門後做的第一件事，就是把文靜衣服扒了，仔仔細細給她洗了個澡。

小馬在旅館胡亂給她套上的內衣，歪七扭八地纏在她胸前，扣子亂扣，將她的肋骨勒出了一圈深深的紅痕。

我扭開水龍頭，水聲嘩啦啦的，我把她放進綠色浴缸，開始搓洗她的身體，從頭到腳，一個地方都不放過。

這是我第一次給女人洗澡，卻興不起任何邪念。為了方便行事，我把自己也給脫了，全身只有一條花不溜丟的四角褲，搬個木凳坐在旁邊，對於我這一連串流氓行徑，文靜自始自終沒反應，一聲不吭，沒有一丁點抗拒。

這是具介於青澀與成熟之間的軀體，皮膚很滑、很白，四肢纖細，不夠豐滿。

從旅館回到家，文靜一個字都沒有說過，她雖然閉著眼，但我知道她醒著，這讓我提防起來，一方面摸不透她在想什麼，一方面多多少少生出愧疚之心。

這種意外以前也不是沒發生過。有些小姐接受得很坦然，畢竟出來賣，一次賣一個是賣、賣倆個也是賣，沒什麼區別。說到底，眼一閉，牙一咬，就過去了。可文靜不一樣。

這姑娘一看就不是那種豁達性子，怕的就是她自己想不開，正憋著勁，想鬧事。要是她存心報復，跑去報警，就不好辦了。

我大概檢查了一下她的身體，沒什麼傷，就是頭髮應該被扯過，頭皮有幾處破了皮，也不算太嚴重。

我撩開她瀏海，拿毛巾給她搓掉沾在頭皮上的血塊，想起那三個王八蛋，我承認，有那麼一刻，我不能免俗地和小馬一樣「矯情」了……

我伸進水裡拔掉塞子，將髒水放掉，又體貼地給她泡了一次乾淨的熱水澡，泡得她手指上的皮都皺了起來。給女人洗澡是件工程，結束之後，我感覺自己全身僵硬，好似打了場架。

自打我搬進這間房子後就從未刷過廁所，花色的磁磚邊緣爬滿了黑綠色的霉斑，一塊一塊的，看上去黏黏膩膩，地上牆上，到處都是。

她泡澡時，我就坐在馬桶蓋上抽菸，在一股濕熱的氣息裡觀察她。這姑娘平靜過頭了。十分不正常。

我把菸灰彈進洗手台，琢磨著說詞，過了一會兒，才說：

「是我的疏忽，不好意思。」

她無聲無息地躺在浴缸裡，眼睛還是閉著，並不理會我，我坐在馬桶上吞雲吐霧，腳踩著牆，腳趾摳著磁磚間的縫，自顧自地說起來：

「等等把錢給妳，這次我分文不取，都歸妳。

「妳還打算幹下去嗎？

「妳也是倒楣了點……不過幹哪行的還沒個意外風險？妳也別覺得我說風涼話，這事說起來，真沒什麼大不了的，更糟糕的情況我都碰過，她們可比妳慘多了，有的小姐還得終身包尿布呢……

「妳要是後悔，那也來得及。休息一下，晚點妳就回家去，做生意就講個誠信，我雖然不是什麼好人，該妳的我也一分不少妳。等妳走出這扇門，就當今天的事沒發生過，妳不認識我，我也不認識妳——」我頓了頓，喉嚨有些癢，「其實天無絕人之路，怎麼活不行啊。」

「之前該提醒的我都提醒過妳，妳也說自己想清楚了，才讓我幫忙，我也幫了，發生這種事誰都不想，我看妳也是個聰明人，遲早也能想明白，沒必要糾結於此，畢竟妳還年輕、以後的日子還長，是吧？」……

水滴不時從水龍頭滴落，打進浴缸，打出聲響。

濕熱的水氣漸漸散去，我說了一大堆，講得口乾舌燥，她一個反應也沒給過我，意外的是我心平氣和，一點也不生氣。我好歹大她十幾歲，這時候也覺得自己應該對一個小姑娘更加寬容，畢竟任誰經歷了這種事，都應該有點火氣。

直到第三根菸抽完，我將她抱出浴缸，我家就一條浴巾，只能湊合著用，把她擦乾後，我也懶得再給她穿衣服，直接放上了床，給她拉上被子，又看了她一會兒，才進廁所去。

12

我速度沖了個澡，為防她搗鬼，洗澡時，連門上那片泛黃的塑膠隔板也沒拉上。出來後我一頭栽上床，疲憊不堪。文靜看上去睡著了。半張臉埋在被子裡，我倒下來這麼大動靜也沒吵醒她。我忍不住又探了探她的呼吸，反覆確定她還有氣，才安下心來。

六點多鐘，窗外的晚霞暗紫深紅，夕陽從窗外射進來，把我家斜劈成兩半，那頭廁所和瓦斯爐隱入了陰霾之中，這頭把大半張床墊都裹進了暗紅的金光裡，街上不時傳來一些人聲叫囂，入夜了，一些赤油重辣的油煙氣從樓下緩緩飄上來。

整個下午折騰下來，就是場賠本買賣，沒一件好事，一分錢拿不到不說，還可能給自己招了個麻煩。現在天都要黑了，結果連錶都忘了拿去賣。我越想越氣，點了根菸，吁了口氣，懊悔排山倒海而來，不解自己那時怎麼就鬼迷心竅，把她放進了門呢……

門外偶爾有些動靜，趿拉著拖鞋的腳步聲經過，噠噠噠地走下樓梯，我隱隱聽見房東在外面和誰說話，語氣十分嚴肅。

「我也不是要逼你們上絕路，畢竟鄰居一場。可我也難做，一家老小都靠這點房租過活，幾個孩子要上學要吃飯，每個月都要開銷，還有，昨天我老婆說菜價又漲了，唉，大家互相體諒啦……你們拖房租也不是一次兩次了，明天要是再不交錢，就請你們走人吧。」

我叼著菸，意識開始昏昏沉沉，搬進來三年，同樣的台詞我聽他說過不下百遍。

說起我們房東，我對這人實在沒什麼好感，此人是個滿臉橫肉的五十多歲男人，吝嗇無比，長得又矮脖子又短，背影看上去就像隻修練成精的黃鼠狼，不安好心，每次與他擦身而過，總能聞到一股油耗味兒。他平日有個樂趣，就是喜歡站樓梯口，不聲不響的，陰惻惻地打量公寓裡進進出出的房客，我簡直懷疑他有病。

表面上我客氣有禮地稱他房東先生，私下總是死禿子死禿子地叫他。

那死禿子從不對我們這些房客有個好臉色，尤其男房客，不乏以看社會敗類的眼光打量我們，卻與樓上幾個拖欠租金的舞女和我對門那暗娼很有話聊，時常和顏悅色站在那些女房客門口，天南地北地瞎扯淡，他可從沒對我們這些男房客有過一個笑臉，一見到我們就板個晚娘面孔，開口閉口不是催房租就是漲水電。

他到處吹噓自己從前學過醫、看過相，還懂摸骨。我幾次在走廊親眼目睹他伸出那隻粗黑如蹄膀的桶臂，精準地掐住女房客的乳房，一面猥瑣地又搓又揉，一面正經八百地妖言惑眾：「喔，妳這性格比較暴躁，天生漏財，年輕時姻緣比較艱難，不過好在乳頭夠硬，這表示好福氣都在後頭，不用太擔心……」

他沒去中華商場擺個攤簡直都是埋沒他。每次看著那死禿子與那幾個笑得花枝亂顫的女房客，我就忍不住想：能不能過來掐掐我的老二，相相老子什麼時候會發大財？

那死禿子還時常穿著睡衣，與隔壁棟一個老頭站在路邊，指點各種國家大事，什麼十大建設、開放探親，說得頭頭是道，條條有理，我曾試圖想與他們打好關係，奈何對於他們話題是一句也插不上嘴，只得訕訕作罷。

聽說那死禿子在這一帶房子不少，也不知什麼來歷，成天無所事事，靠收租度日，日子過得不知多舒坦，光是我們這棟公寓，他就有五六間房出租，環境惡劣，隔音奇差，我家就是其中之一。

老酉曾來我這裡避難過幾次，天氣熱時，幾乎回回睡到中暑，經常在那裡嚷嚷：「這鬼地方住久了不神經也得短命，以後哪個女人肯和你過這種日子，肯定愛你愛得超越生命。」

到底有沒有這麼一個女人我還真不知道，不過有句我十分贊同：可不就是個鬼地方嘛！

……爐子上的水燒開了，水壺「嗶、嗶」地叫開了。

傍晚這一覺我睡得不太安穩，老是心神不寧，翻來覆去睡不熟，睜眼躺到七點多，只好下床燒水煮麵。

我家向來安靜，因為電器少，沒有電視機，也沒冷氣，乍一眼望去，有些空蕩蕩的，收音機倒是有一台，還是老酉不要拿來給我的，但我也不常用。

倒也不是買不起這些東西，只是我堅定認為，自己決不會在這鬼地方住一輩子，既然早晚會離開，能簡單就盡量簡單，我習慣一身輕便地來去，更不願往後有一丁點便宜那死禿子的可能，我情願把東西都砸爛，也不願留給他哪怕只是一粒芝麻。

又一條灰撲撲的壁虎從牆角竄了出來，靜悄悄地趴在天花板上，嘎嘎、嘎嘎地叫起來，吃完泡麵，我又了冒了一頭汗，感覺渾身都舒服了。

電風扇寒酸地轉著，一屋子泡麵味兒緩緩散去，我半躺在床上抽菸，一度猶豫該不該叫她起床吃點東西，卻又覺得交情不到那個份上，說不定她現在心裡已經把我當仇人，等等半夜爬起來，拿把刀朝我脖子一抹也說不定……

旁邊躺著個姑娘，屋子裡還是靜悄悄地，和平時只有我一個人沒什麼兩樣，但現在這份安靜，卻夾雜一絲壓迫感，叫我感覺不自在，彷彿身邊放了顆不定時炸彈，你並不肯定它會不會爆、什麼時候爆、炸起來的威力有多大。

我熄了菸，一時也懶得再想，關上燈，倒頭就睡。

這一覺我直接睡到後半夜快天亮，一夜無夢，睡得很死，後半夜被一泡尿憋醒時，意識迷迷瞪瞪，一時忘了身邊還躺著個大活人。

我一睜眼，就看見黑暗中一對炯炯有神的雙眼，正牢牢盯著我看，我嚇了一大跳，整個身體彈起來，大罵：「操！」

「大半夜不睡嚇死人啊！」

從昨天下午到現在，歷經漫長一夜，文靜好像到現在才真正回魂。

她眼中泛著細碎的光，在被中蠕蠕地動了兩下，也不知道想幹嘛，但好歹不再那麼死氣沉沉。

她終於開口說了句話，聲音沙啞，要不是看見她的嘴在動，我還以為自己出現了幻覺。

「……我好餓。」

「妳說什麼？」我沒聽清。

「我餓了。」她看著我，一板一眼地說。

13

據說文靜曾經留下一封類似遺書的紙條，被警察從我家錄音機的卡槽裡翻出來。

我當時聽聞之後的反應，可以說是沒有任何反應，若硬要說點什麼，無非就是越來越篤定一切是文靜早有預謀。

薄薄一張紙，三言兩語，極其簡陋，就是她錯誤的一生。

紙上具體寫了什麼我並不是很清楚，我被抓進去沒多久，聽說她就在我家割腕自殺了，我沒有見到她最後一面，不知道她為什麼要死——不，或許我內心其實一清二楚，只是我一直不願相信——也沒來得及問她一句為什麼要害我。

那時我對她滿腔憤恨，所以對她臨死前交代了什麼，也不是很在乎，每每在獄中想像她的死態，我既恨又樂，覺得她死得好，誰都沒好下場，誰都別想好過。

不管文靜的遺書是否能在某種程度上稍稍洗刷我的清白，或者更加深我的罪孽，都已不能改變我必須坐牢的結果，我確實有罪——我認，可文靜卻不該是我的責任。

到現在我也不認為自己對她幹過什麼罪大惡極之事。我們的關係，最多只能說是同夥、或者露水情人……我自認不曾對她犯罪，所有來往，皆屬心甘情願。

可法律卻不輕易接受我這套片面之詞，他們顯然認為我在撒謊，其原由不需說明白，我已能從他們的態度中感受出來：

一、因為文靜是個未成年。

二、誰讓我是個男人。

三、還是個惡劣狡猾的皮條客。

他們曾經反覆盤問我與文靜那段相處的過程，一遍又一遍，一遍又一遍，每次拷問的順序都不一樣，只為驗證我的說詞是否前後矛盾。

這是一個極度磨人的過程。我從來沒有花過那麼多的時間與精力，只為去「想」一個女人，從頭到腳，一分一毫，一根頭髮絲都不能放過。我麻木地坐在椅子上，使勁地回想文靜，去拼湊那些我們之間為數不多的幾個溫情脈脈的時刻，幾乎以為自己的後半生，大約就要在反覆交代與文靜那些所謂非法性交的過程中，鬱鬱而亡。

那警察對我說的最多的三個字就是，「然後呢？」

去你媽的然後——

「然後我就給她煮了碗麵，」我倦意濃厚：「她說她很餓，吃得很猛，像三天三夜沒吃過飯一樣……」

「你老實點！」警察不耐地打斷我。

「我說的是實話——」我忍不住反駁。

「我還給她多打了顆雞蛋呢。」我說。

那個清晨，我被文靜嚇醒。

因為心中有愧，我壓下脾氣，親自給她泡了桶麵，大抵是良心尚未泯滅，我還給她多打了顆雞蛋。那顆雞蛋，就是我們從此和平共處的開始。

接過麵時，她輕聲細語說了聲謝謝。那聲謝謝，至今仍讓我印象十分深刻，深刻到這些年每在獄中想起，十次有五次都要發惡夢。

她沒穿衣服，裹著條涼被縮在地上，一副剛慘遭鬼子蹂躪過的樣子，頭髮散亂，捧著冒煙的尼龍碗，吃相狼吞虎嚥。

五點不到，窗外深藍的天色泛著一層幽光。

不一會兒，我就聽見抽氣的聲音。忽大忽小。她著急地吸著麵條，不時擤著鼻涕，一邊抹臉，一邊喝湯，吃得很快、很猛。

我從床頭摸過打火機，當作什麼都沒聽見，只在她快吃完的時候，「親切」地問她要不要再泡一桶，想吃還有，不用客氣。

當時她雙手掐著碗，淚流滿面，一嘴吃得辣紅油亮，沉默半晌，她忽然對我說，「我初中的時候，有個男……」

「先吃麵吧，」

我打斷她，對她說：

「有什麼話妳先憋下去，憋不下去也別告訴我。」

她愣住了。一道紅暈自她胸口緩緩爬上裸露的脖子，再擴散到整張臉，良久，又一點一點地冷卻下去，一張小臉白得泛青……

我直迎她的目光，這天是聊死了，但我一點也不覺得尷尬。她若說得太多，才是我的負擔。

後來我又給她泡了碗麵。

我們誰也沒再提起昨天下午發生的事。她不提。我就不提。抹掉淚後，她也不再企圖與我「談心」。我開始有些佩服她。我發現她身上有個最大的好處，就是足夠識相。很多事，只需要跟她說一遍，一遍她就能記住、能聽懂、能自我消化──

感覺上，她就像自己睡了一覺，趕在太陽升起前，把一切的不愉快全都忘掉，然後開始新的一天，又是新的開始。

……

我把從那三個男人身上刮來的錢都給了她。其實還有一條金鍊子，是從那個出來嫖還敢不帶錢包的高個子身上抵來的，但我左思右想，還是把那條鍊子收起來，只把錢給了文靜。

她接過錢後，捏在手裡，一言不發，臉上的表情我也說不上來，我咳了兩聲，沒話找話，就對她說，妳點點吧。我也就隨口一說，沒想到她還真當著我的面，坐在地上數起那一沓二十多張，紅通通、皺巴巴的百元鈔，仔細、認真。

文靜應該也是個對「錢」很敏感的人。每張過手的鈔票都要搓兩下，有幾張皺到發爛的，她還會固執地攤在地上壓過一遍又一遍，直到勉強壓平了，才繼續數下一張。一共兩千多塊。她數了三遍。也不知道她覺得自己是賺是賠。還是他媽賠大了……

陽光再次灑進來，天徹底亮了。她進廁所套上衣服，梳整齊頭髮，再出來時，又一如昨天下午碰面時的樣子，安靜普通又帶些陰鬱。她拿著那疊鈔票，輕輕闔上我家的門，我吁了口氣，倒上床，心想：總算是走了。

14

警察曾讓我嘗試描述文靜的長相。

我想了好一會兒，覺得有點不好說。她的樣子沒什麼特點，也就一般模樣，眼睛不大不小，眉毛不長不短，樣子不醜不美，皮膚很白，臉頰上好像有顆痣，我用力回想了一會兒，好像是左邊，說完又覺得不對。是右邊。好像又是左邊。媽的，我混淆了，小神龍好像臉上也有痣，到底有痣的是哪個？

我描述得零零落落，回憶得越用力，她的樣子越模糊。老實說，文靜的樣子還真不好形容，不似小神龍那種乍眼的女人，文靜就是個很一般的年輕姑娘，將她一扔進人潮就會消失，非要說，就是笑容很少，眼神很憂鬱。

我和文靜「好上」之後，她漸漸話多起來，不再那麼小心翼翼，對我的一切充滿好奇。她曾問我是哪裡人、老家在哪兒，為什麼會來台北，以前過的是什麼樣的生活。偶爾聽我說起那些半真半假的事跡，她臉上也會咧開一絲真誠的笑容。

我說小時候家裡很窮，她好奇怎麼個窮法。

「窮得妳無法想像。」我嗤笑，「洗澡沒有蓮蓬頭，沒有熱水器，沒電燈，沒電視機，小時候我家煮飯，還得用稻草生火，妳在城市長大的，能想像嗎？」

她搖搖頭。文靜從小在台北長大，又和我差了十幾歲，年代環境都不一樣，雖然家庭混亂，但好歹吃穿不愁，有書唸，有商場逛，有電視看，十八歲以前連海都沒見過。泳都不會游。我小時候在灶前點煤球的時候，她都還沒出生呢。

我老家就在三芝一座鄰海的三合院，因為靠海，樹木並不繁盛，周圍有黑漆漆的魚塭，還有荒涼枯黃的西瓜田，門前的空地立著一棵被雷劈壞的歪脖子樹，濃烈的藻腥氣不分早晚瀰漫在我們的生活之中，沿著那條碎石路，穿過後面那片比人高的芒草地，盡頭就是一片海了。

小時候我們四兄弟每天光著屁股在海邊玩水、游泳、抓螃蟹，藍天白雲，無憂無慮，放浪形骸，那個地方有我一生當中最真實的記憶，終其一生，也無法與它一刀兩斷。

據說我是急不可耐從我母親肚子裡爬出來的。那個清晨，我父親那個陰慘簡陋的靈堂還擺在三合院外，當時她在睡夢中破了羊水，醒來時，知覺遲鈍，都沒怎麼感到痛意，只以為自己一個不小心又漏了尿——我奶奶說她懷我時因為壓迫到膀胱，嚴重頻尿，連咳嗽大力點都會失禁，也就沒在意，等到發覺不對勁時已經太遲，我奶奶急忙忙地奔進來，往她兩腿間一瞧，我半個頭都快出來了……

我們四兄弟全由我爺爺奶奶緊咬牙根拉拔長大的。我是老么。兄弟之中，只有我既沒見過父親，也沒見過母親。

在我出生前，我父親就過世了。死的那年才二十八歲，正值壯年，遊手好閒，一生無半點輝煌事蹟。他年少染賭，三天兩頭總在牌間流連，欠了一屁股賭債，全是我爺爺奶奶給他收拾爛攤子。我父親被人光溜溜地從魚塭裡發現的那天，全身都泡腫了，整個右手掌消失得乾乾淨淨，我爺爺還是憑屁股上的一塊黑色胎記，才把他給認出來。

那時我母親正懷著我九個月不到，大概是被驚到了，我父親頭七都沒過，就提前把我生了出來。據說此事就是我直到小學四年級都還會尿床的原因，因為我老是作夢找不到廁所，夢裡好不容易發現個土坑，便猶如見了天堂，然後夢裡開始淹大水，再睜眼，床上也濕漉漉的一片……

鄉下地方沒什麼隱私可言。

當年我父親沉塘的事在老家那純樸的小地方可謂一時轟動，再連著我母親拋家棄子這些醜事，也是不到一天時間，就在車路崎全傳開了。

我和我大哥二哥三哥不一樣。母親跑掉那天，我未滿一歲，不只對她一點印象也沒有，連她的聲音都沒聽過。那十幾年，她就把我丟在老家，一直對我不聞不問。我從小在車路崎長大，不只一次聽親戚鄰居曖昧地講過我母親偷客兄，給我父親戴綠帽，因為我和上面三個兄弟長得一點都不像。老大他們都長得更像我爺爺，粗獷、黝黑，且完美複製了我父親那對三角眼，一看就不是什麼老實人。

和大哥他們相比，我的樣子就十分具有欺騙性了，我長像個小書生，皮膚白，眼窩深鼻樑挺，既不像我爺爺，也不像我父親，只要不開口，看上去很有幾分表裡不一的假斯文，算是車路崎第一帥小子。

小時候鄰居家的那些女兒都喜歡跟我玩，玩遊戲時，每次都要猜拳輪流做我「老婆」，甚至會因為做不成我大老婆而大打出手，下田的那幫三姑六婆都笑她們不知羞。而我在車路崎就有一段三妻四妾的童年，每天醒來，我的老婆都跟昨天的不一樣，我經常從這幫「小老婆」手裡哄騙甜食零嘴，晚上再和老三像小賊一樣，躲在樹上瓜分而食……

老大早年離家，老二又是個「神經病」，於是我和我老三感情最好，我們年紀相近，同寢同食，他什麼事都跟我說。

每到夏天熱得睡不著，我和老三就會抱著木板跑到田邊，一人選棵樹，劃好地盤，就把板子釘到樹幹上，從枕頭裡撕下棉花堵住耳朵，防蟲鑽進腦子裡，晚上提著煤油燈，躺在樹上納涼酣睡。

鄉下的夜晚異常寧靜，星星亮又多，田邊偶爾傳來幾聲狗吠，蛙鳴。躲在樹上睡覺的那些日子，有時睡不著，我三哥就經常與我「抱怨」。他偷偷告訴我，大哥離家那年，其實是悄悄跑去台北找阿母，阿母離開後，跟老大私下一直有聯繫，阿母應該就在台北沒錯，帶著大哥倆個自己躲出去過好日子了……

老三說這些話時，面上掩不住嫉妒。聽得我也有點羨慕。

我和我大哥差了約十歲。大約是當年我母親人還算年輕、也還天真，尚有為人母的熱忱，我們四個兄弟裡，只有大哥真正算上她一手帶大的，感情好得很。

以前小時候不懂事，有時聽老三講母親講多了，我也會開始好奇，老想知道她心裡到底有沒有我，究竟還記不記得她還有個小兒子，是不是已經把我給忘了？我曾以為她起碼會回來看看我們，還等過她一陣子。等她什麼時候回來找我。可一直到十九歲我離開老家那年，她都沒有回來過。一通電話也沒打回來過。

隨著長大，我也不再去奢望一個連面也沒見過的母親。我和老三不同，他介意，是因為他對母親有記憶，而我或許失望，但失去母親從未讓我感到特別傷心。我的想法很簡單，她心裡沒我，我心裡就沒她，時間一長，沒有感情，也就不覺得可惜。

15

我和文靜就在那年暑假正式握手成了同夥。

和氣生財，我也慢慢收斂最初對她種種不耐煩的態度，和睦相處起來。說來也怪，當時對這姑娘惡聲惡氣，我是一點負擔都沒有，開始和平共處了，反而常有一絲做作的僵硬，以及不自在。對她的友好，有一大半全是裝出來的，每回她從我家離開，我都有種鬆口氣的感覺。

除了第一次的意外，後面的交易大都順利。前半年時間，我們之間很單純，我拉客，她賣身，除此之外，無任何越矩的行為。其原因並非是我潔身自好，而是我傾向的還是那種發育成熟、豐滿豔麗的女人，就像小神龍那樣。對於文靜這種過度瘦弱的「小女孩」，那對幾乎平坦的胸，我真是一點興趣都沒有。

文靜從不塗口紅，也不擦粉，身上沒有半點化學香味，雖不是處女，可看起來仍然清純、乾淨。

她的優勢不在樣貌，而在於她年輕。是真正在販賣青春的。文靜渾身充滿了禁忌感，對某些愛好此道的男人而言，解開小女孩的扣子，本身就是一種巨大的性刺激。

我並不好這一口。大約是她第一次的慘烈仍叫我記憶猶新，我雖然不是什麼正人君子，但自認不到禽獸不如的地步，所以哪怕見過她的裸體、親過嘴、還給她洗過澡，她也始終無法叫我產生性衝動與遐想。

因為文靜情況特殊，白天還要上課，又不能叫她父母給發現，於是我們另定了一套低調的聯絡方式，只約在週末下午或傍晚時候「碰面」，要是她臨時有事，會提前通知我，我也不會為難於她。

一般時候，只要在樓梯上遇見，我們也說好了，就當作彼此從不認識。

因她的「懂事」，沒給我帶來任何麻煩，我算是又對她多了幾分好感，趕上心情好的時候，也樂意給予她一些方便和照顧。開學後那兩個月，我又陸續給她拉了幾回客，不算頻繁，為了保證三零三的「意外」不再重演，我每次把人送到房門口，也不再走遠，就蹲守在外面，等待交易結束。

每次「開工」前，我都會安撫她，給予她保證，「我就在外面守著，一開門就能看見我。有事妳就大叫，我聽得見。」

她看了我一眼，點點頭，就乖乖進去了。

她再也沒有鬧過，大多時候都沒什麼表情，我也從來沒見她笑過。

我不確定她和客人在床上是什麼樣子，但擔心長此以往多少會影響客人的胃口，於是在她有了回頭客後，也會適時予她善意的提醒：

「妳要多笑笑，別老拉著張臉，要是不樂意，假笑也行啊。」

她老是對著我點頭，點頭點頭點頭，也不知進門後究竟做到沒有。

我發現一件很有意思的事。比起小馬這個不愛講話的結巴，文靜這個健全人更像個啞巴。她簡直安靜過頭了，話非常少，能點頭或搖頭解決的問題，幾乎不怎麼開口說話，絕口不再提關於她自己的任何一個字。彷彿那個夜晚試圖與我交心的女孩，只是我的一個幻覺。

偶爾我想起小馬那個下午和我說的話，說她初中成績好，升旗開朝會的時候，還上台領過作文獎，穿著制服在全校面前朗讀過文章，透過麥克風，聲音很輕很亮。小馬跟她不同屆也不同班，但常在學校裡看到她，走廊，操場，音樂教室外，她拿著笛子和同學排隊考試，亂七八糟的笛聲在鬧哄哄的走廊此起彼落。小馬對文靜不陌生，遠遠看一眼，就知道是她。可忽然有一天，她整個人就像在學校消失了一樣，一直到小馬畢業，都沒再在學校見過她的身影——

小馬時常纏著我問文靜的近況，我又不是個傻子，小馬這個人藏不住心事，誰會閒著沒事把一個「不太熟」的同學記得這麼清楚。我嗤笑，嘲他是不是對文靜有意思，他的臉色一下出賣了他，連脖子都紅了。

他支支吾吾地反駁，也不怕自己咬到舌頭，「沒、沒有，你別、別亂講！」

不管小馬說什麼我都不相信，反正我也不想告訴他文靜的事，免得他繼續糾纏不休，在武光頭面前露出馬腳，早晚給我壞事。

有一天文靜在我家浴室換衣服時，隔著那扇塑膠拉門，我一時興起，就問她認不認識小馬。門後傳來衣服摩擦的聲音，窸窸窣窣的，等了半天，才聽見她說，「好像見過，以前同校的，我不認識……」

那就是認得了。也虧那次她那麼鎮定，裝得好像沒見過一樣。我心想。要是給小馬聽見，也不知道什麼感覺。

後來拉門唰地拉開，她慢吞吞地走出來，身上卻帶著混濁的濕氣。

那天文靜的恩客是以前我在工地上認識的一個朋友，我和阿龍都叫他劉憤怒，性格耿直，以前住在工寮就得罪過不少人，幾乎沒什麼朋友，總是抿著嘴沉默地做著自己的事，人不算特別機靈，幹活卻很拚命，一個人能做兩人份的工。那時他上面還有仲介抽成，幹著一個人活的時候，領的是半個人的錢；幹兩個人活的時候，領的是一個人的錢，每到發錢的時候，總會咧開一抹燦爛的笑容，彎著腰，汗涔涔地對著工頭道謝：「謝謝謝謝，下次缺人，我還能做！」

那時我們一塊在工地打工，我對這個劉憤怒心生同情。

偶爾有多出來的飲料我就拿去請他喝。有一次劉憤怒接過冬瓜茶，貼在脖子上冰了一下後，就放在角落，繼續上工，結果那包冬瓜茶被其他工友順手拿去喝了。劉憤怒發現之後，果然極其憤怒，一把摔了手套，跑去和那人理論。那位工友是個中年人，性子無賴，平時就在工地拉幫結派，他也不怕劉憤怒，擺明了要耍賴，「喝就喝了，你要怎樣，要我吐給你還是尿給你啊？」

很多人在旁邊跟著笑。劉憤怒氣得眼角發紅，他人緣向來不怎麼樣，其他工友也一副看好戲的模樣，甚至還在一旁火上澆油。我一看要糟，趕緊跑去拉架，劉憤怒卻像聽不懂人話，胸口急促起伏，一副隨時準備衝過去死磕到底的樣子。我擋在中間勸說，心裡早罵開了，結果對方根本不理會劉憤怒，當場伸手抓了抓胯下，朝地上吐了口痰，拾起安全帽，轉身就走。

周圍一下就散了，全部做自己的活去了，扛水泥的扛水泥，疊牆的疊牆，仍然梗在原地的劉憤怒則像個傻子一樣……

劉憤怒現在還跟著阿龍做工，阿龍的父親相當欣賞他的吃苦耐勞，也想過他扶他一把，想教他疊牆，可惜這人手太笨，學了一年多還是不開竅。劉憤怒正值盛年，精力旺盛，在工地這些年磨出一身蠻力，現在也是文靜的回頭客之一。每個月領錢的時候，他常按捺不住地跑來找我，事後又常為自己的一時衝動感到懊悔。

他每次來，都像是憋得狠。

倆人進了房，半個小時後，文靜再走出來，那樣子常把我看得發愣，一下就忘了本來要和她說什麼。

她衣衫整齊，腳步飄浮，整個人就像剛洗了場熱水澡，連顴骨都燒烘烘的，像株被摧殘過頭的芒草花。

把錢給她之後，我瞄了眼她潮紅的脖子，鬼使神差地問了一句，「妳沒事吧？」

她有些恍惚，嗯了一聲，她要離開時我攔住她，剛剛聽見房東在外面跟人說話，我怕文靜這會兒出去又跟那死禿子撞上，我讓她再待一會兒，晚點再下樓。

我站在爐子前燒水，問她吃不吃麵，她手支著頭，坐在凳子上，反應似乎有點慢，先是啊了聲，又說她不餓。文靜哈欠連連的樣子，不知為何，看得我有些心浮氣躁，不禁好奇這劉憤怒是怎麼幹的，回回神清氣爽地離開，搞得採陰補陽似的……

我對文靜說，「累就躺一會兒，等等我叫妳。」

她像是不太好意思，還是規矩地縮坐在那張小凳子上，說不用，謝謝。

「隨妳吧。」

我叼著菸，將泡麵碗撕開，把爐子上的火轉到最大，然後打開那台壓根沒用過幾次的收音機，咬著菸細細研究，我不熟悉這玩意，轉了轉，就聽見歌聲跑出來，但茲茲咂咂的躁訊忽大忽小，跳來跳去，我脾氣跟著跳起來。

我不耐地敲了幾下，罵了聲，再回頭，文靜已經靠在牆邊打起了瞌睡，眼下泛一圈青色。

16

我們幾個兄弟早年各自離家、游離在外，若不是性命攸關的大事，基本上從不互相聯絡。一旦聯絡八成是為錢。一提到錢，各個又像腳底抹了油似的，溜得比泥鰍還快。

我終於將那條金鍊子和小神龍偷的那隻錶順利脫手，結果當天就被牌癮發作的老酉拖去阿不拉家裡打牌。因為我父親的下場，導致我後天對於賭博這件事一直摻有一絲不祥的預感，雖不至於避之唯恐不及，但我不會對它著迷。

那幾天我心裡盤算著怎麼說服小神龍讓她跟我出來單幹，上了牌桌打得心不在焉，卻幾乎把把胡牌，連著自摸了六七次，大贏一票，弄得阿不拉一張臉簡直黑如鍋底。這老混子向來牌品欠佳，被我胡了這麼多把，要不是還有東錢可抽，早就撂桌走人。

光是那條金鍊子就當了九千多塊，更別說那隻錶了，再加上那天贏的錢，我也算小小體會了一把身懷「鉅款」的滋味，走起路來都輕飄飄的。

只是這錢還沒在口袋捂熱多久，我那遠在老家的二哥，就和千里之外感應到了鮮血的大白鯊一樣，隔天大早一通電話就打來朝我要錢。

電話裡，一聽就知道老二還沒酒醒，那條長年被酒精過度麻痺的舌頭捋都捋不直，嘴裡彷彿含了顆大鴨蛋，話都說不清楚。

我想起前幾日我在弄那台收音機時，電台似乎發過颱風警告，但我沒放在心上，轉頭就忘了。一早被吵醒，我忍著暴躁，聽我二哥在電話那頭嚷嚷海邊的狂風巨浪。我躺在床上，望著窗外風平浪靜的天色，身在城市渾然未覺，因為台北幾乎無風無雨。

我二哥說老家兩邊的屋子被刮成了廢墟，半夜塌了牆，右邊的雞舍淹了大水，剛生出的那窩雞崽子一隻都沒活下來。那些爛泥水和著雞屎穢物還淹進了灶房，水溝堵了，馬桶也堵了，家中臭氣熏天，慘不忍睹云云——

說來說去，就是要錢。

我爺爺奶奶如今上了年紀，自從我跟我三哥都離開家裡後，老家如今只剩我二哥這個孫子留守，看顧二老。他從小到大就沒幹過一份正經工作，要四十歲的人了，唯一的成就就是染了一身酒癮，一天到晚窩在鄉下醉生夢死，沒了錢，就伸手同我奶奶討。

他少年酗酒，喝醉就要發瘋，瘋起來就六親不認，還敢動手打我奶奶。當時我和老三連同我爺爺三個一起把發酒瘋的老二給制伏，我和老三趁機將神智不清的老二痛揍了一頓。

我自幼就和我二哥不親，因為昔年那些不甚愉快的記憶，親眼目睹他打過我奶奶，我對他一直有股難以化解的厭恨，極其不耐煩聽他說話。電話中不時出現雜音，他在那頭嚷嚷著要重蓋房子，我就問他通知老大老三了沒有？他打了個長長的酒嗝，答非所問，繼續咆哮：「……我知道你們都看不起我，找半天都找不到人，全跑出去自己過好日子啦！老大，老三，還有你這個小王八蛋，你們沒良心——」

說得好像你就有這個東西似的。

我懶得再聽他廢話，直接把電話掛了。又撥了電話找我三哥，連打好幾通，有響無人接。我不意外，或者說根本在意料之中。這是他的老把戲。

錢就是他的命根子，誰要是想打他命根子的主意，走著瞧，他躲得比誰都快。就連我都很難從他身上摳下一毛錢。

「幹！」我罵了聲，把話筒甩在桌上，氣得直接把電話線給拔了。

這個時間，窗外的小鳥吱吱喳喳地叫，我從床頭摸了菸盒，兩根三根不停歇地抽。牆邊上堆疊兩三個密封的咖啡色紙箱，那是一個多月前，我那親大哥暫放在我這裡的家當，說是一些衣服和雜物。

這些年我們雖然都在台北，但也幾乎不太連絡，他經常換住處換號碼，行蹤飄忽不定，這兩年來尤其嚴重，也不知私下在幹些什麼見不得人的勾當。那天他忽然找上門的時候，一副要跑路的樣子，我有些訝異，東西也沒說借放多久，只說過陣子安定下來再來拿走。我問他是不是出了什麼事，他笑說沒有，只說是搬家，打算和朋友南下開間釣蝦場，我們一起吃了頓飯，聊了些瑣事，分開之後，就再也找不到他人了……

老三躲起來，老大又找不到人，我扒著頭髮，我是無所謂我二哥，管他是死是活，但一想到我奶奶，就心煩意亂，心中把老三臭罵一頓。我不想直接與我奶奶聯絡，已有八年沒回去，當年衝動離開後，起初是逃避心理，怕她叨念，怕她怪我，更怕她哭。每次我都告訴自己等等、再等等，結果這一等八年就過去了，平時除了匯錢回去，我再沒和她說過一句話，每次家裡的近況，都是偶爾和老三聯絡時，聽他說起。

在台北混跡這些年，老家的生活已經離我越來越遙遠。以前在家，我奶奶最疼的就是我，經常趁老二老三他們不在，私下偷偷給我塞好吃的。

是她堅持必須讓我唸完高中。還留了一顆發烏的金戒指給我，份量很輕，款式很舊，都磨得沒什麼光澤了，那只戒指被我奶奶一塊花布包得一絲不苟，寶貝似的藏在床頭縫間。那應該已是我奶奶身上僅剩下唯一值錢貨，當年居然沒被我父親和母親搜括走。

我十七歲那年，奶奶那張蒼老純樸的臉，已經生出許多褐斑，她小心翼翼把那顆戒指從縫隙裡摳出來，笑容帶著一絲小小的得意與滿足，叫我心裡發酸。

她拉著我的手，躲在房間，悄聲告訴我，「阿放，這個以後給你娶老婆，給你留著，就放在這裡，別跟你阿兄他們說……」

當年我離開時並沒有帶走那顆戒指。也不知道那顆戒指是不是已被我二哥拿去換了酒錢。

如今蝸居在這座城市，我已不太輕易去回想以前的事情，可記憶一下子全湧出來，收也收不住。

夜裡睡不著，我就坐在窗口抽菸，要說世上我最後還牽掛著哪個親人，那個人肯定是我奶奶，十九歲那年我曾經幻想，哪天要是我能在台北發達，到時我就在山上買一間別墅，再買兩條狗，把她從車路崎裡接出來享福。

然而現在我只剩下一個希望：待到我老得再也混不動的那一天，若還有機會能回到我的老家，我就是爬也要爬回去——死後就埋在我奶奶墓旁。到時在地下好好孝敬她老人家，給她做牛做馬，來世要她還願意，我再給她當親孫子，到那時她讓我往東我絕不往西，讓我幹什麼，我就幹什麼。再也不離開她。

……

天亮後我還是跑去了郵局匯錢。時間還不到中午，櫃檯前大排長龍。我一共填壞了三張單子。第一張寫了五千。第二張寫了八千。後來又一張張地揉爛，牙一咬，終於劃了兩萬塊錢出去。這一下，昨日那筆橫財一分不剩。

出了郵局的門後，我坐在階梯上抽菸，腳邊一圈菸蒂，看著路上往來的行人，越想越氣，越想越不甘，我用公共電話給老三打了電話。這次他終於接了。我不管不顧臭罵了他一頓，告訴他躲得了初一，躲不過十五，有種你一輩子別出現，以後借錢別來找我！

17

「小兄弟，要不要鬆一下？」

「放心，我們價錢公道，環肥燕瘦，各個服務優良……你第一次？」

「那沒問題，是人都有第一次，早晚都要跨出那麼一步。這我有經驗，我給你安排，包你滿意。」

「阿伯，找粉味啊？」

「我知道個好地方，小姐一個比一個漂亮，小鍾楚紅、小林青霞任你挑，還便宜——」

那陣子我化悲憤為力量，彷彿找回當年二十出頭那種初出茅廬的熱忱，拿著賣白菜的錢，操著賣白粉的心，使出渾身解數，拚命拉客，且成效顯著。

那個月店裡的小姐一個都沒閒著，天氣漸冷，武光頭難得笑容滿面，他對此表示滿意，並開始懷疑我以前是保留實力，不夠用心，希望我以後就按照這種標準持續上進、努力，還說出「你好我好大家都好」這種意味不明的話來。

一天下午我提著袋綠豆湯回到店裡，一進門，一股劍拔弩張的氣氛撲面而來。武光頭不在，小姐們分作兩邊，全都站著，一語不發，站在中央的金虹正瞪著小神龍，一副恨不得拆吃入腹的模樣。

我心中一頓，暗叫不好，趕緊放下綠豆湯，說，「又怎麼了？」

女人多的地方，官司永遠沒完。小神龍跟店裡小姐大多不合，尤其是她跟金虹那經年累月的恩怨，三天兩頭吵吵鬧鬧，為了點雞毛蒜皮的事打起來也是常態——

幾年前武光頭店裡有個常客，有嚴重的暴力傾向，和他睏過覺的小姐，沒一個不帶傷的。每次他到店裡去，小姐們各個都縮在牆邊裝縮頭烏龜，一下子誰也不說話了，就怕自己被武光頭點名。金虹對此就有切膚之痛。因為她曾被那位客人嫌棄下面太鬆，幹起來沒勁兒，就硬是被壓著走後門，當時她不願意，卻也反抗不了。

據說那場面極其慘烈，金虹死死地摳著床頭，紅著眼，咬牙切齒，好似上刑一樣，叫得跟殺豬一樣，花花綠綠的被單上沾了一灘血，彷彿又回到遙遠以前被她繼父開苞的初夜——

金虹在床上趴了三天，連走路都成問題。小姐們同情她，私下又不停嚼舌根，幸災樂禍，慶幸躺在那兒的不是自己。說起來，金虹和小神龍的過節也是從那次結起，因為那人要點的本來是小神龍，結果小神龍不願意，武光頭也由她，遭殃的就成金虹了。

那時是我剛到武光頭店裡幹的頭半年，人還有點矬，還有一身從工地磨出來的銅皮鐵骨。武光頭第一次指使我去藥局給金虹買藥，但話裡話外說得不清不楚，語焉不詳，我嚴重理解錯誤，結果買了罐內服袪毒、醫痔瘡的槐花散回去，武光頭接過藥，笑笑不說話，後來那罐藥錢全從我當月的薪水裡扣完。

金虹恢復行動能力的第一件事就是找小神龍報仇。

她一把抓著小神龍的頭髮，一個響亮的巴掌甩過去。倆女人直接在店裡打起來，連衣服內衣都給扯掉了，我第一次近距離見女人打架，我衝過去把兩個女人拉開，試圖勸和，卻成了箭靶，她們抓了狂，我一個男人也不能對她們動手，結果雙拳難敵四手，一張臉全是她們撓出來的血痕，差點毀容。

幾個小姐在旁邊尖叫，怎麼都不消停，我頭皮一麻，大吼一聲，推開金虹，然後就把披頭散髮的小神龍往肩上一扛，朝裡面的房間衝。

地上的木板要被踏破似的吱吱作響，皮青臉腫的小神龍倒趴在我的肩頭上，還在唯恐天下不亂地咯咯笑，瘋婆子似的，我把房門一鎖，抹掉臉上的血，與小神龍狼狽對望，氣喘如牛，任金虹她們在門外拍門，叫罵不休。

沒一會兒，小神龍忽然湊上來，咬住我的耳垂，我抖了一下，那時我跟這位紅牌還不太熟，卻仍有種過了電的盪漾。她含著我的耳朵，噴了口氣，用她的山地腔，笑嘻嘻地說，「我技術很好喔……」

她開始脫衣服，半邊胸罩從扯壞的領口裡露了出來，小神龍披頭散髮，臉上被金虹打得跟調色盤似的，青一塊紅一塊，還掛著條鼻血，滑稽極了。她直直盯著我看，眼底冒著熊熊大火，隔空燒得我氣血逐漸翻湧，胯下脹痛。

我坐在地上，她把頭緩緩下滑到我大腿，拉下我的拉鍊，冰冷的手伸進褲檔，我懷疑她幾乎要將我整個人吃吞下去。

那是我第一次看紅牌的裸體。也不知道事情是如何跳躍到這一步。後來她拉下自己的肩帶。後仰躺在地上。朝我敞開了雙腿。勾著我與她幹壞事。

我心裡一面想拒絕，一面又難以抗拒，掙扎不過十秒鐘，還是爬了過去。第一次與小神龍做愛，叫我想起童年時代光著屁股，在被陽光曬得發燙的石灘上來回狂奔，忽然被我哥他們一腳踹進海裡，從尾骨到大腦，一半是熱的，一半是冷的，手腳麻得不聽使喚。

這幾年來我和小神龍沒少幹壞事。各種壞事。我們之間牽扯多，在武光頭店裡，我跟她的關係就要比其他人更加親近一點，算是自己人。

我一看她又要跟金虹槓上，連忙出聲阻止。之前我就警告過她這陣子要安分點，別再「亂來」，尤其別去招惹金虹，可她並沒把我的話聽進去。

我攬住金虹的肩膀，把一杯綠豆湯塞進她的手裡，說，「行了行了，來，降降火，有話好好說！」

金虹不領情，一把拍開我的手，怒氣騰騰，「少跟老娘來這套！我今天非撕了這個死番仔不可！」

說完，她一揚手就要朝小神龍搧過去，我擋住金虹的手，回頭朝其他小姐高聲問小馬在哪。她們支支吾吾，說小馬和武光頭出去了。媽的，這小子怎麼就這麼運氣，每次碰巧都躲過這群女人鬧事的時候？

「你別攔我！」

也不知道金虹到底受了什麼刺激，不停尖叫，喊得我太陽穴一跳一跳，這時武光頭從大門進來，身後並沒有跟著小馬，他掃了一眼，面帶厲色：

「幹什麼，皮癢啊？」

聲音一出，店裡瞬間安靜了。小姐們看到武光頭，就像學生看見了訓導主任，一時間都老實了。我攬緊金虹，到現在也不知道她們為什麼起爭執，只能在心裡祈禱金虹不會在武光頭面前亂講話，我瞪了小神龍一眼，只見她還是那副滿不在乎的樣子，不僅低頭摳摳指甲，嗤了一聲。

武光頭走近我們，像一座逼近的龐然大山，我順勢放開金虹，還隱約聽見金虹咽了一口口水，不由好笑。

我看武光頭似要動手，趕緊側身擋在金虹面前，說都是誤會一場，沒事沒事。我掐了金虹一把，只聽她在背後，沒了剛才那種張牙舞爪的氣勢，聲音都弱下去了，懦懦地說，「我進去了。」

說完，就聽腳步聲急促地動起來，也不知道是不是故意，還撞了小神龍一下。

那個下午金虹一直躲在房間裡，連晚餐都不肯出來。

晚上我逮到空，趁隙在房裡問小神龍下午到底怎麼回事，她不屑地說，「誰知道？她有病，倒貼男人都不要，還要把氣出在別人身上。」

我皺眉，問她什麼意思，她好像有點不耐煩，「她不就是喜歡小馬子嗎？一天到晚管這管那的，她以為她是誰，小馬子的媽啊？」

金虹確實喜歡「管」小馬。且越來越嚴重。武光頭不在的時候，她幾乎把小馬當作她的「人」，那架勢還真有點像老娘管兒子，頤指氣使，從頭管到腳，管小馬的穿著，管小馬的吃喝，還要管小馬跟誰說話，一天到晚「小馬、小馬」掛在嘴邊，一點也不收斂，理直氣壯，小馬要是不理她，金虹還能生一天悶氣，就像來了更年期一樣。

小神龍就是跟小馬調笑幾句話，搞得小馬面紅耳赤，金虹就不痛快，等武光頭出去後，就開始找小神龍的碴，小神龍也是個爆脾氣，倆人妳一言我一語，也不來什麼「有話好好說」那套，立刻就吵起來。

我聽完，頭都痛了，抓著小神龍的手臂，壓低聲說，「不是叫妳最近別惹事嗎？金虹都知道了，妳還去惹她！」

小神龍冷著臉，「難道還要給她白欺負？她就是欺善怕惡，你看她多怕武光頭，我要是不吭聲，她就要爬到我頭上撒尿，嗤，我沒那麼好欺負。」

「妳行，妳硬，妳不怕她，妳也不怕武光頭啊？」我瞪著她。

「她又沒證據，她有嗎？」小神龍梗著脖子，脾氣也硬起來，一張深麥色的五官滿是好強、不服輸，冷冷說，「要說就去說，大不了就那樣，我就不幹了。有種他打死我啊，我怕他個鳥——」

「噓，」我趕緊摀住她的嘴，低聲說，「妳他媽小聲點！」

我們身體貼著好一會兒，燈下，我覺得這是個好時機，於是貼著她的耳朵，說：「要不妳跟我走吧，別待這兒了。」

只見小神龍頓一下，眼睛一下亮起來。

反手抱住我的脖子，語氣竟顯得有些天真，甚至興奮。

「你要養我啊？」她說。

「什麼啊？」我愣了下，噗哧笑出來，放開她，「我是說我們自己出去幹，不窩在這兒看人臉色，整天戰戰兢兢的，沒個意思。」

「……」

她立刻不說話了，連眼神和表情都變了。

變得比剛才在外面和金虹吵架時還要難看，狠狠瞪著我。

我大概知道她在想什麼。就因為知道，才要說分明、攤清楚。我確實希望她跟我一起走，但不想製造什麼誤會，免得將來撕破臉，還得絞盡腦汁擺脫這一切。說不定還擺脫不了。

我搓了搓脖子，這次態度帶了點真誠，「妳也不用急著答覆我，這事我還要計劃計劃。我現在也不敢給妳什麼保證，但我可以說，妳要是跟著我幹，肯定不用再受這些鳥氣。妳可以再想想，想好了再告訴我，畢竟我們不一樣，就算以後不一道，我也希望妳好，只是先告訴妳一聲，我早晚都會離開這裡……我不勉強妳。」

18

隔壁棟一樓老頭家那棵山櫻花又開了，又是新的一年。

我離開老家後，很少再過年，那棵山櫻的枝枒早就高高地越過了水泥牆，每年開花的時候，從我家的陽台往下望，總是一片深深淺淺的紅。附近幾個死小孩經常爬上停靠在路邊的車頂，雙手攀住那棵櫻花露出牆外的枝枒，猛烈搖晃，桃紅色的花瓣顛落一地，總把那老頭氣得半死，拿著棍子衝出來逮那幾個兔崽子。

那個萬物復甦的春天發生了兩件事，使我和文靜的關係，一下子有了質和量的飛躍。

首先是那隻不請自來的小雜種——

我從小就受不了別人控制我，越不讓我幹的事，我就非幹不可。好比那隻經常跳進我家陽台的髒兮兮的野貓，我本想把牠趕走，可忽然想起房東堅決不讓租客養貓狗，只因他對動物的毛髮過敏，我一個心理扭曲就改變了主意，便決定留下那隻拖著顆肚子、長相怪異的野貓，偶爾扔點吃的給那隻小雜種填肚子。

那隻小雜種後來也有了個名字，叫月光。這麼文謅謅的名字，當然不是我取的，而是文靜。本來我一直小雜種、小雜種的叫牠，可文靜嫌難聽，又給小雜種換了個名，叫月光——因為牠鼻子上生了一圈突兀又怪異的白毛。

月光就這麼常駐在我的陽台上。文靜很喜歡月光，三不五時溜上三樓，拿著家裡吃剩的飯菜，拌給那隻小雜種吃。餵得比我還殷勤。還搬了盆砂上來。

她幾乎天天上樓來。我不可能把我家的鑰匙留給她，傍晚我還得出門，她只好一放學，就先跑上來敲門看我在不在。有時在我出門前十幾分鐘的空檔，她就穿著制服蹲在我家地上，迅速收拾那小雜種的砂盆和飯碗，要是我那天比較晚出門，她就順帶把我家的地板擦得一塵不染，在水槽給那小雜種洗飯碗的時候，連同我的杯碗通通一起刷個乾淨。

這些事都不是我讓她幹的，可她做得起勁，我從未跟她道過謝，她也一點抱怨都沒有。

那小雜種恐怕真有點靈性，早認清楚了誰才是牠真正的衣食父母。文靜每天上來，也待不過十幾分鐘的時間，可牠就是認準了文靜，反倒對我這個天天睡一個屋子裡的「主人」十分冷淡。我也不在意，每天出門時，就拎著牠的後頸皮連同水碗一起關在陽台，任牠在外面自生自滅。我不怕牠丟，丟了也無所謂。

有一回文靜正拿條抹布擦地，上半身幾乎趴在地上，屁股撅著，裙擺一晃一晃的，從校裙底露出兩個膝蓋拖在地上爬行，抿著嘴，喘著氣，較勁似的，擦得特別投入、賣力。

文靜擦地時，小雜種就趴在牠小腿邊咬著她腳上雪白的襪子，拖著顆肚子，不時地叫兩聲，看上去親暱極了。

我看著這一人一貓，沒話找話和她聊天。

「妳和房東熟不熟？」

她頭都沒抬，就說不熟，我又問，「妳上來時都沒碰見過他？」

「很少，他有一次看見我從這裡走出去，後來我都躲著他走。」她鼻頭出了汗，小聲說。

我笑，「妳還挺機靈。」

我穿著條四角褲，灌了半瓶子冰水，晚上和阿龍有約，在家裡待到了七點多，文靜下了課，背著書包就上來了，我也沒趕她，她就這麼跟我待了兩個多鐘頭。

這大半年來的接觸，我漸漸發現她一些毛病。

她話不多，但手腳好像閒不住。總在我家找活幹，不是擦地就是洗碗，給小雜種洗完澡，她都能順手把我那間廁所給刷得乾乾淨淨。她幹起家務活來，俐落得不像個學生，連蟑螂都不怎麼怕，那段時間，我家的環境衛生確實達到前所未有的高度，放眼望去，整整齊齊，窗明几淨，我錯覺自己不是養了隻貓，而是娶了個年紀輕輕、任勞任怨的童養媳。

這破地方終於有幾分像是人住的地方，這種變化，起初我還覺得心曠神怡，覺得自己撿了便宜，可時間一久，見她老是在視線內轉來轉去，不聲不響地收拾我的菸灰缸和打火機，還有我的衣服，我又開始覺得心煩……

我就忍不住問她，「妳爸媽都不管妳回不回家啊？妳每天上來，他們都沒發現？」

她搖頭，說不會。他們常不在家。

「喔，那妳沒其他事幹了？我是說，妳不是學生嗎？天天來我家掃衛生，妳是閒得發慌啊？」我語帶嘲諷。

有那閒心，怎麼不去多賺幾個錢？不是缺錢嗎？但我多少意識到此話的惡劣之處，也就沒說出來。

她停下手，轉過頭來看我，搓著手裡的抹布，停下了動作。小心翼翼地問是不是打擾到我。

「不是擾不擾的問題，」我彈了彈菸灰，說，「我就想知道妳圖什麼？如果妳是在討好我，大可不必，我沒什麼好處給妳，妳是在做無用功。」

櫃子上，收音機的聲音開得不大不小，還是文靜自己帶上來的洋卡帶，爵士樂的旋律，一陣鏗鏘的前奏叭叭地噴出來，歌聲油腔滑調的，唱些什麼，我一個字都聽不懂。

那時她正跪坐在地上，手裡還掐著條濕答答的黃抹布，有些啞口無言的樣子，手指卻在抹布上絞得厲害，小雜種趴在她腿邊，一副不諳世事天真的醜樣子，甩著尾巴，一對黃綠色圓滾滾的瞳孔盯著我看。

過了半天，才聽她說：

「我沒圖什麼，我爸帶了女人回家，我不方便回去。也沒地方去。

「……我就想找個地方待一會兒。」

她說這些話也是平平靜靜的，習以為常似的。

我憶起有幾次在樓下看見「吳營長」在按摩店進出，和裡面那幫衣著暴露、腔音極重的越南妹有說有笑，那個七號甚至還跟在他屁股後頭走上樓過。

我移開菸，下床走近文靜。她沒躲。我蹲到地上，掐住她的下巴，湊近她的鼻尖，四目相對，差點鬥雞眼。此時隔壁忽然爆出一聲響亮的叫床聲，女人啊啊的呻吟，她眨了眨眼睛，目光有些閃爍，白皙的臉頰泛出一層酡色。

我給她逗笑了，心情一下好起來，拇指蹭了蹭她的下巴，就放開了，不解她怎麼還會因為這點「小事」而臉紅……

我問她以前碰到這種情況都上哪去。

那應該算是我們第一次談心。我第一次主動問起她家那些私事，她的話就顯得多了起來。

文靜說她父親幾乎沒有工作，家裡就靠母親一個人賺錢養活。他父親四處留情，經常趁她母親不在家的時候帶女人回家。以前她會特地再搭車回到學校遊晃一圈，假裝問老師功課，拖到太陽徹底落山再搭車回家；後來就不這麼幹了，直接坐在三樓或四樓的牆角等，但樓梯間蚊子又毒又多，還有跳蚤，就算用書包擋著，兩腿依舊被叮得全是腫包。她常常躲在樓上背英文單詞，一邊注意樓下的動靜。

她們家的大門上掛著串沉甸甸的銅鈴，開關門的聲音特別好認。她認準了那串鈴聲，只要聽見樓下那串鈴聲噹噹響起，就知道她爸那兒結束了。等那些女人走了，她再裝作若無其事的樣子下樓、回家。

她說好幾次聽見她父親和樓下那些按摩妹在樓下打情罵俏，有的還操著一口越南國語，腔調彆彆扭扭，她躲在樓上牆角窺聽。她父親是按摩店的常客，她認得那個七號，有一次她父親忘了帶錢，打電話讓她下樓給他送錢包，她一走進去，就看見父親臉上蓋著毛巾，躺在臥椅上閉目養神，那七號正用毛巾裹著他的雙腳，緊緊抱在胸口，又捏又揉，工作服下的一對乳房都被她父親的大腳板子擠得變形了。

她經常躲在斑駁的牆邊，陰暗的光線裡，看著那些女人蹬著各色涼鞋，從她家二樓的拐角走出來，每次都不盡相同。她們扭腰擺臀走下樓梯，背影像顆豐滿的葫蘆，鞋跟踏在階梯上，踢踢躂躂的，聽起來異常囂張——

聽完，我跟她玩笑，妳爸這麼能搞，就沒在外面給妳留下幾個兄弟姊妹？

文靜抿著嘴，垂下眼，輕聲說，我不知道。

19

都說會咬人的狗不叫。拿來形容文靜再貼切不過。

早年在監獄我情緒不穩，很容易焦躁，一焦躁就忍不住想幹點傷人傷己的事。為了轉移注意，有時我會跟老菸槍說起自己過去。老菸槍因為工作緣故，沒少跟那些重刑犯殺人犯打過交道，也算得上見多識廣、處變不驚了，我發現和他聊天是件很舒服的事，因為他聽什麼都不大驚小怪。

有時他也會主動和我分析起文靜這個女孩。

老菸槍並不認識文靜，對她的了解僅止於那些冷冰冰的報告，同事之間的耳語，以及我這個服刑犯的一面之詞。

一口爛牙的老菸槍會在短短的幾分鐘內化身福爾摩斯，摸著下巴，說文靜那種超乎年紀的忍耐力，不只因為她天生是個女人，還是那種長期在動盪的生活裡演化出來的性格，越是擅長忍耐的女人，通常都有個特點：就是不鳴則已，一鳴驚人。

然後又嘿嘿笑兩聲，「前陣子我們同事就抓了一個，三審全判了死刑，那是個驚世媳婦，不得了啊，外表柔柔順順，內裡殺人都不眨眼的，為了保險金，投毒殺了婆婆，再殺自己老公，人家那是十幾年的夫妻啊，孩子都有三個……你不知道，警察上門逮人的時候，她兩隻眼瞪得大大的，冷靜得很，看上去一點也不害怕，要不是我們及時趕到，她還打算殺她親老母哩……」

老菸槍搖搖頭，「所以說，千萬別小瞧女人。要不哪天怎麼死都不知道。」

確實不能小看女人。

每每在牢房的夜晚想起文靜，我也覺得她像極那把當年掛在老家灶房裡的菜刀，即使生鏽發鈍，毫不起眼，本質上還是一把刀，和點水，磨一磨，照樣能開膛剖肚、斷筋削骨。

文靜說，她父親十七歲的時候，就和她母親擦槍走火有了她。當時倆個小情人打得火熱，少年人血性旺，放學後，在空無一人的教室裡偷嚐禁果，最後一次鐘聲自廣播裡敲起，教官的皮靴聲在走廊經過，化學藥劑一罐罐的擺在玻璃櫃子裡，陰暗刺鼻的空氣裡，桌上的試管匡噹匡噹地碰撞，窗外的榕樹鬼影似的跟著搖搖晃晃，文靜就是那次一發不可收拾的產物。

她母親十七歲就懷了，沒經驗，新生命來得不聲不響，悄然無息在母親肚子裡待了五個多月，她母親居然一點感覺也沒有，根本沒發現自己懷孕。

文靜的父親少年時期認過一個重量級的「乾爹」，對方是個大老闆，有好幾家戲院，大家都叫他「王桑」。王桑是個豪情慷慨的人物，有過三段婚姻，娶的老婆一個賽一個年輕，第三任妻子是個和他相差二十四歲的小明星，只拍過兩支咖啡廣告，名不見經傳，和中年富態的王桑站在一起，像父女一樣。王桑從不避諱自己喜歡青春肉體。喜歡和一票年輕人處在一起。

以前文靜的爸國中起就常跟著一群人逃學，和那位王桑到處吃喝玩樂，進出北投銷金窟，王桑還會帶著他們這幫小痞子上美軍俱樂部消費，歌手樂隊在台上唱披頭四，他們泡在摩登的舞池裡狂歡。

文靜的頑強大約自在娘胎那時就已經初露端倪，她母親有時喝醉，就說她是個小冤孽，一點沒說錯，那時她懷著文靜，還天天跟著她父親到處蹦蹦跳跳，抽菸喝酒，被如此摧殘，居然一點事也沒有，牢牢地扒縮在母親的子宮裡直到呱呱墜地。

她母親直到肚子快八個月的時候才反應過來，一開始慌得六神無主，也不敢告訴父母，月份太大，沒診所敢收她，她病急亂投醫，偷偷託了要好的同學上藥房買了藥亂吃，把自己吃得口吐白沫，折騰掉半條命，孩子還在；又異想天開，挺著近八個月的肚子從樓梯上來回往下跳，孩子依然沒蹬下來，差點先把自己的小命給蹦掉……

當時在床上聽文靜說完，簡直目瞪口呆，一方面難以想像怎麼會有女人懷孕到六、七個月而不自知的？一方面又覺得她命真夠硬，沒被她母親折騰成傻子白痴，還能安全出世，都是老天保佑。

我打了打她的臀部，那是文靜全身上下最有肉的地方，我說妳媽該不是存心要訛妳爸娶她，假裝不知道自己懷孕吧？

那時我們倆都沒穿衣服，黑暗中，她光溜溜趴在我身上，我兄弟還在她身體裡面，剛射過精，漸漸地疲軟下來。她抽了抽氣，小聲說，不知道……

窗外傳來「唰唰、唰唰」的聲音。小雜種又在外面撓窗。小雜種已經長得很大，後來我和文靜才發現，原來小雜種拖著那顆肚子並不是懷孕，可能是生了某種病，才把肚子撐得圓圓的，好像一顆大肉球那樣。有時我跟她在屋子裡做愛的時候，牠就喜歡在旁邊搗亂，有一回不知道中了什麼邪，忽然竄到我背上，我在興頭上差點被嚇軟，氣得一把把牠掀下去，那小雜種往地上重重一摔，還猙獰地叫了聲，背都弓了起來。

後來我都把牠丟去陽台，任牠怎麼撓窗，辦事的時候，決不放牠進來。

「妳命也真大，我以為自己已經是少見的命硬，嗤，妳比我還厲害。」我說。

「什麼意思？」她問。

「小時候老趁大風天溜到海邊玩，好幾次掉進海裡，差點給瘋狗浪捲走，可老天不收我，最後總是平安無事。」

「我還沒去過海邊……你為什麼颳風還去海邊？你會游泳嗎？」

「哪有什麼為什麼，小時候誰不貪玩……我老家就在海邊，從小在靠海長大，還沒學會跑就先會游泳了，都用不著人教。」

後來她又說以前看電影，想不明白為什麼人泡在海裡，腳踩不到地也能浮起來，問我是不是也會？

我噴出一口菸，說會啊，其實很簡單，我們家沒誰不會。

「真厲害，」她渾身濕淋淋的，瞇著眼，像是很嚮往，說話都帶著懶洋洋的，帶著鼻音，

「怎麼做到的？」

「就那樣吧，我也不會說。」我有一絲得意。

「我們學校的泳池，最深有兩米，每次游到那兒，我就會沉下去，一緊張就吃水，眼睛疼、鼻子也疼，像要死了一樣……」

「找一天你帶我去你老家吧，我沒去過海邊，小時候想做條美人魚，你教我游泳，教我怎樣在海裡浮起來，永遠沉不下去。」她兩眼彎彎的，嘴裡叼著我的喉結。

我沒接話也沒應她。她說話時總不安分，身體扭來扭去的，我讓她別動，她不聽，我就狠狠在她屁股上打了兩下。

她皮膚白，紅色指印一條一條的，視覺上刺激得很，沒一會，我又在她身體裡勃起了。

可我累得不想再動，她翻身緩緩騎在我身上，全身上下都泛紅了，嘴唇咬得濕潤潤的。

我從下方觀望她，她坐在我身上，胸依然那麼小，好的是身上沒有一絲贅肉，兩細腿牢牢將我的腰夾住，然後騎馬似的動起來，黑色的頭髮甩得又狂又野，其放蕩的程度比起小神龍她們簡直有過之而無不及。

20

那年阿龍父親的工地被倒工程款，許多參與那樁工程的人一夕之間債築高台，有人跑去跳河，有人跑去跳樓，事情一度鬧上新聞，受害人中就包括了阿龍的父親。

那位包商捲款消失，上游的建商公司也不願負責，工程款下不來，工人領不到薪水，拖欠的材料錢也還不上。諸多廠商求助無門，工人們綁著布條跑去開發公司門口抗議靜坐，材料行為了討欠款跑去工地潑漆鬧事，還有人請了黑社會向工頭們討債，工程全面停擺，風波越鬧越大，後來鬧出了人命，還登上報紙頭條，什麼樓起樓塌、血濺工地，標題極其聳動。

當時報紙上登了張照片，是阿龍的父親小小的身影，顫巍巍地爬上七層樓高的鷹架上，身上還綁著一塊白色的長布條，布條上用紅漆噴上歪歪扭扭的幾個大字，血淋淋的在狂風中飄揚。

後來一腳踩空，從高處墜落——

那晚重慶北路上掛著一輪煙黃色的大月亮，我跛著條傷腿和阿龍跑了半條街，死命推開圍觀驚呼的人群，卻慢了一步，眼睜睜看著那個佝僂蜷縮的身影，迅速下墜，在沒有任何防護措施的狀態下，摔進一堆散落的鋼條之中……

二十多年前走進台北七成的工地和材料行隨便問一下，「喂，認識李老九嗎？」很少人不認識阿龍他父親。

早年阿龍父親以工寮為家，在各地工地奔波勞苦二十年，打下厚實人脈，當年我到萬華投奔阿龍時，他父親李老九已在台北的工地混得風聲水起。

那件工程被倒之前，他父親的口碑一直出名的好，不僅手藝穩，還什麼都會一點，算成本、找工人、叫材料，都能一手包辦。為人魄力實在，從不偷工減料，對待底下那些粗工也很是照顧，平時在工地上下潤滑，大大小小的工友都以他馬首是瞻，那些包商都賣他李老九的面子。

之所以叫老九乃因他曾在工地出過一樁意外。當時一個年輕的小工被鋼筋給絆，眼看就要面朝下朝高速旋轉的切割機倒下去，阿龍的父親見義勇為，伸手給他擋了一下，結果一根小指被削掉大半截。聽阿龍說當時血濺了一地，場面混亂，他父親不愧是條鐵錚錚的漢子，拿條毛巾壓著傷口，咬緊牙關，硬是一聲不吭，那個年輕小工嚇得半死，滿臉鼻涕跪在地上徒手刨土，奈何怎麼也找不回那節指頭，也不知道最後是不是混著血一起埋進了混凝土裡。

事後阿龍父親也不為難那個小工，在醫院養了十天傷，又堅持回到工作崗位，這樁英勇事蹟就在工人間傳開了。

有時在工地遇到些想鬧事的地痞潑皮，阿龍的父親就陰著臉，一手拿著鋼條，一手亮出手上的斷指去鎮場子——久而久之，李老九這名號就在那一個又一個工地裡被廣為流傳，提起李老九的人品，大家都要豎起一根拇指：服氣。

我在工地打工那兩年，每年都在阿龍家的飯桌上吃年夜飯。他父親把我當半個兒子，每年都給我發紅包。阿龍家過年總是很熱鬧，他父親熱心腸，會招呼那些大年三十晚上仍窩在工寮、無處可去的工友回家吃頓熱騰騰的年夜飯。

有一回除夕夜，他父親就帶了十幾個工友回家，其中還有一個剛從牢裡放出來的，飯桌上擠得坐不下，我們這些年紀小的，包括我和阿龍，就拿著碗筷圍站在桌邊，縮著手腳，你推我我推你，繞著桌子夾菜。

圓桌上鋪著大紅花布，大火鍋擺在正中央，還有一大盆炒米粉，氤白的熱氣咕嚕咕嚕地冒著，碗碟呈放射狀的擺滿整桌子，光看著就覺得豐盛美滿，充滿希望。

窗外近午夜的西寧南路炸出連環的炮響。凌晨拜完天公，我們就在客廳熬夜守歲，聽楊三郎的小調，呷煙賭牌開各種黃腔。一屋子老老少少的臭男人，滿滿的陽剛氣，嗆辣的高粱滑過食道，嗓子開始冒火，酒過三巡，歪的歪，躺的躺，吹牛皮的吹牛皮。

那個剛從牢裡放出來的那位老大哥，喝上頭之後，話匣子也開了，抽出破損得厲害的皮夾，掏出一張小照片給我們看。旁邊人一看就拍大腿，唾沫橫飛：「唉唷，老胡，你女兒啊？生得很標緻啊！」老胡赤著臉，滿目血絲，粗黑的指頭點著照片上一個紮著雙馬尾的小女孩，粗著聲，有些靦腆地說：「我小女兒，去年上小學了，口琴吹得很好，老師說她有天賦。這個月領了錢，我再跟九叔預支半個月薪水，去中華商場給她買支新的口琴和書包，就要開學啦。」

一群人就開始圍著老胡那張照片說說笑笑，有的說起自己的老婆，有的說起自己父母，桌上四散著酒罐菸絲和瓜子殼，大夥呼來喝去，快天亮時，工友們再拖著昏沉的腦袋與腳步，各自散去。

人散去後，我和阿龍趴在陽台上抽菸，有一搭沒一搭地回憶我們的少年生活。家家戶戶都在過年，我也想起以前老家過年的情景，想起奶奶，和我那幾個兄弟，也不知道他們現在正在幹什麼。大年初一清晨，西門町難得冷清得猶如鬼城，天色將明未明，一台收破爛的三輪車，駝著一推破銅爛鐵，孤魂幽靈一般，搖搖晃晃，在底下幽藍的十字路口緩緩匍匐，直到紅日漸漸升起。

這些年，我很少再上阿龍家吃飯，幾次過年，阿龍打電話約我，都被我以各種藉口塘塞推過。他父親的工程越做越大，越來越忙，晚上還得和大老闆們上酒家應酬，西寧南路那間房子現在只剩阿龍一個人住，他父親鬥志滿滿，出事前老是對阿龍說打算再買間小公寓，以後西門町那間房子就留給阿龍結婚做婚房。

21

不知道從什麼時候開始，漸漸有穿著暴露、年輕貌美的大陸妹在巷子裡打游擊一般的出沒，她們總是集體行動，為了搶客漫天亂喊價，手段粗暴無比，極其囂張。

武光頭的生意因此受了影響，天天陰著張臉，得知小馬曾被那幾個大陸妹給拖走，金虹還發了一次瘋，抓著拖鞋，把小馬打得抱頭亂竄，小馬也不是沒脾氣，被金虹逼急了，忍無可忍，朝她大吼一聲，「妳煩不煩啊！」

奇了，居然一點結巴也沒有。

政府大張旗鼓打黑掃黃，卻是越打越黑，越掃越黃。

警察抓得嚴，我同行的幾個朋友、以及幾個有過露水情緣的小姐都在這兩年紛紛落網，就連老酉也一時大意進了局子，不過這幫人大多前科累累，早已是死豬不怕開水燙，罰個一年半載幾個月，對他們來說不過小菜一碟，就當是蹲賓館了。我去探過老酉一次，他還話裡話外地暗示我，讓我等他出來，兄弟倆一塊重操舊業，幹票大的……

我算是好運的，有幾次差點栽了跟頭，最後總是轉危為安。

文靜高三那年，有天晚上我們在旅館撞上警察臨檢，我直接衝上樓狂敲文靜那扇門拉出她，再對著另外兩扇房門用力敲幾下，這是我們的「暗號」。其他倆個人我倒不擔心，都是老手了，有經驗，也有默契，這時候能跑一個是一個，我也只能相信她們能靠自己全身而退，於是拉著文靜就跑。

她的洋裝才剛套進了個頭，就袒胸露腿地被我扯進了樓梯間，衣服皺巴巴的，想說話，被我低聲斥了回去。

我攬著她的腰兩步做一步跳下樓梯，文靜緊緊貼著我，她沒碰過這種場面，嚇得臉色發白，貼在我耳邊，快要哭出來的樣子：「會不會被抓？會不會有事？我，我還要上學的……」

我和這間旅館的服務員是老相熟，那晚多虧他及時給我通風報信。當時二樓一陣兵荒馬亂，我拉著文靜躲躲藏藏，從後門溜出去。

巷子裡光線稀微，我們一路穿梭，也不敢多加逗留，跳上了車，油門一催，衝了出去。

隔天我才知道，三個小姐只跑了倆，一個被警察逮住了。

我那個被抓住的小姐是阿芳。那服務員在電話裡告訴我，昨晚條子突擊檢查，在二樓揪出倆個光溜溜赤條條的男人，那對公鴛鴦跟瘋了似的拒絕配合，聽說其中一個還試圖奪槍襲警，結果吃了一頓警棍，當場血流成河，光著屁股被警察制伏在地，還在死命地嚎，「放開我——放開我——」

我交代了文靜一番，讓她最近不要再來找我。

我告訴她，「要是有人來找你，不管是誰，妳記住，妳不認識我，我也不認識妳，我跟妳沒關係。記住沒有？」

她抓著我的手，緊張地問我要去哪，什麼時候回來。我捏了捏她的後頸，沒正面回答，說：「回家等著，事情過去了我再找妳。」然後收拾幾件衣服就走了。我到小馬家裡避了半個月風頭，託朋友去打聽消息，好在虛驚一場。

阿芳雖然被逮，但擋不住人家有情有義，愣是沒把我給供出來。那警察確實懷疑阿芳有同夥，可證據不足，又問不出話，只把阿芳關了幾個月。

我回家後也沒通知文靜，倒是阿芳出來後，笑嘻嘻地跑來找我，說她現在暫時沒地方住，問我能不能收留她，並且對那幾個月的牢獄之災隻字不提。

她沒出賣我，衝這份情誼，說不感動那是假話。我收留了阿芳三個月，也沒跟她要房租，那段時間我和阿芳同床共枕，推心置腹，各方面還挺合得來。

入夜後我們一起出門，在車站夜市隨機出沒，要是運氣好，有時一晚上能賺好幾千塊。

有一回我和阿芳在樓梯間撞上正要下樓的文靜，好一段時間不見面，驟然撞上，她怔怔地看著我，瀏海下目光瑩瑩，像團糾纏的游絲，她的眼睛就和她的人一樣，都複雜得叫人看不懂。

我也看著她，盡可能讓自己看起來無動於衷，一時間，竟有些無言以對的味道。

突然間阿芳從我背後探出腦袋，也認出了文靜，笑說：「嗨！妹妹，又見面了！」

文靜眼神陡然一冷，我有點訝異，她又朝我看了一眼，什麼也沒說，就轉身蹬蹬蹬地跑回二樓，大門用力一摔，那串鈴撞得叮噹響。

阿芳似笑非笑地打量我，我訕訕一笑，就帶她回了三樓。

阿芳是個很好的同伴，就比我大一歲，還有個四歲大的兒子。她性格開朗，大大咧咧的，非常節省，一雙幾十塊錢的夜市涼鞋非要穿到底開口笑才肯換掉。

有一回我跟阿芳正靠著牆做愛，一邊做，一邊聽她說起她那如冤家般的兒子。她說自己在外面賺錢，兒子一直託給娘家人照顧，久久才回去看一次。兒子現在已經不怎麼認識她了，只當她是家裡的親戚，每次見她總是怯生生的，不肯開口喊她，總要哄很久，才肯讓她親近兩下，抱得久一點就要哭要鬧。

我笑，「妳這哪是生兒子，分明是個討債鬼。」

「可不是嗎？子女生來都是討父母債的，我總覺得是報應，從前我怎麼對我老娘的，現在我兒子就怎麼對我。」她搖搖頭。

做到一半，文靜剛好跑上來，在門外敲個不停，阿芳扭了扭身體，汗淋淋地笑嘆，「哎，你還是去開門吧。」

我朝門口看了一眼。

「不去。」我捏緊阿芳的腰說。

「去吧。」

「不去。」

「說不定人家有急事呢。」阿芳笑說。

我只能使勁往裡撞讓她閉嘴，果然阿芳歡叫起來，放聲讓我快點。用力點。再快點。……

門外那陣執著的敲門聲不知什麼時候停了，小雜種又在陽台撓窗，我把阿芳抱到床上，讓她背對我跪趴下，抹了把汗，隨手拾起根衣架往窗戶狠狠甩去，啪的聲，小雜種才他媽消停了。

阿芳扭頭看我：「你也太壞了！」

「對妳不挺好的？」

阿芳手撐著床緣，搖搖頭，「白耽誤人家……你到底好了沒有啊？我手痠！」

「我這不是助她回頭嗎——」

我提著槍，最後幾下奮力衝鋒陷陣，好不容易射出來，才發現抽屜的菸沒了。阿芳在廁所沖澡，我臭著臉，罵了聲，把打火機摔了出去。

那天之後，文靜再沒上來過。

頭幾天我還記得一天給小雜種餵頓剩飯，後來便是有一天沒一天，再後來是偶爾想起，才會餵牠一頓，讓阿芳餵一頓，我不再把牠放進屋子裡，任牠在陽台上自生自滅。

後來阿芳那個前夫再度出現，我才知道原來除了兒子，她還有個前夫。那個人也不知道怎麼找來的，時常跟我們屁股後面。老戴著頂鴨舌帽，有些陰沉憔悴，我們走到哪就跟到哪，我問阿芳那是誰，她冷著臉，說不認識，神經病。

阿芳去拉客，拉一個他揍一個，拉兩個他打一雙。我心想，這是要幹嘛，太招搖了，這麼下去要出大事，只好拉著阿芳談了一回。

我跟她說，「這樣下去我們都會有麻煩，要不妳去把他解決了，要不妳把事情告訴我，我來想辦法解決，妳覺得怎麼樣？」

我給她點了菸，阿芳是個極乾脆的女人，關於那個男人，無論我怎麼探，她是一個字也不肯多說，一個晚上過去之後，她選擇從我家搬出去，行李都收拾好了，我也沒留她，三個月搭夥同居的生活，到此分道揚鑣，半分留戀也沒有。

小雜種終於不見了。阿芳也走了。陽台上的水碗已經很久都沒動過，髒得可以，成天風吹日曬，碗裡的水只剩下一小灘，裡頭還生了幾隻孑孓，細細蠕動，我再度回到一個人的生活。偶爾想起阿芳，那種感覺不知道算不算想念，她留下半管口紅在我家沒帶走，我扔進了抽屜，有時覺得可惜，也不知道她現在過得怎麼樣。

22

那年得知阿龍家出事，已是事發後的一個月後，短短的半年，像是把一輩子的苦頭都提前吃了個精光。

以前阿龍幾乎是我單方面的提款機。每當我手頭吃緊，房租付不出來，第一個就是找他借錢。他從不拒絕，我也從不會不好意思。男人間的感情往往就是這麼簡單直白，什麼叫兄弟，這就叫做兄弟。

以前我還住在阿龍家的時候，有天幾杯黃湯下肚，我情緒激動，抓住阿龍，滔滔不絕地抒發了一番自己的感激之情，阿龍被我肉麻得受不了，說，「是朋友就別說這些，哪天換我淪落街頭，窮困潦倒，難道你不幫我？」

我當時被酒精沖昏了頭，說了一干豪情萬丈之語，什麼刀山火海，兩肋插刀，有子彈我給他擋，說完還像小時候那般重重在他太陽穴親了兩下，高喊了聲：好兄弟！當時我腦子已經不怎麼清醒，怎麼也料不到阿龍那句話，會在未來一語成讖。

那個黑心爛腸的包商捲潛逃，害慘了一票人，首當其衝就是阿龍他老爸。工人集體罷工，李老九和幾個工人打算去圍堵那個包商，電話是早就打不通了，他們在那間大門深鎖的工程行和那包商的家門口，不吃不喝蹲守了好幾天，一無所獲。

那包商連人帶錢人間蒸發，後來他們又找去開發公司，一排手持武器的保鑣圍成一堵肉牆，開發公司首先表明不負責此事，他們亮出了合同，又把皮球踢給了那個包商，說錢一分不差都給了包商，他們只等著如期竣工，還說現在李老九帶頭罷工，開發公司也是受害者。

第二期的工程款項一個子都下不來，那些前期已經投入工地的大型機具、材料，白紙黑字，單子上簽的全是他李老九的名字。李老九幾乎成了眾矢之的，錢坑補不上，工人的薪水付不出來，日復一日，一拖再拖，一個接一個怨氣沖天地跑來找李老九討錢。

文明一點的，揚言要告李老九，不還錢，大家法院見；野蠻點的，二話不說，直接帶著兄弟闖入工地大鬧一場。

一堆破爛事，把阿龍父子搞得焦頭爛額分身乏術。阿龍眼下青黑，鬍子拉扎，後來輾轉又打聽到那包商另一間房子的地址，那天他和他老爸立刻上門，在樓下按了一個多鐘頭的門鈴，一邊按一邊在樓下高喊那包商的大名，讓他出來談，許多人頭紛紛從陽台探出來好奇張望，沒多久，一輛綠色廂型從遠處疾馳而來，車胎擦出一道刺耳的聲響，門刷地拉開，跳下四五個刺龍刺鳳的彪形大漢，蜂擁而上，當街圍住了阿龍父子。

箱型車裡，那個帶頭的兄弟問阿龍的父親，「你們想幹什麼？」

「我們來討帳。」李老九梗著脖子，毫無畏懼。

那個領頭的挖了挖耳朵，又說：「再說一次，你要討什麼？」

「那個邱文義捲了我們的工程款！我們要——」

話沒說完，阿龍他爸一下止住了嘴。

那領頭的不知道從哪忽然抽出一把開山刀，逼仄的車廂中，冰涼的刀尖離李老九的臉不到三公分。

「再說啊。」那男人涼涼地說。

阿龍在一旁，看著他老爸僵直、顫抖的背影，一雙拳頭捏地嘎嘎響，全身血液一下都湧進了腦袋，眨眼間淹沒了理智。

他下意識這幫王八蛋最多只是嚇唬他們，不敢對他們怎麼樣，伸手擋住他爸面前那把刀，他聽見自己的心跳，還有自己隨憤怒迸發出來的聲音，「黑社會了不起嗎？黑社會就能不講道理嗎？你們憑什麼！」

其他人圍在周邊笑，那帶頭的毫不留戀把刀轉向，冰冷的刀身擱在阿龍發燙發熱的脖子上，慢慢露出嘴裡一顆閃爍的金牙。

「憑什麼——就憑這個。」

「……」

下車後，阿龍滿手血地壓在他老爸背上，擋住那些人的拳打腳踢。

他們父子開始四處求人，借錢，找關係，然後四處碰壁。

阿龍這陣子瘦得厲害，臉頰都凹了進去，整個人變得凌厲無比，看著他傷痕未退的陰鬱的臉，和綁著繃帶的手，我捏著顆菸，一時間，心跳七上八下，腦子也亂得很。

我清了清喉嚨，問了句廢話，「叔沒事吧？」

滿屋子混濁的煙味，靜得可怕，桌上散亂著各種名片電話簿，菸灰缸的菸蒂堆滿了，電話線也拔了，像條軟趴趴的蟲子一樣癱在地上。阿龍靠在沙發上，沒說話，我問他到底欠了多少，他反手壓在額頭上，繃緊了腮幫子，忽然發出痛苦的呻吟，一字一句艱難地從牙關擠出來，彷彿忍耐到了極點。兩百多萬。操，我嘴裡的菸掉了下來，在褲管擦出一道焦痕。

我意識到事情的嚴重性，半晌說不出話。

沉默了許久，我搓了把臉，出了個沒用的餿主意，「兄弟，這樣，我們報警吧。」

「沒用的，」阿龍紅著眼，呢喃說，「沒用的……那人躲起來了，沒用的。」

「報警吧，沒輸了，我們告死那王八蛋。」我咬牙切齒地說。

後來阿龍他們還是找律師提出了告訴。

除了他們父子，還有五六個人同時要一起告那位包商。阿龍他父親也接到了好幾張別人告他的傳票。兩家材料行和機具行都要告他。他父親是個老實人，以前沒經過這種法律糾紛，這一下全撞上了，才知道什麼都要花錢花時間。

他們請了律師，光是跑個程序就繁瑣冗長，足足小半年的時間全在跑法庭。有一個月光是開庭就跑了三次，一會兒北部的法庭，一會兒台中的法庭，一會兒南部的法庭。有他告人的。也有被告的。這些事把阿龍的父親折騰得抑鬱頹喪，不到半年時間，頭髮都灰了一半。材料行和機具行勝訴，阿龍父親還是得乖乖賠錢；而那包商在被傳喚三次不到場後，就被下了通緝令，事情彷彿有了一線曙光，最後卻也隨著時間石沉大海，說是法律通緝，也遲遲沒有回音。

那陣子我常去阿龍家陪著，實際上發揮不了什麼作用，倒楣事接踵而至，好消息一件也沒有。

老天似在耍人，總讓人以為事有轉機，再一腳把人踹進更深的谷底。而我只能眼睜睜地看著，幾乎幫不上任何一點忙。

有天半夜，我被一陣低頻的哭聲驚醒。

客廳黑燈瞎火的，只剩神龕上兩盞微弱的紅燈，在黑暗中微弱地發光。我躺在沙發上沒動，在這個低迷深沉的夜晚，隔著房門，我聽見阿龍他父親的哭聲……

黑暗是強大的保護色，我睜著眼，那一聲聲壓抑的哽咽，蒼老，抽搐，斷斷續續。混和著濃濃的不甘、失意。

這個從小到大在我心目中永遠有著堅硬高大形象的「父親」，終於在這個夜晚冷不防地垮掉了，我感到一陣窒息，思及過往種種阿龍父親對我的好，心中翻湧著憤恨，恨這世道不公，恨好人沒好報……

我看向對面，阿龍背對著我側躺著，像是睡熟了，動也不動。但我知道他肯定沒有睡著。

幾天後又發生了一件事。那晚我陪阿龍再次去了那包商家樓下，本來也沒抱什麼希望，之所以陪著來，不過是覺得我這兄弟實在需要陪伴。我們喝了點酒，天氣已經變得悶騷濕黏，路上一點風都沒有，我一邊走，邊踢著只踩扁的酒罐，匡噹匡噹的，突然間阿龍大吼了一聲：「邱文義！」隨後身體像隻箭般唰地射了出去。

我大腦還沒反應過來，身體已經反射性地跟著衝了出去。彷彿逮到一線生機，阿龍跑得非常快，幾乎一眨眼就竄到了路口，一腳朝一個背影鬼祟、逃跑不及的男人踹過去。

那踹倒屁股上的腳一看就用了十成力，那男人哀號一聲倒地不起，周圍的路人紛紛閃避。我趕上去，腦子發熱，也管不了那麼多了，跟著猛踹了好幾腳，和阿龍一起逮著人就揍。

「啊！救命啊！」那男人哀號不已。

「幹，還錢！」

「邱文義，你把我爸害慘了！」阿龍赤眼紅臉地大吼。

「叫魂啊，給錢！」我罵。

「啊——」

……我們為自己的行為付出了代價。

那晚我和阿龍進了警局，手被銬在欄杆上，一杯又澀又苦的濃茶下去後，皆是一臉茫然，兩眼發直。

想不到生平第一次進警局，不是因為我的職業，而是因為我們打了人。並且打錯了人。那個倒楣被我們認錯的路人，被我們打得連他老婆都認不出來，好在我還沒喝得那麼醉，便將整件事的來龍去脈交代了出來，包括那些工地糾紛，還有被黑社會威脅等等，只希望博取這幫人民保姆的一點同情。

警察盤問我的職業時，我面不改色，實則忐忑地胡扯了一通後，那警察也一臉同情地望著我和阿龍，彷彿我們是倆個可憐又可恨的蠢蛋。

儘管我認為我們認錯態度良好，積極配合，還是被拘留了幾天，這件事我們實在不敢跟阿龍父親說，只好一通電話打給了劉憤怒，隨便編了個理由，讓他這些日子過去陪著阿龍的父親。

23

十天後，我和阿龍面色憔悴，在警局門口道別，回到家，竟有種劫後重生的感覺。這連番烏煙瘴氣，弄得我情緒一直不高，在封閉環境裡被拘留了近十天，想不到除了文靜，竟沒一個人發現我的「消失」，這多少讓我覺得感慨，再看見她，竟也有種久別重逢的懷念，心裡莫名柔軟起來。

我無故失聯，好幾天不知所蹤，文靜說她眼皮直跳。大概是旅館那次突擊檢查讓她心有餘悸，總懷疑我是不是被警察抓了，整天坐立難安，又不敢問別人，於是寫了張紙條，趁著四下無人，跑到三樓，塞進我家門縫。

紙條上字跡秀氣工整，就寫：

您好，這是二樓的住戶，家養的一隻貓不見了，褐色毛，面帶一圈白斑，要是各位有看見的話，可否與我聯繫。十分感謝——

我不得不讚嘆文靜的謹慎。

我們下意識避開了阿芳的事，還有那次在樓梯間的不歡而散。

文靜問起我的去向，我也是憋悶到了極點，就把阿龍家的事跟她說了，以及我們怎麼當街認錯人、打錯人，而後進了警局的倒楣事，都做發洩一般告訴了她。

電扇左右轉著，文靜是個十分安靜的聽眾，聽得認真，聽完了也不發表任何意見。

我有些自討沒趣，便在她面前揚了揚那張紙條，朝她半虧半揚，「可以啊，小看妳了，以後就得這樣。但我告訴妳，再有下次，最好連這種東西都別有，妳真當警察全是笨蛋，左鄰右舍全是瞎子呢。」

她抿著嘴，明顯有些不高興，伸手想將紙條搶回去，我像逗貓那樣，把手揚高躲了幾下，最後還是被她一把奪走，沖進了馬桶裡。

嘩啦嘩啦的水聲過後，她忽然問我，要是她哪天被抓了，我會怎麼樣？

「什麼怎麼樣？」我說。

「你會來找我嗎？」她問。

「不會。」

「……」

「失望啦？」我咧嘴笑了，「不像妳以為的那樣有情有義的人，還是有情有義的故事？妳當演電視呢？」

她又不說話了，坐在地上一動不動。

吃完豬腳麵後，我叼著菸屁股，沒點火，走過去把她從地上抱起來，輕鬆地像抱個孩子，友好地晃了晃，心情好了，就忍不住想教育她：

「要是哪天我栽了，妳也不用放在心上，不需要為我做什麼，更不用覺得有什麼負擔。幹我們這行的就是這樣，來來去去，各自保重。就算是夫妻，大難臨頭還各自飛呢，何況我一個皮條客妳一個小姐啊？」

我看著她的眼睛，語帶一絲真誠：

「明白嗎？」

她不看我。我捏了捏她的腰，又重複一遍：

「明不明白？」

「你跟她也是這樣嗎？」她忽然抬起頭。

「誰？」我頓了頓，意會過來，「妳說阿芳？」

她點頭。

「大家都這樣。」見她這麼坦然提起阿芳，我反而有些不好意思。

她眼中似有情緒，還困惑。

「你們男人是不是天生都這樣的？」

「怎麼樣？」

她隔空指了指我的心窩，畫了個圈，面目認真：

「沒良心。」

那根白皙的指頭動了就那麼一下，卻彷彿真的刮進了肉裡，我笑著拍掉她的手，咬開保險套的膠膜，伸手就去解她衣扣，動作很輕柔。她抱住我的頭，不再說話，岔開腿，就這樣讓我進入她的身體。

我喟嘆一聲，心道：果然年輕真好。

……

阿龍父親出事是在五月末，就在我和阿龍被釋放後的兩天後。他墜樓那日，氣象電台說是萬里無雲的大晴天，傍晚，陰雲卻瞬間壓低下來，開始颳起陣陣狂風。那是我不願仔細回顧的一年，壞事連綿不絕地撲面而來，這座城市傷害了我最要好的兄弟，我的兄弟在這座城市裡失去了他的父親。那封遺書裡，歪七扭八的字看得出寫得非常用力，最後一撇還劃拉得長長的，他父親顫巍巍的聲音，彷佛要從蒼涼的紙背上沁透出來：

阿爸賺了半輩子的錢，為的就是要給你買個房子，給你結婚生子。房子死也不能賣，就算什麼都沒有了，房子也不能賣。……

那晚的月色叫我終身難忘。

我和阿龍猶如飛越瘋人院的病人，在風中一路狂奔，沿途車水馬龍，路上尖銳的煞車聲四起，伴隨刺耳歪斜的摩擦，還有一顆幾乎要從嘴裡蹦跳出來的狂跳的心臟。

我和一輛煞停不及的摩托車迎面撞上，整個人在空中翻了一圈，當下卻感覺不到任何疼痛，立刻又從地上爬起來，追著阿龍而去。

工地外圍已經圍了一圈看熱鬧不嫌事大的民眾，連警車都來了，紅燈在夜幕中，一閃一閃地亮著，極其惹眼。

我和阿龍推著人潮擠到最前方，前面已經有個警察正拿著擴音器朝上呼喊，什麼你有什麼要求，一切好談，不要衝動等等，彷彿在誘敵勸降，還有記者拿著相機仰頭猛拍。

人群當中還有不少熟面孔，好幾個都是李老九手下的工人。劉憤怒一看見我們，馬上大叫，他緊抓阿龍的手臂，指著上面急說，「阿龍，快叫你爸下來！」

我抬頭一看，阿龍他父親攀在七樓高的鷹架上，身上沒有一點防護措施。他似乎在說話，但說了什麼，我們在下面一個字都聽不見。風很大，他只有手邊一面白色布條在風中狂亂的飛揚，他駝著身，整個人在高處顯得異常渺小、虛弱，搖搖欲墜。

布條上寫著一排紅通通的大字，我一時沒看清楚，此時阿龍已經衝進了封鎖線，對攔住他的幾個警察大吼：「我是他兒子！讓我上去，我是他兒子！」

「爸！你緊下來！你下來！」

阿龍滿面的青筋，對著上面吼破了嗓子，幾乎要嘔血一般。

「爸，你下來！你下來，我有辦法，你下來！

「爸——」

那時我正忙著扯開人牆，跟著一起大吼。

旁邊的劉憤怒也在吼。其他那些認識李老九的工人也跟著瞎吼。聲音震耳欲聾，喇叭的聲音已經被我們淹沒，那些警察一時擋不住我們，場面直接失控。

後方的人群突然爆出浪潮般的驚呼和尖叫，我抬頭一看，就看見了那塊在空中飄飄蕩蕩的白布正緩緩落下來，離我越來越近，我呆住，一時毫無反應……

人潮發瘋了，如同暴動。

阿龍父親渺小的身影由小放大。我那隻被車撞的腿，疼痛開始迅速蔓延開來，那個過程只有幾秒鐘，鏘噹一聲巨響，阿龍的父親摔進一堆鋼架和扯散的綠網裡……

「啊──」

「讓開！大家都讓開！」

「救護車！」

現場越來越混亂，救護警笛由遠至近，我愣在原地，滿臉汗濕，終於看清那塊布上，用生命上書的、鮮紅的、歪歪扭扭的吶喊──

司法不公

黑心商人

還我血汗錢

24

在醫院那幾天，我時常蹲在花圃邊抽菸，抽著抽著，就開始恍惚，看著周遭亂糟糟的醫生護士和病人，漸漸產生一種荒謬之感，開始懷疑這一切的真實性。

那晚阿龍父親被救護人員從一堆鋼筋鐵骨中挖出來，渾渾白白的腦漿混著鮮血流了半身，兩顆眼球都凸出了眼眶，彷彿隨時要掉下來。

工人們全都沸騰了，尤其是那些開始來給李老九助陣的工人，後來我才知道，原來他們其中有人早就知道李老九那晚要「跳樓」。這是一個粗糙的計畫。滿是漏洞。他們打算以死威脅開發公司，於是一個找一個的要給李老九壯聲勢，打算把事情鬧大，最好鬧上新聞。一切原本進行順利。警察來了，記者也來了。可誰也沒料到劇情急轉直下，李老九會說跳就跳——一幫大老粗全嚇傻了。不是說假跳嗎？

這些叔叔伯伯一個個全都迴避阿龍的眼神。誰都不敢承認自己與這件事有關係。

當時現場之混亂，我被擠得跪倒在地上，事後回想起來，也分不清當時究竟是嚇得軟腳，還是痛覺來得太遲——總之，我幾乎認不出那個被抬上擔架的血人是我叫了十多年的叔叔……

我還隱約聽見劉憒怒木愣愣地反覆：「……怎麼真跳了？他怎麼真跳了？……」

我拖著傷腿從地上爬起來，一瘸一拐的，狠狠打了劉憒怒一拳。

我叔叔這輩子沒做過一件對不起別人的事。

這麼收場，難怪要死不瞑目，最後連眼皮蓋都蓋不上。

我也不願相信他爬上去真是為了跳樓，他還沒活著看阿龍結婚生子，只是想把那筆錢討回來罷了，怎麼可能說死就死？人死了，還怎麼要錢？我當時抖著手腳死死壓住阿龍，心裡更寧願相信警察蒼白空洞的解釋：可能是失足墜樓……

我朝太平間的門跪下，拜了三拜，心中虔誠，嘴裡念念有詞，也不管旁邊醫護人員驚疑不定的目光。

「叔叔，你在天之靈，千萬記得去找那些坑你的烏龜王八蛋，聽人說他可能躲在嘉義，千萬別放過他們，一定記得去找他們報仇。我會給你多燒點路費和幫手，你安心去，在下面要是缺什麼，記得給我托個夢，還有，一定要保佑阿龍——」

工地事故很快上了新聞，由於鬧出了人命，短短時間，社會輿論躁起，連續三天都在重點報導這件事。

以前我在工地認識的那幾個工友被記者一一找上，包括劉憤怒，渾渾噩噩搬磚搬了半輩子，還沒上過電視，這幫大老粗們憤慨之餘，簡直激動到了極點。

警察依舊沒抓到那個姓邱的。阿龍父親的屍體在太平間停了四天，開發公司的態度有了一百八十度的轉變，頻頻派人上醫院致哀慰問，一副官員下鄉體察的排場，想私了解決。

狂躁的阿龍在這時反而冷靜下來，這幾天他們都是單獨談，我不知道阿龍是怎麼想的，也不敢問。

每次開發商那邊的人一來，我就自覺地避開，躲出去抽菸，也不知道這是什麼後遺症，那幾天我的手抖得特別厲害。我並不想了解他們又向阿龍談了什麼新條件。在我看來，這就是一場交易。是那些商人花錢消災的一種手段。至於背後那條人命，沒了也就沒了。人是最健忘的，時間一長，誰還管這裡面有過什麼天大的血淚和冤屈，既然結果不能改變，沒必要和現實過不去。

早晨我一瘸一拐步出醫院，臉上青黑的鬍子拉拉扎扎冒了頭，剩下劉憤怒全程陪著阿龍辦理剩下的後事。

我的左小腿骨折，打了兩支鋼釘，裹了一層雪白堅硬的石膏。到現在我都記得那醫生是如何兩眼放光，對著我那腫了兩倍有餘的小腿嘖嘖稱奇，他說他無法想像我是怎麼在被車撞了之後，又立刻爬起來，拖著這條殘腿，在重慶北路的月光之下以跑百米的速度拔腿狂奔。

受了傷才體會到孤家寡人的不便。

我拖著腿，艱難地移步到樓下的電話亭，本想打給小馬讓他來接我，可電話撥出去才恍惚想起，我已經超過半個月沒去上班，這時想再掛電話已來不及。電話已被武光頭接起來。

我乾笑幾聲，一時無話可講，只好坦白道最近家裡辦喪事，一下忙昏了頭，分身乏術云云，然後武光頭就在對面冷笑：「喔，死你家哪位啊？」

「我老爸。」我說。

「你老爸不早死了嗎？你老母到底幾個姘頭？」

「早死的那個是我老爸，這個也是我老爸。怎樣，你也想做我老爸——我幹恁娘！」

說完我就扔了話筒，任其在倒掛在空中懸晃，痛快無比。

……

回家後，我感覺石膏中的腿越綳越緊，渾身黏又熱，我倒上床，天昏地暗睡了極長的一覺，醒來已是隔天晚上，而我後知後覺，以為時間還停留在昨天。

我做了個怪夢。夢境混亂沒有邏輯。有我小時候的事，也有現在的事，還有些根本不曾發生過的事。我夢到一隻貓老在床邊徘徊，還有老家的海。我還夢到我奶奶。還有阿龍他父親。我們在老家那棵歪脖子樹下一起吃飯，夢裡阿龍他爸成了我老爸，他指著那間三合院和我閒聊，說明年想蓋間大房子，以後三代同堂都住一起，我說好啊……

我奶奶總說豬來窮，狗來富，貓來扯孝布。

鄉下人對貓都有一種信仰上的厭惡，不像對狗那麼友好，我在夢裡不斷想趕跑那隻野貓。結果一醒來，既沒有貓，也沒有海，屋子黑漆漆的，蚊子嗡嗡亂飛。

我滿頭汗，咬著腮幫子，只覺得難受無比，那陣子我經常處在這種莫名暴躁起來的狀態裡，很容易發脾氣，看什麼都不順眼。

我腳傷的那段期間，都是文靜在照顧我。

到了這個地步，言語都是多餘的，我不再問她為什麼要這麼做，圖的是什麼，而她做起這些事，一點也不生疏，天經地義的樣子。

文靜很心細。什麼都給我做。我行動不便，她就把飯和水都端到我面前，每隔一段時間，就問我想不想上廁所，我不過傷了左小腿，她卻把我當成一個重度殘障，彷彿是離了她，連大小便都不能自理，馬上就能活不下去。

家裡每天都被她打掃得很乾淨。中暑的時候，她拿湯匙給我刮痧，刮得我齜牙裂嘴，疼得罵娘，她在背後笑得異常燦爛，我沒見過她這麼笑，不免有些新奇，又覺得這應該才是她這年紀應該有的樣子。

她幾乎就像個每個男人理想中的那個好女人，賢慧殷勤的好像已經是我老婆——除了我奶奶，我沒被哪個女人這麼伺候、嘮叨過。

她一有空就給我洗澡。她好像特別喜歡幹這個。每次在浴室給我放水的時候，我都聽見她在裡面輕快地哼歌，我能想像她面上的愉悅。

她說我的腳不能沾水，每次都拿保鮮膜給我裡三層外三層的包起來，一絲不苟，毫不含糊。

我脫得一絲不掛，二兄弟半硬不軟垂在跨間。她整個人貼在我的腋下，我一條胳膊攬住她的肩膀，她細瘦的胳膊圈住我的腰，乾癟的身板看起來弱不禁風，彷彿一壓就能散架。我們緊密相貼，跟跳貼面舞似的，搖搖晃晃走進廁所……其實就算她不這麼做，我自己照樣可以走進去。

我們倆站在廁所裡，顯得擁擠非常。

浴缸的水很快就滿了。

她彎腰把手伸進水裡試了試，說好了。

她扶著我小心翼翼跨進去，左腿擱在浴缸邊，坐下去的時候，水嘩啦嘩啦地往外溢，淹過了地面上發霉的磁磚和她白淨的腳丫子。

水熱得剛剛好。我長長舒出一口氣，反覆將頭埋進水裡搓洗，一次兩次，嘩啦啦的，陣陣漣漪，她一直在旁邊看著，拿著菜瓜布給我搓背，搓下一層細碎的死皮，柔軟的雙手肆意遊動，我的皮膚給她搓紅了，身體卻沒有一點堅硬的跡象。

沒有性，沒有偏見，沒有爭執，沒有金錢……約莫就是我跟文靜之間為數不多的溫情時刻。

我攤在浴缸裡，懶洋洋的，任文靜搓著我的身體，我被她伺候得舒舒服服，熱霧繚繞，我腦子昏昏沉沉，直到把渾身從頭乃至腳趾頭都泡通暢了，我終於把那點長久壓在心中的疑問吐出來：

「妳是不是喜歡我？」

水珠從磁磚縫滾落下來。

一時靜悄悄的。

她抿著嘴，神情猶如定了格，手中捏著絲瓜布，額頭上一把黑色瀏海不知什麼時候也泛了潮，成一撮撮的，兩瓣淡紅色的嘴唇，還有一臉的汗。

我撩起一捧水，抹了把腦門，最後幾乎是帶點好笑、以及同情地看著這個傻姑娘。

我發誓，那一刻我心中絕無嘲諷之意，只覺得這一切十分荒謬、不可思議：

「——妳是不是瞎啊？」

25

我和文靜之間有諸多問題全是無解的。雖然無解，卻仍不妨礙我們裸裎相見、結合一體——我想天底下大多男人都有這麼個毛病，送上門的誘惑，總是很難抗拒，而我是個俗人，亦不能免俗。

確實曾有那麼幾個時刻，我亦感到相當好奇：她究竟看上我哪兒了？我冷眼旁觀，她的殷勤皆不似作偽，可我實在不認為自己有什麼可叫女人死心圖謀的長處，年紀又大，又沒錢，還不務正業，待她的態度更加稱不上溫柔體貼——男人街上一抓一大把，她怎麼偏偏看上了我呢？

阿芳曾說文靜就是鬼迷心竅。我深感認同。

而我便和「瞎了眼」的文靜便有過一段溫情的好時光——

阿龍父親的死，某種程度上給我造成了一些不可磨滅的影響。這種影響非是生理上的，我甚至有些抗拒再與阿龍聯絡，我不敢見阿龍，被迫直面自己的無能，令我感到退縮、害怕……

我也好，阿龍也好，他父親也好——繁華跟前人都是渺小的。我們一心脫出車路崎的荒涼，不惜代價，栽進萬美畢具的世界，其實一切都沒有改變，走得再遠，身上的窮根還在；攀得再高，仍在陰溝仰視燈火。

我再沒有回到武光頭那去，拆了石膏後，我決定給自己「放假」，開始帶著文靜到處遊耍廝混。

我帶她去夜市撈金魚，在遊戲間打了半個晚上的電動。我騎著車，帶她跑去了老家附近的海邊，在四下無人之時脫光了衣服，一同跳進了海裡，藍天白雲之下，我們不著片縷，如稚童赤子那般游水嬉戲。我還帶她去了以前我和阿龍放學後的碼頭基地。從白天到黑夜，我們夜眺虛無的觀音山，夜半的淡水黑粼粼的，對岸的山體只剩一抹巨大的剪影，森森然的，不見半點慈悲仰臥的形貌。我們一次又一次逃離台北，逃避了現實，以及種種不順的生活。我們性上癮似的。在任何可能以及不可能的地方，打炮，野合，做愛，進行最原始的生命交融，也就是後來警察口中的那些非法性交……

這些橋段後來被我在獄中寫成了一本淫穢讀物，在被上頭沒收之前，曾在獄友間紅極一時，幾度成為他們在手中爭相傳遞的「槍書」——

記得文靜第一次問我愛她嗎，是在山上。那時我們正在等待日落。蒼茫的海平線就在腳下，腳邊的草叢飛舞著金蠅，她的目光沉靜溫柔，在細碎的陽光下，流露出一股痴迷的內容——一撇一豎，無非是一個女人看著自己心愛的男人的樣子。

我剎那就看明白了。而這讓我感到一陣毛骨悚然。這雙眼裡太多無中生有的東西。她太「認真」了——認真到一度讓我憂心往後擺脫不了這個姑娘。

後來類似的話語聽她說得多了，我也就習慣了。心情好的時候，我還樂意敷衍兩聲，愛，愛。反正掛在嘴邊就跟放屁似的。

有時沒那心情，就懶得理她，她便十分執著，非得糾纏著我給她一個答案。她可能早也意識到我大多時候都在敷衍她，就算我依了她，她也不顯得十分高興，就那麼直直地盯著我看，我知道她在發脾氣，但我裝作不知道。

文靜發脾氣的方式不似以往我熟知的那些張牙舞爪的女人們，她生的都是悶氣，喜歡玩冷暴力，一股勁地把自己給憋死。

她生氣的時候就不說話，眼睛瞪得大大的，嘴巴抿得緊緊的，有時憋狠了，還會喘大氣，在那兒幽怨自憐，活像全世界到處都是對不起她的人。

可惜我不吃這一套。

有時我煩了，也會試著跟她講道理，「我說妳這不是自找罪受嗎？妳非要我說，說了妳又不開心，不說妳也不高興，我就不明白了，哪就那麼多氣好生？就妳這個樣子，感動的只能是妳自己，別人根本不痛不癢——」

「你渾蛋！」她紅著眼，抓了枕頭軟趴趴地朝我扔來。

我真覺著以往是我高估了她。有時她一副看上去被我氣瘋了的模樣，最多也就是朝我罵兩句，罵人還帶點文謅謅的，輕聲細語，半點殺傷力都沒有，不是討厭，就是渾蛋，連句髒話都不會罵。

有時看她這樣子，我就會有點心軟。感覺自己欺負弱智兒童似的，我稍稍反省，實在太壞了，又會忍不住湊上去哄她兩句，哄著哄著，最後又總是哄上了床——

26

阿龍找上我說想和我一起幹這行，遭到我一通嚴厲地拒絕。

自從他父親的後事潦草辦完之後，我們已有好一陣子不見面，他瘦了極多，削尖的下巴覆蓋一層青色鬍渣，原先硬朗的眉眼如今已經籠罩一層陰鬱之色，阿龍黑了，也憔悴了，乍看上去老了好幾歲，我一陣啞然，險些認不出眼前這個陰沉頹唐的男人是我原先的好兄弟。

「不可能，你瘋啦？你又不是幹不了別的，回去工地，去做水電，去做裝修……做他媽什麼不行，哪個不比我好，要來跟我拉皮條！」我咬著菸，語氣有些激動。

「你不幫我，我就找別人。一樣。」阿龍冷冷地說。

我兩眼一瞪，吐出一口氣，很快壓下心中火氣，盡可能平心靜氣，「……兄弟，別這樣。我知道你最近難受，不好過，我真的明白……不是我不幫你，但我真是為你好，你爸絕不樂意見你這樣。我們想想別的辦法。」

「再不樂意，人死了什麼也都清淨了。阿放，要不是真沒辦法了我也不會找你，我現在除了錢，什麼也不需要，什麼也他媽幫不了我——」

「不就是兩百多萬嗎！」我說，「咬咬牙，就這幾年辛苦點，總有還清的一天！」

阿龍腮幫緊了緊，靠在牆上，極其冰冷地笑了一聲。

「不是兩百萬……」

他眼白布著血絲，盯著我看，兩隻拳頭握咯咯作響，「是八百萬。白紙黑字，上頭全是我爸的簽名，他們知道我爸留下間房子，我現在去也去不了工地，出去一上工，一碰上熟人，馬上就有人來找麻煩，非逼我還錢，我爸就是太老實了，那些人為了錢什麼都幹得出來，警察幫不了我，法律幫不了我，我家樓下昨晚給人潑漆，那幫人是要逼我上絕路，可我到底幹什麼了，我爸到底幹什麼了，我們什麼也沒幹！我們是好人……」

我咬爛了菸屁股，一時不察，菸灰燙到了手背。

我走過去，用力捏著阿龍的肩膀，捏著，再也吐不出任何蒼白無用的安慰之語。

「我沒辦法了，」阿龍彎下腰，痛苦地抱住頭，聲音打顫，壓抑的哭腔擠過了牙關，「我沒辦法，兄弟……沒辦法了……我沒人可以信了……」

阿龍暫時住在我家。

當年我十九歲，身無分文跑去投靠他，如今一下子角色顛倒了過來，無處可去的人成了李華龍，且境況比我當年更慘，我卻感受不到一丁點優越，反而更加不安、徬徨……

我對這個世界確實又有了更進一步的認識。

若是像阿龍和叔叔這般腳踏實地的人，都該是這種下場，這個社會果真做好人沒好報，還他媽努力幹什麼。

什麼都是空口白話——

我算是明白了，人活一輩子，什麼都可以沒有，錢絕不能沒有！

我開始帶著阿龍和幾個小姐混飯吃。

我們將自己收拾得盤條靚順，每天晚上混跡在人群之中，經過琳瑯滿目的櫥窗以及商店，在西門町的各大旅店附近出沒，那些七彩燈箱、招牌游蛇似的盤踞在頭頂，大多時候，我們都無心欣賞，我們的眼睛盯著身邊的男男女女，犀利打量，面露饞相的男人，落單無聊的女人，都能是我們拉攏的獵物。

文靜就要準備大考了，暫時無法再與我們一道。小神龍從武光頭那兒跑出來跟了我們。她的加入，給我們這個小團體增色不少，從前武光頭那兒不少恩客，都是吃了她的迷魂藥的，小神龍驟然離開，那些人後腳就找上門來。我住的那破地方小，也就一房一廳，收留阿龍之後，也就差不多了，萬萬擠不下三個人。

小神龍非要和我一起住，在那鬧脾氣，說不讓住她就走人，也不跟我們一塊幹，我冷著臉，後來還是阿龍出聲，笑說他可以睡客廳，打地鋪。

我對小神龍因此有些不滿，那幾天出去時，都沒給她什麼好臉，還是阿龍私下勸我，讓我別這麼對她，怎麼說小神龍也是我們的一尊「財神爺」，沒必要為了這點事因小失大。

我發現阿龍進入角色的過程相當快。以前在工地一票大老爺們當中，他應該是我見過最潔身自好的一個小子，每次發了錢，一夥人色瞇瞇地結伴相約晚上要去「洗頭店」。阿龍沒有一次附和過。他從未去外面嫖過——至少就我這些年的了解以及觀察是沒有的。後來對我幹這行，他也多少有些「意見」，每次我們出去喝酒，雖然阿龍從未明言，可我隱隱能感覺出他的態度，我當初選擇離開工地，他仍心有芥蒂，且對於我自甘墮落在武光頭店裡拉皮條的行為，都有點「瞧不起」——可瞧瞧如今，他不僅和小姐們打成一片，彼此朋友似的互相關心，還老是「我們、我們」的掛在嘴邊，極為自然……

這座城市的夜晚仍舊如當年那般花俏美麗。

可我熟悉的那個李華龍已經變了。

面對現實，他已經選擇了屈服，而我親眼見證了這個殘酷的過程，當初在船上那個陽光豪氣的少年，無疑已經被殺了。再沒有哪一刻我突然如此清醒：先是李華龍失去了他最愛的父親，再是我失去了我最愛的兄弟，屬於我們的黃金時代，怕是早已離我們遠去。

27

電話響了半天，響完又斷，斷了又響，沒完沒了，追命似的。

午後在我那間那破房子，我們在客廳支起了小桌子，打牌打發時間。

「五萬——」我丟出牌，「別管它，讓它響。」

「又是樓下那個妹妹？」美美笑說。

美美正是阿芳那次被警察逮住時，另外跑掉的一個小姐，阿芳離開之後，她還一直跟著我幹，如今也算是我們這個小團體的「元老」之一，對文靜還有些印象。

我嗯了聲，沒多說。

電話響個不停，這時阿龍又看了我一眼，小神龍則嫌吵，牌桌上唸個不停，我冷著臉，沒理會，後來美美出了個主意，「不如先把電話線拔了吧，都清淨清淨，再噹下去電話線都要燒啦！」

小神龍推了我一下，很不客氣，「拔了，吵得我頭痛。」

「要拔妳去拔。」我不為所動，又吃了一張二萬，聽牌。

小神龍瞪著我，非要我去。

「我去吧。」阿龍推開椅子，被小神龍一把拽著手，小神龍轉頭指著我，「你去！」

我才不慣著她，當聽不見。此時阿龍撥開小神龍的手，笑說別鬧了，阿龍脾氣很好，尤其是對我們的小姐們，總是和顏悅色的，給她們買吃買喝，很關懷她們，小神龍特別吃他這套，格外聽他的話。

阿龍過去把線拔了，回桌上後，又聽美美問我，「好久不見那妹妹了，上哪發財去了？」

「人家考試。」我有點不耐煩。

「喲，我記得她讀高中的……是考大學啊？那還挺厲害。看上去就是個讀書人，文文靜靜的，話又少，嘿，和我們不一樣。」

我心裡嗤了聲，咬著菸，沒接話。

美美十根手指塗得紅豔豔的：「不過，她是為什麼下海啊？要賺學費？家裡欠錢？還是——

我扔了九筒，給美美吃去，見她沒完似的還要說話，我便打斷她：「吃還堵不上妳的嘴！」

我們打到傍晚才推了牌，飢腸轆轆的，準備吃晚飯，外頭就有人敲門。我正在廁所放水，是阿龍開的門。

一出廁所，就見文靜提著袋酸辣湯粉站在門口，和阿龍四目相對。阿龍沒見過文靜，但知道她，主要是從美美那兒拼拼湊湊聽來的，知道文靜以前跟著我一塊幹過，至於他怎麼理解我和文靜的關係，我就不得而知。可能也以為文靜是我的女人。可能以為文靜不過就是我的一個小姐。

好些日子不見，文靜還是那張安靜略顯憂鬱的臉。腿傷那時，和她沒日沒夜共處過的那段日子，我已經能輕易從那張寡淡平靜的臉上辨別出七情六慾的端倪。見我沒發話，阿龍只好先請她進來，文靜腳步有些遲疑，大約是沒想到這時間我家裡還有別人。

文靜一進門，一時間大夥你看我我看你，有些沉默，明顯是因她而起的尷尬。

小神龍窩在房間裡化妝，我直接走到客廳和美美並坐在沙發上，翹著腿喝啤酒，也不管文靜，美美見狀，就自動讓了位置，招呼她過來，大方地說：「來，妳坐這兒吧。」

文靜抿了抿嘴，慢吞吞地移步過來，把那袋我常光顧的湯粉輕放在茶几上，小聲說，「你沒接電話，不知道你還有朋友在，就買了一份……你們吃了嗎？還沒的話，我，我再下去買吧……」

說完，她看了我一眼，我還是沒理，只聽她輕輕吐了兩口氣，轉身就往門口走，任美美在後面喊了一聲，也沒停下，快步走了出去。

美美有些看不過去，拿手肘撞了我一下，「喂，你怎麼這樣啊！」

我涼涼地掃了她一眼，阿龍搖搖頭，拿起桌上鑰匙，無奈地說：「我跟她去吧。」

阿龍走後，美美幾次看著那包熱騰騰的酸辣湯粉，眼熱地問我：「你不吃啊？」

「愛吃誰吃。」我攤在沙發上。

美美有些不確定看了我一眼，又說：「那我吃了啊？涼了浪費。」

直到美美吃完，小神龍已經收拾好，時間已經過了六點，我盯著鐘，這一個鐘頭，我的腦子空空如也。

一屋子全是湯粉的味道，酸中帶辣，引人生津，阿龍一直沒有回來。

「走吧，不等他了。」我擰了菸，拿起外套，自己帶著美美和小神龍出了門。

28

當年我對文靜如此憤恨，不只是因為她報警抓我，其實細究起來，應該還有一個原因，我沒有告訴警察的是：她還搞了我最好的兄弟。

小神龍那件事最多只算是個導火索。文靜考完試後，又開始纏著我，三不五時就上三樓來找我們，有時就在客廳看書，有時給我們打掃環境，直到那天她上來，阿龍擋不住，她目睹我和小神龍衣衫不整地待在一個房間，忽然就爆發了。

她在我家大鬧一通。還跑過去拉扯小神龍的頭髮，試圖把她拉下床——

文靜那個乾癟的身板那裡是小神龍的對手，小神龍起初懶得跟她計較，才讓文靜得手，脾氣一上來，就要教訓文靜，衝著她的臉就要打，我當下也來不及反應，下意識伸手擋了那小神龍一下，結果叫文靜鑽了空子，竄到我面前，反手往我臉上搧了一巴掌。

我一時怔愣。

嘴裡嚐到了血的味道，那巴掌勁使得，差點沒把我的耳膜給搧破。

阿龍衝進房間，二話不說，一手拷起抓狂的文靜就往外拖。

「放開我！

「你放開我——

「啊——」

文靜不停哭叫，手裡抓到什麼扔什麼，收音機，杯子，電話，連之前那只為了養夜市金魚而買的圓形小魚缸都被她摔碎一地。那些魚早就死光了，原先我讓她別白費工夫，那些夜市魚是養不活的，她不聽，非要養，不僅買了飼料來餵，還往缸底放了好幾顆塑料寶石，以及我們一塊在海邊拾的那堆白色螺殼，結果沒兩個禮拜那些金魚就在缸裡一一翻肚了。她在我家盯了那只魚缸一下午，很是難受，那時我還嘲她無聊，不過幾隻魚，真是吃飽了沒事幹。

阿龍兩手被她撓得滲血，她聲音尖銳無比，連小神龍都不堪忍受地摀住了耳朵。

我恍然意識到這或許才是她的本來面目，撕開那張安靜乖巧的皮囊，裡頭盡是尖銳，神經質，以及歇斯底里。

文靜瘋了一樣。

我快步走出房間，冷聲讓阿龍放開她，阿龍一抬頭就朝我大罵：「你他媽給我滾進去！」

阿龍以前在工地幹活，力氣大得很，兩手掐住文靜的腰，使她掙脫不得。那日她穿著條淺綠色的紗質長裙，兩腿不停在空中撲騰，裙襬被她踢得一飛一盪，幾次露出了裡頭純潔無比的白色內褲。

她眼睛瞪得大大的，眼淚又清又澈，簌簌地往下掉，那一刻，我很仔細端詳她的臉，頗有些悲哀地發現，活到二十多年，除了我奶奶，這還是頭一次有個女人為我哭……哭得我有點受不了。

舌頭頂了頂破皮的口腔，我想我可能真的有點喜歡她。但此刻的厭煩也是真真的。

至於愛不愛的，無非更是神魂鬼怪，對我來說，看不見，就一律等同不存在，不過都是唬人傻的玩意。

我想我不是不愛文靜，而是我許放這輩子根本不可能愛上任何女人。

我把她從阿龍手裡硬扯出來，我決定做一件好事：必須得跟她斷了。

我扯著文靜進了房間，把小神龍趕出去。門一關，文靜就撲進我懷裡，我把她給扒下來，冷著臉說：

「以後不要再來找我。我不會再跟妳上床，也不會再帶妳出去賺錢。」

「為什麼！」她尖叫。

「哪那麼多為什麼，就我跟妳——我們到頭了。」

「不可能！你說過你愛我！你說過的！」她鬼打牆似的。

「我他媽跟多少女人上過床說過愛我自己都數不清……妳就不能清醒點？不是很會讀書嗎？這點道理都想不明白！我是個什麼貨色，妳不是早就清楚了嘛，我就是跟妳玩玩，騙妳的——」

我幾乎吼出來。

文靜唇齒打顫，不停倒抽著氣，兩手捏得死緊，白皙的額角上浮出幾道青藍的血管，若隱若現，彷彿要破皮而出。

我打鐵趁熱——

「我就是這麼個人，我不會愛上任何人，也不可能為任何女人守身如玉，我已經這麼活了二十幾年，以後也只會十年二十年地這麼活下去。」

她終於憋不住，嚶嚶地哭出了聲音。哭得像個受傷的孩子那樣，痛苦。無助。一塌糊塗……

「妳明白嗎？」

她不停搖頭，摀住耳朵，駝下了腰。可我知道她在聽。

「現在覺得痛苦不要緊，」我頓了下，「妳還年輕，路還長遠，過個十年二十年後再回想起來，都是笑話一場了。到時候妳就明白，我於妳不過是個屁，臭不可聞的過去，明白嗎？」

「……」

「把目光放得遠一點，好男人到處都是，別老想在一棵歪樹上吊死，說不定經此一遭，往後，妳也就刀槍不入了。」

她抬起淚眼，死死地盯著我。

「……明白嗎？」我一字一板地問。

阿龍在外面敲門，說：「阿放，你別亂來，她還小，有話你好好跟她說……」

我呼吸急促，一腳踹翻電扇，大吼：

「明不明白？」

……

不出意外，我們不歡而散。

文靜離開前甚至故作挑釁對我講，她早和阿龍睡過，就是她買著酸辣湯粉上來，阿龍後頭追著她，結果一夜未歸的那日。其實我隱隱有預感。阿龍對文靜有種出乎尋常的緊張和關心，並不似平時出於目的性地對那些小姐的照顧，我一直冷眼旁觀，猜阿龍和文靜私下可能有接觸，只是不確定到什麼程度。我們從未就此開誠布公地談過，只有一次，我們吃消夜時，阿龍主動與我提起，以後別再讓文靜跟著我們幹這行……

我嗤笑一聲，覺得文靜的手段幼稚且低級。

「妳是想報復我？想看我暴跳如雷？馬上為妳出去和我兄弟打一架？」

看她愣愣的臉，我咧開殘忍的笑容，「如果是——那妳真是想多了……我現在就可以告訴妳，妳要跟誰上床，跟多少人上床我都不在乎。妳的身體要留著怎樣作踐，那是妳的事，我不會為此感到難過，文靜，妳毀的只是妳自己——」

她放聲尖叫，抓起一隻菸灰缸狠狠朝我的臉砸來。

……最後阿龍踹開門時，我已經流了半身的血。

文靜攀在我身上，把我的右肩咬得血肉模糊，我任她咬，痛了就大叫，但不還手。

被阿龍拖出去的時候，她一張雪青的小臉上滿嘴的血，頭髮汗濕，癱在阿龍懷裡，喃喃自語，有點走火入魔的樣子，已經不像一個正常人，把小神龍驚得半晌說不出話來。

她哭喊著我的名字，嘴裡不斷呢喃幾句話：我恨你。許放。你會後悔的。許放。我恨你……

那是我這輩子見文靜的最後一面。

我後半生的惡夢也從此開始——

29

天下沒有白吃的午餐，睡了文靜就是我這輩子犯的最大錯誤。而我必須為此付出代價。警察守在我家門外那天，我曾眼皮直跳。那幾日我和阿龍之間的氣氛有些微妙，我沒想到有一天，我們竟會因為一個女人而產生隔閡，臉上還得裝作什麼事都沒發生過，照吃照睡，晚上照樣出門拉客，日子該怎麼過就怎麼過。我不過問他和文靜如何開始，他也不追究我和文靜的過去，但彼此心知肚明，文靜已是那根橫膈在兄弟情誼之間的魚刺。

阿龍每天都會固定消失幾個小時，不知去向。我無意探究，卻越來越浮躁，有心想修補二十多年的兄弟關係，卻不知從何下手。

最後一個自由的傍晚，我出門買晚餐，特地繞了一趟遠路，排隊買了一隻烤鴨。回家的時候經過樓下的便利店，正好看見阿龍在櫃檯結帳，自動門緩緩拉開，我喊了他一聲，他抬頭看見我，面上一愣。

巷子裡幾輛機車經過，我提高手裡的袋子，晃了晃，高聲說：「烤鴨，剛出爐，趕緊回來吃！」

見阿龍笑了，我也咧嘴一笑，心裡一鬆，就聽他說，「你先回去！我再提幾罐啤酒！」

「行——你快點！」我笑。

我上樓時，沒來由地感到一陣壓迫。

樓梯間如往常一般陰暗，卻莫名寂靜，暗處似有眼睛盯著我看，很不舒服。

我慢慢爬上三樓，拉出鑰匙開門時，突然聽到背後一聲奇怪聲響，一回頭，就與暗處一雙陌生的眼睛對上。

「操！」我來不及拔鑰匙，將手裡熱騰騰的烤鴨往前一扔，轉身就想逃下樓，這時背後撲來兩個人，將我狠狠摜在地上。

「別動——警察——」

「放開我！」

我的頭撞上樓梯，疼得一陣暈眩，奮力掙扎間，我就看見阿龍提著一只大袋子正站在樓下，緊盯著我們的方向，神色驚慌。

我瞪大眼睛，渾身血氣瞬間暴衝上湧，我感覺面部發燙，不知從哪裡生出一股蠻力與激昂，啊的一聲，將摁著我的警察往牆上一掀，扭頭朝樓下厲聲大喊：

「快跑——

「阿龍，快跑——

「跑啊——」

我在樓梯間吼得震耳欲聾，聲音都破了。

樓道很窄，我拚命擋著那些警察，纏鬥之間，一位員警不小心失足滾下了樓梯，阿龍已經跑了。我抓住那些警察的腿，能擋一個是一個，直到第三次被壓制在地，我已經頭破血流，無力再反抗……

我親眼看見那幾包粉和吸食器被警察從我大哥留下的那些紙箱內被翻出來，簡直難以置信。我大哥那些家當我從未動過，裡面有什麼東西我根本不知道。我紅著眼，大聲反駁：「那不是我的！那些紙箱我根本沒碰過，那不是我藏的，不是我的——」

「你剛讓誰跑？那人是誰？還有沒有同夥？」警察問我。

「那粉不是我的，我是被陷害的！」我情緒激動，根本聽不進問話。

「你給我老實點！」

一記警棍捅向我的肚子，我疼得一縮，差點把隔夜飯給吐出來。

「我……我是冤枉的……」

我被拖走的時候，左鄰右舍的鄰居全探出頭來觀望，包括那個死禿子。那些目光中，有驚訝，有了然，有閃躲，有興奮，那些看熱鬧的臉孔當中甚至還有文靜的父母。唯獨沒有文靜。

……

監獄物資匱乏，有些東西即使你有錢也不見得買得到，只能託關係。有些獄警私下堅決不收犯人的好處，好比老菸槍之流；有些膽大包天的，則公然明標價碼，幫忙帶包長壽菸，喊價到幾百上千都有。

我算是內部自產自銷了，有的獄友甚至願意用兩根菸，向我租借我那本寫得亂七八糟的故事。那本「違禁物」在獄友間輾轉流傳許久，只有固定幾頁的重點內容破損得特別厲害，許多獄友皆是一拿到手，就急不可耐地跑去「蹲馬桶」了。

唯有少數幾個人把這故事從頭到尾地讀完，老菸槍就是其中之一。

當時老菸槍就對我拿這東西四處謀取好處的行徑感到相當不齒，只有他看出了苗頭，老罵我缺德，也不怕遭報應。

「不過是個消遣，給大家圖個樂，不用這麼認真。」我說。

「我在這兒二十年，什麼人沒見過。許放，我看你本性也不壞，怎麼老幹些損陰折壽的事？你也別鐵齒，做人還是寧可信其有，一個好好的小姑娘就那麼折你手裡了，你還不好好反省，死者為大的道理你也不懂？你還想不想出去了？」

「不過是個故事……」我聲音弱下來。

「你少跟我打哈哈，別以為我不知道。我是看你不算無藥可救，才跟你說這些。人就是死在你家裡的，你當時人都進來了，還不知道吧——」

老菸槍一邊翻著那本「槍書」，一邊說，「我同事說，那血噴滿了整個浴缸。她是泡在自己血裡的，兩條大腿兩隻手腕都劃了好幾刀，這可是打定了主意要死。我同事也有個女兒，跟那女孩一樣大……喂，你知道一個人身上總共有多少血麼？」

「……」我沉默不語。

「你也別老說你無辜。你肯定不無辜。你敢對天發誓說你沒睡過人家？你要是無辜，你當時認什麼罪啊？」

「她本來可以不用死的，以她的情況和年紀，也不會罰得太重，跟你這種人是本質上的不同……你明不明白？」

老菸槍把那本東西隨便一攤。

當晚熄燈後，我就夢見了以前的事。

那是我進去後第一次夢見文靜。

大概是白日老菸槍說的那些話，對我產生了影響。

我夢見自己以前和文靜做愛那些情景。我一腳裹著石膏，她把衣服脫光，我們在浴缸內忘情地合為一體，夢中的感覺十分真實，只是一眨眼，水龍頭冒出來的全是鮮血，我嚇了一大跳，一下天旋地轉，摔出浴缸之外，她就躺在浴缸內，睜著眼睛，濕紅的手掛在浴缸邊沿，嘴巴一開一闔，卻沒有一點聲音——

幾乎就和老菸槍描述的那個場景一模一樣。我嚇出一身冷汗、驚醒……

當年文靜是在我被抓後才自殺的。

她報警舉報我在家裡藏毒，還說出我是幹什麼勾當的。

就在我被收押後的第四天後，文靜就被房東發現死在那間破屋子裡……

當時我尿檢出來的結果是陰性，可毒品從我家裡搜出來也是事實。

打死我也想不到我大哥會把毒品藏在我家裡，而我居然一年多都沒發現。

連經四十八小時的訊問，我不輕易鬆口，警察認為我有同夥，可我絕口不提關於阿龍的任何一個字，他們拿我沒辦法，又開始盤問起我的工作細節。問到一半，突然告訴我，有個女孩死在我家中。

「……」

我腦中空白一陣後，才緩緩回神。

文靜應該早就翻過那些箱子，但從沒告訴我。我不知道她為什麼這麼害我，我已經懶得去想明白，得知她死亡消息，我愣了幾秒，隨後幾乎只感到一種狂躁的雪恨的快意，原先萎靡的精神，都有些振奮起來。我有些心不在焉，要不是那幫警察非得反覆問訊，我甚至不願再多費一分一秒地去想起這個「仇人」……

當時對文靜的恨沖昏了腦袋，我徹底失去理智，最後甚至心灰意冷，也沒有道出那些箱子其實是我大哥的。我對大部分的罪名承認得很痛快，直接向警察坦承自己幹過那些事，偷竊，銷贓，拉皮條，無比配合，只有關於文靜的樁樁件件——我抵死不認，滿心惡意，能賴則賴。

我寧願去坐牢，寧願給我大哥背黑鍋，也不願意承認跟她有關係。

她越想報復我，我越不如她的願。

其實我向警察說的有八成都是事實，可警察顯然更傾向於是我誘騙未成年少女，而文靜就是那個被無辜誆騙的受害人。

老菸槍已是唯一一個肯聽我訴苦的對象。

當然，他從不正面表示信任我的片面之詞。在我誤以為自己得了愛滋的那段期間，我跟他說過文靜其實是個瘋子。一點也不單純。不知道跟多少男人睡過。

後面又對我由愛生恨，才搞了這麼一齣毒計要來報復我。

老菸槍聽得一陣無語。

我當時以為自己必死無疑，不願再把這些爛事帶到棺材裡去。於是神經兮兮的，都告訴了老菸槍，「我告訴你，老菸槍，你們都被她騙了，別看她那副乖乖巧巧的樣子，其實她腦子有毛病，為了讓我愛她，還跑去跳河……但我無所謂啊，我不怕她，這些事我就只告訴你一個人。她啊，其實就是想讓我說聲愛她，只能有她一個女人，可我才不如她的意，我許放這輩子除了我奶奶，哪個女人也不可能愛——」

老菸槍見我似乎不太對勁，抓住我的肩膀，嚴肅地說：「許放，你沒事吧？哪兒不舒服？」

「我沒事，就是說說，聊聊……」我撥開他的手。

「好了，別說了！我帶你去醫務室。」

我搖搖頭，強忍著體內那股抽搐感，對老菸槍說：「我情願把牢底坐穿——坐一輩子。要我愛她，她做夢去吧。」

30

獄中第四年開始，我經常懷疑是不是自己進了個馬戲團。幾個獄友為了保外就醫，就地取材，往嘴裡灌摻了水的鹽酸、生吞包著布的碎玻璃，可謂是奇招盡出。

老菸槍說：「你們這『屆』還真不安分，三天兩頭就要把人往外面送，科長那張臉黑的喲——嘿，等著瞧，閻王爺不好受，你們底下這班小鬼也別想有好日子過囉。」

老菸槍那張烏鴉嘴，絕非浪得虛名，後來很長的一段日子，我們的牢獄生活確實變得高壓肅殺起來。

陳閻王一朝翻臉，鐵血鐵腕鐵石心腸，非要把我們給整治服貼了不可。晚上睡覺不讓關燈，被子不能過頭蓋手，不准趴睡側睡，隨時隨地都有那麼一雙眼睛一根警棍監視你的一言一行，一個不對勁，就抓你去「關禁閉」……

我是在第五年的時候被檢出了慢性胰臟炎。

和前面那幾個自找罪受的獄友可不一樣，我他媽是真有病。

其實這病是早有徵兆的，只是礙於前頭那次愛滋的烏龍，我一概沒把它當回事。失眠惡夢體重驟降，我沒當心；下工廠時狂躁冒汗，我沒當心；就連排泄物開始失色我也沒當心。

那陣子我連連夢到文靜。晚上一閉眼，就能看見她的身影。

夢中文靜雖然面目模糊，但我知道那就是她。

我時常在夢裡回到從前廣州街那間破公寓。夢見她躺在那只發霉的綠色浴缸裡。夢中，那台老舊的收音機泡在水裡咕嚕嚕地叫，「……」水不斷地溢出來，「……」彷彿永遠流不完。而我站在廁所門口動不了，隔著那片半掩發黃的塑膠拉板，淡紅色的水從拉板底下漫出來，陰涼地淹過我的腳掌，淹滿了整間屋子的地板——奇的是，夢裡我隱約明白這是夢境。不是真的。可無論我怎麼掙扎，就是醒不過來。

「妳不用這麼纏著我，沒用的，我又不怕妳……」夢中我說。

「我不想再看見妳了，妳放過我行嗎？

「妳這個樣子，也得不到妳想要的，我跟妳就是個死結，沒得解，只能斷了。我要是妳，就早點去投胎，下輩子睜大眼，找個好父母托生，好男人滿大街都是，根本沒什麼好留戀的。

「妳還想怎麼樣？不就惦記那狗屁答案想聽我親口說嗎——我說，說完妳離遠點行不行！」

為了不再作夢，我晚上開始不睡覺。

起初只是失眠，後來是我根本不願意睡。

四五坪大小的牢房，擠十個囚犯，夜夜鼾聲如雷，我總是在黑暗中瞪著眼熬時間，白天照樣早操勞動，短短半個月，我就掉了一圈的肉，整個人看起來像被女鬼吸乾了精氣，雙頰凹陷，目光混濁，布滿血絲，簡直跟我們同寢的一隻資深老毒蟲看上去有得一拚。

同舍房的獄友紛紛說我撞上了不乾淨的東西，給我出了一堆餿主意，要給我當頭撒泡童子尿，結果半個監都尋不出個處男來，弄得人心惶惶。

我也不知道這世上究竟有沒有鬼魂，但算一算，我應該就是從那時候開始譫妄。最嚴重的時候，我開始亂說夢話，虛實不分，總能聽見水聲從牆上的氣孔蔓延流下，還有那串模模糊糊的歌聲，我有時幻覺自己雙手沾滿了暗紅的黏稠物，可一眨眼，手上又什麼都沒有。

……白天下工廠時，老菸槍見我眼窩烏青面色發黃，還和我半開玩笑，「你給鬼壓床啦？」

我那時精神已不太好，聽見老菸槍的話，良久才反應過來，那瞬間，我竟有股衝動想對他點頭。我們下工廠裡黏馬桶吸，每個人手邊擺一碗熱膠水，純手工，把一根根的塑膠柄和吸盤黏好，那幾年我上工的表現一直不錯，不算特別勤奮，就是勝在手腳靈活俐落，同樣的時間，做出的成品總比其他獄友要多一些。可後來我的效率明顯變慢，注意力難以集中，手上沾了一堆膠水，工序頻頻出錯，出來的成品零零落落。

……我經常頭痛，越來越焦慮，時而連呼吸都感到困難。

我感覺身體很辛苦，時常工作做不好，手中掐著材料，骨頭捏得嘎嘎作響，只想將桌子一把掀翻，把眼前觸目可及的事物通通砸了洩憤，有時一旁的獄友說話稍微大聲了點，我都想把整碗膠水灌進他嘴裡，好讓他永遠閉嘴。

我的狀況每況愈下。終於有一天被老菸槍叫去談話。

其實他要是不來找我，我也打算自己去找他——我已經受不了了！

那時我死死拽著老菸槍的手，彷彿抓著救命浮木，痛苦萬分地對他說，「我見到她了，老菸槍，她來找我了，她死了還要纏著我不放……」

老菸槍在獄中多年，什麼事沒見過。見我這瘋樣，便收起平日的嬉鬧，板著臉，將信將疑地盯著我，「許放，你少給我裝神弄鬼！到底怎麼回事，你哪裡不舒服？說清楚，我才能幫你。」

「我沒裝！」我幾乎喊出來，「就是她，我每晚都看見她，老菸槍，我受不了了，我已經好久沒睡覺了——她不肯放過我！」

「放屁，哪來的鬼？在哪？有你讓她今晚來找我，我來跟她說。」

「你相信我，我——」

「好了，你那些缺德事，全監上下拜讀過你大作的哪個不清楚，現在知道怕了？以前腦袋進屎去了？安分點，少給我鬧事！」

平時老菸槍私下再怎麼和我們打成一片，到底還是一名管教獄警，那日裡裡外外把我教訓了一通後，依然關心我那張黃得不正常的臉色，仔細盤問了我的身體狀況，也是一副審慎評估的模樣。

這兩年獄裡不平靜，現在誰再一提保外就醫，那就等同於陳科長的敵人，想出去已經不容易，一旦再回來，再落到他手上，管你在外面是哪路天皇老子，包你吃不了兜著走。

老菸槍不想被陳科長蓋上個與囚犯過從甚密、有受賄之嫌的戳。

半個月後，我在放風時間腹痛昏厥，醒來後，人已經進了三總。

經三天一串抽血化驗，診斷出了胰臟炎，並引發譫妄、情緒失調、失去定向感，甚至出現了幻覺。醫生說出的一連串專業術語，像塊裹腳布般又臭又長，我聽得頭昏腦脹，便說：「醫生，你說的那些我一個字都聽不懂，麻煩你直接了當地告訴我，這病治不治得好？我會不會死？」

「得看後續治療觀察，還是有治癒的機會，不排除死亡的可能。」醫生說。

陳科長的追魂電話一連打了五天，到處打聽我到底什麼毛病，什麼時候可以返監，醫生開了診斷證明他也不相信。拜前頭那些老前輩所賜，陳科長現在疑神疑鬼到了草木皆兵的程度，只覺得我是在裝病，給他原本順遂亨通的官途找堵。

我的病況由官方診斷證明，他就算想刁難，也只能批准。說出來或許沒人相信，我心裡其實根本不願意出去的，這些年也從沒想過申請假釋。出去幹嘛呢？我已經沒有家了，也從未成家。我爺爺奶奶在服刑第三年時就先後過世，我已無直系親屬，兄弟感情也不深，我也懶得出去麻煩他們。

這般生死未知，山窮水盡的地步，我反而又開始不怕死了。也不知道是不是這些年在物質匱乏的牢獄生活中磨出了心態，確診當下，我並未感到太多恐懼，反而有一絲輕鬆、解脫，甚至不願接受治療……

我那幾天在病房裡，老想著幼時在車路崎的往事，有時想著想著就笑，臉就濕了，法警見我經常喃喃自語，還懷疑我精神不正常。

我想如果讓我選擇，我情願在剩下的刑期裡，在監獄一天薰風和諧的早晨，於睡夢中哼著歌，然後不知不覺地死去，也不用帶走哪怕一片雲彩，就算世上真有什麼冤魂厲鬼，活著的時候我既沒有在意過，死後也休想繼續糾纏我……

我的血壓一直居高不下，急性胰臟炎惡化成慢性，狀況時好時壞，不排除轉癌的可能。大概是真怕我這一顆老鼠屎攪壞了一鍋粥，陳科長已不再打電話催我，我在醫院前後待了幾個月的時間，哪也不能去。

在我看來，這無非就是換個條件稍好一點的地方，不用上工，不用早起，然後繼續坐牢。

查房的時候，我老趁機和護士搭話，拖延她們離開的時間，並不是我想泡護士，只是我不願意落單。每次我一個人，「文靜」就會以各種慘態出現在我面前，把我弄得精神耗弱，除了我，沒有一個人看得見她，趕也趕不走。

我知道這些都是假的，不是真的。

可每次看見她一身血淋淋地出現，我仍不可避免地感到恐懼、害怕……

我病了之後，樣子變得很難看。三十多歲的人看起來像四十多歲。那護士總對我愛搭不理的。我不在乎她態度冷淡，只想有個人在我身邊陪陪我，讓我聽到些活人的動靜，我就能稍稍感到安心。

我知道自己在某方面肯定「出了點問題」。有時護士就在旁邊檢查我的點滴瓶，文靜渾身濕漉漉地坐在病床邊，手腳都是血。

有一回下午，我問護士，「妳知道一個人身上有多少血嗎？」

那護士一身暗紫的防菌服，戴著紙帽口罩，給我換針頭，露出一雙不顯年紀的眼睛，不帶色彩地看了我一眼，並不想理睬我。

我看著旁邊的「文靜」，接著說：

「……我知道。

「那血可以放滿一缸。

「妳見過一缸的血是多少嗎？我見過……」

那護士換好針頭，就準備推著推車離開，我連忙勾住她的衣角，幾乎是哀求她了：「等等，妳能不能再陪我一會兒？拜託，等我睡著就好，很快的，幾分鐘就好。」

我這種行為恐怕也搆得上性騷擾了，那年輕護士只斜睨了我一眼，倒也沒說什麼難聽話，只問我，「你又想幹什麼？又看見什麼了？」

我「見鬼」的事，老早被傳開了。

醫生說我這是生理引發的大腦功能紊亂。我也不願老被當作神經病，只得黯然地說：「不，沒有，只是覺得很寂寞，想找個人說說話……」

整個護士站的人都在傳言我喜歡她。說我不過一個戒護就醫的囚犯，這叫癩蛤蟆想吃天鵝肉。這些我都知道，卻裝作不知情的樣子。她不冷不熱抽開衣擺，推著冰涼的推車緩緩往病房外走，邊說，「你今天狀況還算穩定，別老想些有的沒的，要好好休息，要寬心——」

我有些絕望地盯著那扇門緩緩闔起，只聽外面經過的人在嘻笑，「欸，他又跟妳說話啦……」

「是不是跟妳求愛啦？」

「什麼呀，妳別胡說！」那些女人嗔笑著。

門關上了。

我閉上眼睛。

聽著那些笑鬧聲逐漸離我遠去。

滿地的血水又緩緩朝我湧來。

第一次給你寫信，想和你說些心底話，並非要你諒解，而是我相信，人是有今世來生的，只有把一切說明白了，才不會彼此留念，下輩子也就不用再相遇了。

如果死亡的降臨本身也是一種回憶，就像現在這樣，毫無保留地攤在眼前，回望短短一生，直到這一刻，我想我終於明白了，也是你一直企圖想讓我明白的一件事：或許一直以來我渴望的東西根本就從不存在。

我深信孤獨是會讓人失去理智的。人若長久地處於孤單之中生活，一切的喜怒哀樂皆無人分享，天長日久下來，難免有風險，遲早要發瘋。我想我早就是一個病人。在我遇見你的時候。或者，在更早之前。

是以，儘管嚮往幸福的慾望仍如此強烈，卻也不能徹底分散這種孤獨帶給我的絕望。

最年輕的時候我遇見了他，最壞的時候你走進了我的生活，那個人曾是我最信賴的朋友，最可靠的師長，最隱密的情人，彷彿天生就適合我的靈魂。這段關係並不道德，可我別無選擇。要不是還能在妄想之中去寄望一點浪漫，這種失序的生活必將使我痛苦難當，是以今天有這份悲哀，我欣然接受。

而你——其實我想告訴你，你並非是那個對我最壞的人，可為什麼我卻偏偏對你懷以所有了仇恨的念頭呢？仔細想想，無非是我再度犯了那個最壞的毛病，太易動情就是我的罪過，總是一廂情願將自己的孤獨與幻夢強加他人。

或許這正是我與生俱來的缺陷，我曾視為憊懶困苦中的唯一出路，我的愛情，我的家庭，以及我錯誤的一生，幾乎已經等同於我的名字，都那麼叫人難以啟齒，羞於見人。

根本不值一提。

……幻想……真是愛情裡最致命的東西。

真希望愛情是永遠沒有四季的，只要留下心中的春天，和慾望的夏夜就好。冬天太冷了，冷得叫我只想離開這裡，下輩子，就在陽光底下慢慢老去。

——文靜

八月二十七日

下部

1

佳美旅社二樓房間的窗戶，斜對著中華路上巨大的廣告看板，豎立在夜幕之中，遙遙望去，一片霓虹，紅紅綠綠交映在兩個街口之外。

鑰匙晾在五斗櫃上，房裡亮著一盞綠頭檯燈，黑暗中看起來像座孤立的燈塔。

小鸞覺得這個老男人腦子有病。別人是白嫖了不給錢，他是給了錢什麼也不幹。就和她穿著衣服躺在床上乾瞪眼。

起初她還覺得自己走運，錢吧——能白撿的最好。可一次兩次，她又有點不樂意。難道他還看不上她？

那晚在車站附近拉客的時候，這人就著魔似的跟著她，一臉的鬍子拉扎，看上去四五十歲，大熱天的身上還套件肥大的外套，背微駝著，骨瘦嶙峋，失魂落魄的樣子。

小鸞很是警醒，以為對方是來找碴的，就告訴了同夥的么么和阿雄。

阿雄身上刺龍刺鳳，看著就十分不好惹，他從口袋拿出那把在廣州街地攤上買來的銀色雕花匕首，在手裡挑釁地轉著，慢悠悠走近那個男人，還挺不客氣地推了對方一把，那男人一下沒站穩，跌坐在花圃邊上，好不可憐的樣子……

當時小蠻和么么就站在不遠處，看得吃吃笑。

不多久，阿雄又拿著那把假刀走回來，手中還捏著幾張紙鈔，對小蠻說，「去吧，沒事的。」

如今這男人已經花錢找了她三次。可次次都不幹正事。口香糖嚼得嘖嘖作響，小蠻無聊得很，紫色的嘴唇一張一合，趴在床上擺弄那盞燈的開關，撲了濃妝的臉，藍色眼影在眼窩上誇張地刷了一圈，幾乎已看不清本來面貌。燈咔的一明，咔的一暗，映得那頂亮紅假髮目眩神迷。

「你幹嘛一直看著我？我很好看麼？」小蠻笑得挑釁，有點得意，她把臉湊近那個老男人，笑嘻嘻地說：「是不是比么么好看？」

「誰是么么？」過了半晌，那男人才出聲，嗓子乾得似沙漠。

「就是和我站一起的那女的。」

那老男人沒答，小蠻閒得發慌，又接著問：

「你是幹嘛的啊？」

「沒幹嘛。」

小蠻轉了轉那對靈活的眼珠子，開始猜：

「喔，不用工作？還有錢出來嫖啊？有錢人——看你也不像啊。」

過了一會兒，那男人才慢吞吞地說：

「我剛放出來。」

「喔，」小鑾滿不在乎地說：「坐過牢啊。」

檯燈的開關被她玩得咔咔作響，晃眼得很。

「妳不怕我麼？」那男人說。

小鑾嗤了一聲，撥開關的速度輕快了起來，很是故意地打量了男人上下，不以為意地說：

「怕？就你這樣的——」

天花板的燈扇轉著，那男人突然笑了一聲：

「妳跟我以前有點像。」

「怎樣？」小鑾好奇。

「有點……」男人回想了一會兒，說，「天不怕地不怕。」

「那也不是，」小鑾支起手肘，嘴裡吹出一個泡泡，破了，「起碼我怕警察嘛。」

半晌，又聽那男人說：「我以前……」

「等等，」

小鑾打斷他，嘴裡嘟囔：「你以前怎麼樣我沒興趣知道，你花了錢又不幹，我還沒想明白呢……再多說一句真心話，對我而言都是負擔。」

燈一下黑，一下亮。

瞬間照亮男人怔愣的表情，一下又隨著燈滅灰暗下去。

等了會兒，見那男人不再說話。像賭氣似的。小鑾覺得有趣，不再去搞那盞燈，房間黑漆漆的，她憑著感覺朝男人的方向踢了一腳。

那男人很瘦，也不知踢到了哪裡的骨頭，硬梆梆的，硌人得很。

「……生氣啦？跟你開個小玩笑。」小蠻笑說。

「喂，別不說話啊？接著說嘛。」

小蠻滾到男人身邊，黑茫茫的，只聞到對方身上的體味，好似不太健康，帶點苦，聞起來像西藥。

她拍了下男人的背，央求了好一會兒：「說啊，你再不說，我就走啦？」

「妳為什麼幹這行？」男人忽然問她。

「什麼為什麼？」小蠻轉身平躺，床上下震了一下，顯然懶得回答。

「總有個原因，」男人的聲音從黑暗中傳來，有些飄忽，就像從幽暗深邃的地底洞裡盪出來似的，「是缺錢？還是受迫於人？」

「都不是，行了吧——就覺得好玩。」小蠻滿不在乎地說。

「……」

看那男人被堵得啞口無言的樣子，令小蠻開懷不已，更想捉弄他。

「怎麼，不行嗎？我就喜歡睡男人，一天不睡就渾身不舒服，睡了還有錢賺，多好呀？」

「……」

她忽然伸手拍開了燈，驟來的亮光，讓他們的眼睛都刺了一下，本能避開了頭。

「你這什麼表情？不是坐過牢嗎？還這麼古板——就你這聳樣，還敢說自己坐過牢哩！」小蠻伸手擋著光線一邊嘟囔。

「別一副受我欺負的樣子，我哪兒說錯了？還有，這都第幾次，你給錢又不幹，到底想幹嘛呀？我們向來童叟無欺，我可不願意占你便宜，傳出去了，我小蠻以後還怎麼混？」小蠻斜眼看他，看了看手錶，又說，「還有半小時，你就說你到底幹不幹？不幹拉倒——」

那男人也不知有沒有聽見她的話，只一股勁地盯著她看，看得出神。那雙眼灼灼逼人，在她的臉上滾來滾去，小蠻被他看得不舒服，只當這老男人沒見過美女，也懶得深究，便騰地坐起來，舉起手就脫下了縫滿彩色珠片的上衣，露出一對被廉價蕾絲包裹豐滿的胸乳。

她伸手背向後，準備解下扣子，被男人伸手阻止。

小蠻狐疑地打量他，「……你是不是不行啊？」

這男人古古怪怪的，此時臉部的肌肉開始神經質地抽動起來，表情有些扭曲，一手抓著小蠻，頭部上下晃動，在床上縮成一團，痛苦地呻吟。

小蠻嚇了一大跳，奮力甩了兩次，才甩脫男人的手。忍不住罵說：「你怎……有病還學人出來嫖！」

那男人突然滾下床，動作間扯到電線，和床櫃的燈座一起摔到地上，玻璃砰地碎了一地。

「喂！你沒事吧！」小蠻愣了好幾秒，一時不知道該怎麼辦，她叫了那男人幾聲，只見那男人抱著頭，在地上痛苦打滾……

小鑾的眼角被他叫得一抽一抽的，很是不安，她手腳慌亂穿上衣服，防備地移步到門邊，忽然腳下踢到了東西。她低頭看，貪念一起，趁那男人沒注意，伸手抓起地上的皮夾，打開門，就跑了出去。

2

「哎，妳藏了什麼好東西，給我看看——」

么么又不敲門就闖進來。房間空中懸著一條晾衣繩，一頭綁在窗戶，一頭綁在櫃子，橫過床鋪上空，上頭夾著幾件五顏六色的濕內褲。

天熱，小蠻只穿著黑色成套的奶罩內褲半躺在床上，兩條大腿正粗魯地對著房門敞開，化妝品散落在床上，粉盒眉筆口紅，零零碎碎的，還有一頂紅假髮。

么么撲過來時，小蠻沒躲過，手裡的東西眨眼就給么么搶走了。

那是只咖啡色男士皮夾，又破又舊，邊緣幾處都脫了線頭，皮子都掀開了。

么么兩隻雙眼皮上畫著兩圈誇張的眼影，亮粉反射細碎的光芒，一眨眼，便亮晶晶的，睫毛上黑色膏脂結成塊狀，近看像一根根的蟑螂腿，看得小蠻手心發癢，想把它們一根根捋下來。

「什麼破東西？誰的啊？」

皮夾裡連張錢都沒有。么么想肯定早給小蠻摸光了。卡夾裡還有張邊角泛黃的身分證，照片裡的人頭都磨得發白褪色。普普通通一張證件照，是個年輕男人，中規中矩，青澀的板寸，臉上沒什麼表情，模樣像個小白臉。

么么把皮夾仔仔細細都翻了一遍，沒有半點值錢的東西，照片瞄了兩眼就沒了興趣，又把皮夾扔回小蠻懷裡。

小蠻正對著手鏡塗口紅，猛地被皮夾砸到了手，一道紅痕劃拉出了嘴角，心裡起火，伸腳要踢她：

「欠揍是不是——」

「口紅借我用用。」么么不以為意，說完就伸手要拿。

小蠻臭著張臉，早就厭煩么么一天到晚占便宜的行徑。借借借，粉也借，香水也借，哪次見她「還」過？

「妳自己去買！」小蠻語氣不善。

「這禮拜就買，妳先借我。」

么么頂著一頭粉色髮捲，搶過口紅，就對著妝鏡細細塗抹起來。小蠻丟開手邊的鏡子，坐直身子，盯著么么的側臉一會兒，越看越來氣，覺得那些新仇舊恨又一股腦地湧出來。她說：「妳是不是又進我房間拿過東西？」

「什麼？」么么裝傻，「哪有啊。」

小蠻冷笑，沒打算繼續忍下去，「少跟我裝蒜，拿了什麼自己還回來，別以為我沒脾氣。」

「不就借點口紅用用，要不要那麼小氣啊——妳哪隻眼睛見我進妳房間了？證據呢？」

么么也不高興了，把手裡的口紅丟回床上，站起來，就要走出去。

小蠻滿面厲色，把手裡的鏡子一扔，站在床上喝住么么。

「到底還不還？」

「妳有什麼證據？」么么梗著脖子說。

「要證據是吧？好！」

說完，小蠻就跳下床，把么么往旁邊用力一推，朝么么的房間跑去。吃痛的么么愣了下，連忙追上，小蠻已經氣勢洶洶地進了隔壁房間，大馬金刀地，把妝台的抽屜一格格拉倒出來。藥片，髮油，鍊錶，旁氏冷霜，金筆盒子……稀哩嘩啦掉落一地。

「妳幹什麼！出去！」

么么在後面拉扯她，小蠻不為所動，轉頭又推了她一把。

「沒拿？」小蠻揀起一些什物冷笑，「這是什麼！這是什麼！」

是一盒用過的綿羊油。

還有一支夢思嬌粉條。

小蠻毫不客氣，把東西全朝么么臉上扔，么么的臉色一陣紅一陣白，剛剛倆人拉扯時，頭上的髮捲都掉了好幾個。

「我就是借的！」么么大喊。

「哼，被妳用過的我也不稀罕要，把錢賠我，我不跟妳計較。」小蠻說。

倆人在一坪多的小房間內僵持起來，么么也耍起無賴，說沒錢，妳能把我怎麼樣。等阿雄他們到家的時候，她們倆已經打得難分難捨。

「靠，又怎麼了？」石頭嚇一跳。

「還不來幫忙！」

阿雄大罵一聲，趕緊過去把小巒拉開。石頭則從背後架住了么么，往另一間房間拖。

「放開！」

小巒一肚子氣，不願意讓阿雄碰自己，伸手亂揮，打中了阿雄的下巴。

「幹什麼！」

阿雄把小巒抱回房間，倆人往床上一摔，把粉盒都給壓裂了。

小巒掙扎，高聲喊，「滾開！」

「媽的……又發什麼瘋？」

「你自己心裡清楚！」

小巒一雙眼睛射出火光，眼角都燒紅了，恨恨地瞪著阿雄。

「清楚什麼……老子要跟妳清楚什麼……剛剛在路上撞上條子，好在石頭反應快，差點妳就看不見我了……」阿雄氣喘吁吁地扯天扯地，邊說邊扯小巒的內褲。

此時隔壁已經幹起來，是石頭和么么的聲音。男人女人間的矛盾，沒什麼是苟合不能解決的，若是不能——就得一合再合。

小巒氣得牙癢癢，手上還在做無謂的抗爭。阿雄低頭親她，她就閃，開始還挺有骨氣，可她男人了解她，沒兩下，還是叫他得逞。

阿雄睡著了。到了深夜，整個屋子靜悄悄的，小蠻爬起來，只在身上圍了條涼被，赤腳出了房間。

客廳黑漆漆的，小蠻去廚房倒水，就聽一陣腳步聲從背後靠近。是石頭。

石頭光著上身，只著一條內褲，不只他——還有她，倆人身上都是一股剛辦完事的葷腥味。

小蠻斜了他一眼，轉身靠在冰箱上，石頭抓了抓頭，把手上那袋東西遞還給她。

「我已經罵過她了，她不是故意的。以後不會再拿妳東西了。」

小蠻嗤了一聲，也不伸手接。

「我也跟她說過了，我不稀罕，讓她賠我錢。我也不要你的錢，誰拿的，誰賠。」

「……妳饒她一次吧，我保證她以後不敢了。」石頭雙手合十地拜託。

「看看你，去廁所照照你現在的樣子。」

小蠻重重放下水杯，水濺了出來，不再給石頭面子。

「說你一無是處還真沒說錯。她什麼德性你還沒摸透？兔子還不吃窩邊草呢，敢把歪腦筋動到我男人身上，你對她再掏心掏肺，她也不會感激你，只會嫌你這也沒用，那也沒用，哪兒都比不上阿雄！」

「……」

「我最討厭別人碰我的東西。你最好告訴她，以後再敢來惹我，伸哪隻手，我剁哪隻手。別以為我不敢！」

客廳的鐘滴答滴答地走著，細微的水流聲溜過水管，只見小蠻要走出廚房，石頭一下急了，扯住她的手，突然說：

「這也不能怪她一個人，要是阿雄不願意，妳以為他們睡得成啊！」

3

週五夜晚人潮洶湧，街上漫著一股拔絲地瓜的濃濃甜香，許多人跑來戲街看電影，檳榔攤旁有個矮胖婦人正圈著腰包賣黃牛，長長的人龍在騎樓下繞了一圈又一圈，分不清哪裡是頭哪裡是尾。

小蠻戴著假髮，亮黑的皮衣皮裙裹緊了身體，獨自在街上穿梭遊晃，誰朝她搭話都不理睬。她繞了三圈，四顧茫茫，漫無目的，躊躇了一會兒，最後還是跑去敲了那佇立在街角，閃爍青紅燈的檳榔攤玻璃門。

後牆上釘著一台小電扇，一個身著清涼的長髮西施坐在三面透明玻璃包圍起來的高檯上，正在聚精會神地包檳榔，檯子下翹著兩條光溜溜的二郎腿，引得來往行人視線皆朝玻璃後的腿間瞄。

小蠻鑽進了那間狹小的檳榔攤，招呼也沒打，就逕自打開涼飲櫃，將臉埋了進去，冷氣簌簌地撲上臉，她舒服地吁了口氣。

「妳怎麼又來了？」

那西施坐在高椅上，一勺一勺刮起石灰，熟練地往對半剖開的檳榔裡塞，頭也不抬地說。

小蠻沒說話，拿出一罐紅茶插上吸管就喝。

長髮西施聽見動靜，皺起眉頭，扭頭盯著她，沒好氣地說：「十塊。」

這時攤子外突然傳來一道帶笑男聲，「老闆娘，一包菁仔。」

長髮西施臉一變，跳下椅子時已是笑容滿面。她從櫃子裡拿了一盒檳榔一包菸，出去前，手伸進衣服裡撥了撥乳溝，扭腰擺臀走出去和客人在街邊打情罵俏。

小蠻都懶得看，熟門熟路地拖出一把椅子坐在風扇前納涼。她感覺外面那男人不時將視線往自己方向瞄，隱約聽見他們在外面說：「唉唷，新來的？幼齒的喔。」長髮西施笑說：「不是不是，一家認識的小朋友經過來玩。」男人掐了把西施身上的肉笑說：「嘿嘿，妳還認識這種小朋友……」

西施輕飄飄地唉了聲，把男人骨頭都喊酥了。

十分鐘後，長髮西施又走進來，一看見小蠻，又好似對上冤家一般，什麼表情都沒了。她拉開桌上的錢櫃子，櫃底躺著幾張紅色百元鈔，和一堆零錢，就問小蠻：「妳給錢了沒？」

「給了。」小蠻趴在檯子上百無聊賴地咬著吸管，看也不看她一眼。

那西施砰地闔上櫃子，與小蠻幾乎如出一轍的嘴角，劃過一抹嘲笑，用力拉過椅子坐上去，又開始包起檳榔。

「哼，吃我的喝我的，還不知道老實點，真是那廢物的親生種……」

長髮西施開始唸叨起來，話無比難聽，小蠻熱得心浮氣躁，忽然一把扯下假髮，就說：

「有完沒完！能不能讓我安靜會兒！」

「沒完！我的地方，我愛怎麼說就怎麼說，妳不愛聽，可以走啊！跟我擺臉色，是妳搞不清楚狀況——」

見小鸞扯下假髮，裡面還包著髮網的怪模樣，那長髮西施笑了，一眼就看穿了女兒色厲內荏，「看妳這樣子，在外面不順心了？哼，不順心也給我憋著，別影響我做生意，要把客人都嚇跑了，我才不忍妳！」

說完，那西施旋過身，繼續包起檳榔。

這期間，客人三三兩兩，生意不好不壞，每一次麗雀都是春風滿面地走出去，回到攤子，就又板起臉孔，一句話都不說。小巧的收音機立在檯子上，都比小鸞像個活人，麗雀寧可對那台收音機自言自語，也懶得給小鸞一個眼神。

小鸞待了大半天，額頭冒出一層細密的汗珠，臉上的粉融了大半。她揉捏著假髮，感受手中虛假的觸感。密閉空間，新鮮空氣流失得很快，她心裡鬱悶，只能對著玻璃上的倒影發呆，忽然覺得難捱起來……

她深吸了口氣，對著玻璃重新戴上假髮，細緻地，用手指一根根把瀏海梳順，餘光瞄了瞄麗雀，有些虛聲地說：「喂，妳借我點錢吧……」

麗雀當作沒聽見，伸手就把收音機的音量調大，接著繼續手邊的工作，直把小鸞當成空氣。

檯子上那一大盆膏狀紅石灰，散發一股特殊的嗆辣氣息，地上立著一只螢紫色的捕蚊燈，不時爆出「啪、啪」的聲響，被電焦的蚊蟲，屍體落了一地，密密麻麻的。

見狀，小蠻抿起嘴，輕吐口氣，感到極為難堪，面上卻仍要強地說：

「妳先借我點，我有急用……以後連本帶利還妳。」

她自幼就反骨，面對麗雀的時候，尤其蠻橫倔強——彷彿這輩子落地，就是為了來與她生母作對的，誰都不讓誰好過。現在這般低聲下氣，簡直就是要了她命。可她沒有辦法，骨子裡再擰，也抵不過口袋沒錢啊。

對上麗雀，她就沒有一次贏過。只能低下自己高傲的頭顱，不情不願地喊了聲：「媽——」

「……」

外頭的霓虹燈一下粉，一下綠，綺麗地映在這對母女相似又相互仇恨的臉上。

麗雀聽聞，嗤了聲。她把收音機關了，轉頭看著小蠻，不僅無動於衷，刀俎的眼神還在小蠻臉上來回滾動，殷紅的一對厚嘴唇，面對客人總是嬌聲嗲語，對上小蠻，張開就成了血盆大口：

「妳不是很有骨氣嗎？一聲不響說搬就搬，這時候又知道回來叫我媽了？呵，我賺的錢髒，配不上妳——就妳最乾淨高貴。」

見女兒捏緊的手，麗雀不以為然，把檯子上的盆子往旁邊一推，拉開木製的錢櫃子，手指往裡頭揀了揀，揀出了五張百元鈔。

「用不著妳這聲不情不願的媽，裝不像，不如別裝，我也不稀罕。也別說我小氣，不嫌髒妳就拿啊。」

小蠻瞪著那隻手，已經氣得發抖，倆手往口袋一插，錢也不要了，轉身就朝門外走。

麗雀又喊住了她：

「今天我心情好，過了這個村沒這個店，我要是妳就拿，也不圖妳還，傻子才和錢過不去。再告訴妳一件事：人沒幾兩重，就千萬別把自己端得太高。就妳這樣老掂不清自己幾斤幾兩，還敢說自己在外面混哩，妳最好明白，就算是老娘和妳這兩張臉皮加起來，也不值多少錢的……」

麗雀後面還說了什麼風涼話，小蠻已經聽不見。她快步離開了檳榔攤，走著走著，路上伸手就給了自己一耳光，恨自己一時昏了頭，白讓那女人看自己笑話！

她已經一晚上沒回「家」了。

不想和阿雄他們撞上，她沒去車站，直接跑去了公園的涼亭。這片地方入了夜，比車頭那邊更亂，站壁的男人竟比女人還多，她孤伶伶地坐在那兒，也不和旁人交流，冷眼看著，什麼妖魔鬼怪都有。

一晚上還有一兩個人來問過她的價錢。可小蠻犯了臭脾氣，一下嫌這太老，一下嫌那身上有狐臭，如此一來，來一個趕一個，來兩個趕一雙。

時間直逼零點，她看著遠處那片燈火，才漸漸冷卻下來。

也算她倒楣。

最後她打算和一個矮瘦的中年人離開時，一只手電筒的強光突然憑空掃來，樹林裡開始窸窸窣窣。不遠處有人大喊了聲警察，那些站壁的立刻四散逃逸，她一個哆嗦，連忙也轉身要跑，卻被那中年嫖客扯住了手。

倆人拉拉扯扯，小蠻狠狠地踹了他的小腿骨，慌慌張張跑出公園時，腳上只剩下一隻鞋，她沒敢回頭撿另一隻，滿腦子只剩一個「跑」的念頭，彷彿有鬼在背後追她似的——

沿路的攤販都在收拾家當跑路，小蠻往停車場的方向逃。那兒的路她熟，七拐八彎的躲警察也方便，她左閃右竄，經過一個黑漆漆臭嘰嘰拐角時，忽然被一隻骨瘦嶙峋的鬼手抓住，小蠻閃避不及，腳拐了一下，還來不及喊，就給人拖進了那條尿騷烘烘的巷子裡去。

4

「那兒，以前有一整排的水泥樓，就在對面，整條路都是。修鞋的做制服的賣唱片的，什麼生意都有人做，以前我常和我兄弟去那兒吃消夜，熱鬧得很——

「樓下那一群老鞋匠，好幾個以前都是那裡的師傅。……以前我還在那兒做過一雙皮鞋，一直沒去拿。」

那老男人的聲音就像埋藏在夜深人靜時分裡的一座鐘，老式的機括齒輪，是半外露的，陡然響起，在黑暗中老牛拖車般走走停停。

「喔……」小蠻不知道說什麼，蹭了蹭熱到有些發癢的肩膀，只不自在地應道。

這房子空氣不大流通，憋悶，有股霉味，裝潢也十分簡陋，幾件大家具都用布罩了起來，除了這張硬梆梆的彈簧床。

這間公寓就隱匿在峨嵋街停車場東側的巷子裡，下面拉著一塊綠色防水布，大大小小的紙板斜立在地面上，簡單標著價碼、修繕、鞋底的字樣，牆邊每天蹲著一排上了年紀的老師傅，臉上掛著老花鏡，給來往的路人修皮鞋。

小蠻多少是感到窘迫的。

她朋友少得可憐，和阿雄鬧起脾氣，一時間確實沒地方可去，更不想回去找她媽。之前她趁人之危搶了這個男人的皮夾，可他一句也沒問過她，不僅剛剛帶她躲過警察，還收留了她。

床上鋪著塊涼蓆，他們肩靠肩躺著，入夜後的城市分解皺縮成團團的光斑，從窗戶斜透進來，正對著腳尖。他倆湊得很近，小蠻幾乎能感覺到這男人皮膚底下骨骼的形狀，凹凹凸凸的，頂得她有些發疼。

「後來拆了，」男人咳了幾聲，慢慢抬起手對著窗外虛劃一筆，「很多地方都找不到了。」

「你怎麼不去拿鞋？」小蠻沒話找話。

「因為我後來進去了。」

「……」

她摳了摳汗濕的頸窩，腦子亂嗡嗡的，不時想起阿雄，和他說的那些話，心裡靜不下來，也沒法思考。

「我有點熱，」她咳了聲，喉嚨像有把火在燒，浮躁地說，「有點渴。」

桌上有個壺有個杯子，旁邊還有一只白色塑膠袋，也不知道裝著什麼。那男人爬起來給她倒了杯水，嘩啦嘩啦的，水溫不冷不熱。

小蠻咕嚕嚕灌了一大口，乾啞的嗓子終於舒服了。她半靠在床頭，吁了口氣，兩隻腳丫子光著，她捧著那印著大朵紅花和諮詢專線的透明杯子瞧了會兒，問：「你家就一個杯子？」

「明天再買一個。」那老男人說。

小蠻撇撇嘴，心道我也沒想再住呀。

那男人回到她身邊躺下，手腳還是規矩得很，她一直等著，等這男人露出馬腳的一刻，可等了許久，眼睜睜到了大半夜，什麼也沒等來。

小蠻轉頭打量他，那些疑問堵在心裡也叫人不痛快，乾脆一鼓作氣地倒出來：

「你為什麼要幫我？」

那男人閉著眼不說話。

小蠻又說：「別裝蒜，你說話啊。」

「不說我走啦？」

「喂——」

那男人睜開眼睛，問她：

「妳幾歲了？」

小蠻把杯子啪地放上床頭，就著昏黃的檯燈，挑釁似看著他：「關你什麼事。」

「第一次在車站看見你們，我就知道你們是幹甚麼的。我像你們這麼大的時候，也跟你們一樣——」

那男人半睜著眼，好似對著天花板夢遊，灼灼地穿透到某個不為人知的地方，然後自說自話。

「我是過來人。」

小蠻喔了聲，有些不耐，很是不以為然。

「我這輩子就是這樣了，可妳還有救，還能回頭。」男人語氣真誠。

小蠻像聽見什麼笑話似的，噗哧一聲，覺得荒謬不已。

「你以為你是誰啊？救苦救難？我還回頭是岸呢！」

男人眼皮動了動，轉過來看著她，小蠻看不明白他的表情，可有一瞬，她就是莫名感到被冒犯了，觸了電一樣，叫她惱羞成怒——

「裝什麼深明大義啊，我親爹媽都不跟我說這些，就你，也想管我？」小蠻瞪著他，「別以為我傻，天下的男人一般黑，你要真是個好人還能出來嫖呀？喔，對了，你還坐過牢呢——」

她牙尖嘴利，男人卻不生氣，神色仍然平靜。

「那妳想怎麼樣？」

「什麼叫我想怎麼樣？」小蠻覺得好笑，「是你想怎麼樣啊，大哥。」

「妳要是沒地方去，可以留下來。但別再出去賣。」男人說。

「想包我？有錢嗎你？」

小蠻並不領情，跳下床去，一把抓起自己的背包，老木板禁不起糟蹋，只聽她踢踢躂躂往外走，沒一會兒，又自己返回來。

「你畢竟幫過我，」她對那老男人說：「我小蠻也不是忘恩負義的人。這樣，我們睡一次，你也不用有壓力，我不收你錢，就當兩清了。等我出了這扇門，你不認識我，我也不認識你。」

說完，就將背包摔在地上，在那男人面前脫了衣服，熟練地爬上床去。

她躺下來，四肢攤平，放鬆。

等了好會兒，男人始終不動作。

「來啊，還要我伺候你啊大哥？」她催促著。

倆人目光黏著滾動，他看著她，她也看著他。

小鑾見他爬起來，朝自己靠近，便在心裡冷笑，只當自己老早看透了這些臭男人的德性。她沒打算反抗，本來也想著出去便宜別人還不如便宜他，便閉上了眼睛。

直到一件衣服忽然蓋到她臉上。

她睜開眼，眼前一片黑，還沒把衣服從臉上拉下來，就聽那男人說：「妳想這樣報復他？可沒人會在意，無論妳怎麼糟蹋自己，他也不會回心轉意，虧的只是你自己。」

小鑾突感太陽穴一跳，全身的血騰地湧上了腦子。

她跳起來，一把將衣服甩在他臉上，像頭齜牙裂嘴的母狼，恨不能撲上去咬人。

「誰跟你說的？你懂個屁？你根本什麼都不知道！」

屋子裡唯一的杯子也砸過去，水灑了遍地，小鑾滿面發紅，撲上去就是打，誰知道那男人看著削瘦病態，一雙手使了勁，仍像隻鐵耙子，即使鏽了，也能把她叉在牆上，動彈不得。

杯子碎在地上。倆人身上都被濺濕了。

那男人把小鑾壓在牆上，他眼窩凹陷，語氣平靜，一雙眼裡卻燒起了火團，竟似痛得在跳……

他聲音嘶啞：

「我當然知道，因為我也是男人。

「而且活得比妳久，見得比妳多，

「……我還知道，曾經有個女孩，和妳一樣年輕，不見棺材不掉淚，非要使盡全力去愛一個渾蛋，最後流乾身上所有的血，也沒叫那個不愛她的男人回頭看她一眼。

「要徹底報復一個男人，亂性是不夠的。夠膽量，妳就去死，選最慘烈最難看的那種，死在他面前。他仍然可以睡其他女人，但我保證他一輩子忘不了妳——」

小蠻還在發楞，突然間脖子一緊，吸不進氣了。她使勁掙扎，男人的手臂被她摳出了血。

那男人卻不為所動：

「妳敢嗎？

「妳想要這樣嗎？」

臉上因缺氧而脹紅，她瞪大了眼睛，又驚又懼，發出嗚嗚的叫聲，在瀕死的最後一秒，那雙手終於離開，她跌坐在地，劫後餘生般捂著脖子，渾身癱軟，然後「哇」地哭了出來——

……

屋子再度恢復了平靜。

那男人抱著疲軟無力的小蠻挨坐在牆邊。

偶爾有道光影從窗外虛晃劃過。

許久，他的聲音又從黑黢黢的空氣裡冒出來：

「害怕嗎？」

小蠻雙眼浮腫，靠在他胸口，有些瑟縮，手腳都起了雞皮疙瘩。

這男人簡直精神分裂！剛剛還差點掐死她，一轉眼突然又把她當個幾歲稚童輕哄起來，粗糙的手指一下一下耙梳她汗濕的頭皮，溫柔得叫小蠻毛骨悚然。

「現在覺得痛苦不要緊，等十年二十年後再回想起來，都是笑話一場了。到時候妳就明白，不過都是臭不可聞的過去。過去了，那就是個屁——」

「……」

「把眼光放長遠點，說不定經此一遭，往後，妳就刀槍不入了。」

5

暴雨連續下了三天。炸彈似的雨水滂沱砸下，夾雜夏日悶雷，帶著一股灰飛煙滅的氣勢，正是這場雨，將本欲溜走的小蠻留了下來。

昨晚上被那男人嚇唬哭了，隔天清醒之後，小蠻感到十分沒面子，同在一個屋簷下，都不知道怎麼面對他。

和阿雄他們在那個危機四伏的圈子裡混了這些年，她並非全無危機意識。女人天生那種蠻橫無理的直覺小蠻也有。和這老男人僅有幾次接觸，她起初只覺得這男人窩囊，又老又窮不說，還沒點脾氣，就是個軟貨。

和入夜後那些徘徊在車站、庸庸碌碌又成天愛說大話的滿街流浪漢毫無區別。

這種人，小蠻自認這些年還真沒少見——窮得也就剩張嘴了。

女人是擅於得寸進尺的動物，她自認已經看透了這個男人，吃準這人不敢真拿她如何，才屢屢在他面前肆無忌憚。

大約年輕人都是有點瞧不起老年人的。面對這個男人，她自覺渾身是本錢。不僅有身為一個女人面對男人時的本錢。更重要的是——她年輕啊。只要她比他年輕，自然就高他一等。小蠻莫名自信，即使不久前，這個男人才不計前嫌地幫助過她，可那點感激，也不會叫她因此高看他一眼。

她壓根不信這樣的人還能坐過牢。可料不到就是這麼軟趴趴、病懨懨的貨色，轉眼也能差點把她掐死……

下午小蠻醒過來，那男人已經不見了。除了轟隆隆的雷雨聲，整間房子寂靜無聲，就剩下她一個人。

昨晚她彷彿已將體內的水分全哭乾了，經過一夜，淚水在臉上風乾成白屑，簌簌地裂開，她意識恍惚，經過很長一段時間，才確定昨晚不是一場夢。

這一場大雨颳起一陣陣陰涼的風，從窗縫灌入，呼嘯地叫著，看著四處蓋著布的家具，牆角的蜘蛛絲，小蠻覺得這間陌生簡陋的房子白天比黑夜看起來更像鬼屋。

小蠻摸進廁所，洗了個熱水澡，四方的小浴室光禿禿的，幾乎沒什麼日用品，除了洗手台上一塊肥皂，幾乎乾淨溜溜，牆上的磁磚印著褪色的紅花，小蠻嫌棄地打量著，心道居然連支牙刷都沒有。

她扭開水龍頭，脫光了內衣褲，赤裸地站在鏡子前觀察自己。

她天生皮膚瓷白，鄰近鎖骨的地方和脖子上還有一點痕跡未消，嘖，都青了……

那男人濕淋淋地返回，進門，就聽見浴室稀哩嘩啦的水聲，還有歌聲。

廁所門半掩著，熱霧從裡頭飄出來。

他在大門口站了會兒，才把手中的飯盒放在桌上。

外頭的風雨沒停，屋子裡的水聲停了。

「喂——」小蠻早聽到了外頭的開門聲，知道人回來了，就在浴室裡喊他，那張身分證她也是看過兩眼的，可當時壓根沒在意，看過就扔，也不記得他叫什麼名字，只隱約記得像是姓許，還是姓張……

「我要毛巾——」

再橫的人，嚐到厲害也知道客氣。經過昨晚，再面對這個男人，她的語氣也不自覺放輕了。

小蠻披著頭髮，圍著條毛巾就走出來，見那人光著膀子，悶不吭聲坐在地上抽菸，有沙發也不坐。

一時間也無話可說，她兩顆眼珠子靈活轉了轉，發現桌子上擱著個便當，一個大袋子，還有一只嶄新的杯子……

她欲言又止，隨後又將視線調到窗外，望著外頭沉甸甸的陰雲，乾巴巴地說了句：「雨真大。」

她移步到他身邊，肩並肩地抱腿坐下，屋子裡沒亮燈，窗外透進的光線也陰沉沉的，壓抑得很。

沒一會兒，她就有點坐不住了。聽著雨聲，心中浮躁，一下摳著耳根，一下撥著濕髮，她斜睨了他一眼，說：「還有沒有？給我一根。」

男人看了她一眼。把菸盒遞給她。小蠻難得客氣，說了聲謝謝。

打火機是路邊五塊錢一支的那種，淡紅的透明膠殼，火油流動，機殼上貼著裸體女郎的貼紙。燃了菸，菸頭腥紅起來，小蠻深深吸了一口，瞇起眼睛，慢慢放鬆下來。

一老一少並坐在冰涼地板，空氣潮濕，她夾著菸，突然歪過頭問他昨晚是不是真想掐死她？

那男人說沒有。

「真的？」她指著白嫩的那節脖子說，嘴都嘛起來了，「都瘀青了，你自己看啊——」

那男人真扭頭看了一眼，卻不為所動。

「哎，」她搖搖頭，忽然嘆氣，「你這人真沒幽默感。」

男人沒接話。也不知道在想什麼。小蠻仔細觀察他，總覺得這人心事重重，很憂鬱，人雖在這兒，魂卻不知飄去了哪裡。

窗外一道強烈的白光瞬間照亮屋子，撕裂了天空，巨大的轟隆聲緊隨而來。

倆人又安靜下來。

「昨天你說的那些話，我都聽進去了，也明白了。謝謝你。」她盡量讓自己的語氣聽上去真摯且誠懇。

「……」

「你不相信？」她留意他的反應，放輕聲說：「我是說真的。我平時是有點那個……但也不是不知好歹的人。昨晚我情緒不好，可睡一覺起來也想明白了，你大人有大量，別跟我計較。我知道你是為我好。」

說完，小蠻像試探性的，緩緩靠近他。

這男人面相滄桑，嘴邊和眼角的細紋特別明顯，皮膚呈現一種不甚健康的蠟黃，偏偏睫毛特別長。小蠻眨了眨眼睛，還從沒見過眼睫毛生得這樣長的男人，還一根根的朝向天上翹，一時間看迷了眼。

「吃飯吧，涼了。」男人忽然站起來。

小蠻愣了楞，頓時有種媚眼拋給瞎子看的感覺，撇撇嘴，不情不願地爬起來。

那盒便當是滷肉飯。還加了半顆滷蛋。很簡單。雖然冷了，打開還是一股濃濃的豬油香。小蠻狀似不經意地翻了翻桌上的塑膠袋，看見一支新牙刷和一條淺藍色的新毛巾，還有桌上的新杯子，心裡一陣難言的得意。

她放下袋子，捧起保麗龍盒，又坐到他身邊去。

她笑說：「你只買了我的啊？你不吃嗎？」

他搖頭，說自己吃過了。

「幹嘛不跟我一起吃？我一個人吃多不好意思。」

她舀了一口飯塞進嘴裡，又鹹又香。

緊接著又挖了口，直接伸到他嘴邊。

他卻偏頭閃過。

「幹嘛啊，來一口。」她說。

「我不用，妳自己吃。」他往後坐了坐。

小蠻卻來勁了：

「我不管，你吃一口，還是你嫌我口水髒啊？」

大概是給小蠻纏得沒辦法，最後男人還是張嘴吃了一口。有了第一口，便有第二口。

小蠻如意了，一雙眼閃閃發亮，似在幼稚地炫耀：看吧，你看吧！

於是她更加賣力地逗弄這個老男人，將剛剛的尷尬拋諸腦後，倆個人你一口我一口的分食那一盒滷肉飯，她對他說：「我現在算是吃你的住你的，牙刷毛巾都給我買好了，你是認真的？不怕我賴上你啊？」

小蠻半個人幾乎壓在他胳膊上，笑嘻嘻的，她頭髮還濕著，男人沒有回答她的問題，但她也不在乎，麻雀似的，嘰哩呱啦說些不著邊際的話，倆人擠在餐桌邊，除了風雨，整個屋子就剩她的聲音。

她一邊吃飯，邊說：「有點冷，你身上真熱，摟著我點。」

「妳去穿衣服。」男人說。

「我沒衣服。」

「穿我的……」

「吃完再說。」

她看了他一眼，用肩膀撞了他一下，佯裝可憐說我真的冷。

見對方還是不動，她就自己動手，抓起他一條胳膊繞過自己的肩膀。

「別動，就這樣，」她喝了他一聲，這下彷彿真把這男人給喝住了，見對方怔怔的，她強忍笑意，嗔道，「就一會兒，等我吃完。」

雨勢沒有一點減緩，啪啦啪啦地拍打著窗戶，路樹招牌被雨水打得亂七八糟。他就這麼摟著她，見她一口一口吃得很香，她說什麼就是什麼，讓他張嘴就張嘴，讓他不動就不動，像條可憐又聽話的老巴哥。

6

那幾天，小蠻像是再未想起過阿雄。她被大雨困在這個陌生男人簡陋的屋簷下，這裡什麼也沒有，卻暫時隔絕了外面一切的煩惱。

他們整天窩在屋子裡同食、同睡，上廁所也從不刻意避及對方，相處得十分和諧。

小蠻從不出門。三餐都這個男人冒著大雨出門買回來的。她什麼也不去想，什麼也不想幹，懶洋洋的，心安理得享受一個男人全心全意的伺候，一點都不感到不好意思。

每當男人出門的時候，她就小心翼翼翻搜這間屋子裡的東西。她會在心裡掐著時間，總在他回來前，把挪動過的事物恢復原狀。

即使不出門，可身邊有個男人，她就依然熱衷於打扮自己。離開阿雄家時，她背了個大背包，怒氣沖沖收拾了一堆東西，那些衣服化妝品能塞進去的全給她塞了進去，塞不進去的，就抽了個黑色垃圾袋，一鼓作氣全掃進去。

她的東西，就是扔了燒了，白送給路邊的乞丐，也絕不便宜么么那個賤貨。

她每天睡到日上三竿，在一片雨聲中懶洋洋地醒來，日子從沒那麼舒服過。

這時那男人就會在她身邊，問一句餓不餓。

那支新買的牙刷和毛巾已經掛進廁所。

小蠻還奇怪地問過他，「怎麼只有一隻牙刷？你不刷牙的嗎？」

那男人也不回答她。

她又忍不住開始嫌棄他了。沒好氣地說他沒衛生，牙不刷，臉不洗，難怪一大把年紀還是打光棍，就這樣的，哪個女人能看上他。她原本也懶得管他，可不知道為什麼，看他那副頹樣，心裡就不是滋味，說的罵的，非盯著他刷牙洗臉不可。

那男人幾乎抵擋不住小蠻的任何要求。她也暗暗察覺到自己對於這個男人存在著某種影響力，並對此生了虛榮之心。這些年在阿雄身上，她是鮮有這種成就感，這個男人讓她一時得到了樂趣，不禁對於使喚他，感到有點上癮。

每天男人出門後，她就坐在床上，翻出自己的化妝品，開始打扮自己，戴上假髮後，就在廁所對著那塊浴鏡搔首弄姿。

鏡子裡的紅髮女孩像條蛇一般，緩緩扭動起自己的軀體，不時側身翹起自己的臀部，或者對鏡提溜起自己一對胸脯，把兩隻手往自己腰上一卡，心裡滿意得不得了……

她也知道自己的身體好看。好看得幾近不協調。

她的身體就像一隻蜂。

阿雄也十分熱愛這把腰，兩條凶悍的手臂，床笫間，經常往她腰間一挎，用力一收，整個人就成兩段了。他還跟她開過玩笑，說她全身上下就這把腰生得最好，只可惜沒法真的把她的頭和身體分開，她問為什麼，阿雄說她身體招人喜歡，偏偏那張嘴太欠，每次吵架，他都恨不能把她那張嘴給縫起來，只要她不說話，就不會傷人……

那台紅色的單卡錄音機是那男人給她翻出來的。

因為她在家老嫌無聊，他就在客廳一陣翻箱倒櫃，結果翻出這麼個玩意給她。那時小蠻側躺在床上，聽客廳的動靜，就忍不住想笑，其實她也就是嘴巴癢，想折騰一下這老男人，見他為自己忙得團團轉，好感受那點貧乏的虛榮感。

吃完飯，小蠻就倒在床上玩那捲播不出聲音的帶子，她小心將裡面的膠捲拉出來，再將小指鑽進帶子上的兩個孔洞，來來回回轉著玩。

那男人話很少，只要小蠻不開口，他們基本上可一天都不交流。他從不帶東西回來跟她一起吃，已經連續了好幾天，每次問他，也只說自己吃過了，像是吸空氣就能飽似的。看他這副樣子，小蠻都不禁有些可憐他，心想：不如放過他算了，混得還不如她呢……

晚上倆個人躺在床上，電扇立在床尾，房裡只留一盞扇形壁燈黯淡地亮著。

她好奇問他：

「你怎麼一天到晚跟我待著，都不用出去賺錢嗎？」

那男人閉著眼，也不知是真睡還是假睡。

小蠻醞釀了幾遍措辭，眼珠子溜溜地轉了轉，便說：

「你也別不好意思，你要是真沒工作，我也不好意思繼續賴著你。在你這打擾好幾天了，等過兩天雨全停了，我也該走了。」

「妳要走？」男人睜開眼睛。

她嗯了聲。

「為什麼？」

「剛不是說了嗎？不好意思繼續賴著你，我看你也不寬裕。」小蠻友好地說。

「妳打算回去賣？再回去找那個人？」

她沒想到這男人這樣直接，一時感覺給人戳中了痛處，有些羞憤，又嘴硬不想認。

「沒有，我才沒那麼賤！」

這算不算撒謊，或許有點——畢竟「賤」是不能搬上檯面的，只要不把它明著攤出來，多少還能自欺欺人：她不賤，仍保有膨脹的自尊——就在剛才她的確還存有一絲妄念：沒了她，阿雄真能過得好嗎？那不見得。

所以她想回去看看。她就該回去看看。眼見為憑，是她給予自己回去的一個藉口：只有親眼看見了，確定了，她才能真正死心……

她正在自我感動，可這個男人非要把她揭穿了，讓她猛然洩了氣！

「那妳打算去哪？」

小蠻極其不耐：

「反正總有地方去，不用你操心，你還是擔心擔心你自己吧！」

桌上那一大袋黃黃白白的西藥片，小蠻早就發現了，她偷偷打開看過一眼，可上面的英文字她一個也看不懂，但起碼足夠讓她明白一件事：這男人可能真有病。且病得不輕。這讓她多了份戒心。於是這兩天也不再纏著他一塊吃飯，用一根勺子，吸同一根菸。誰知道他生的什麼病，會不會傳染啊？

本來她還有些同情這個人，現下認為根本是個錯誤。

她賭氣地背對他，倆人沒了話，氣氛一時沉默。

「妳想讀書嗎？」那男人忽然沒頭沒尾地問了一句。

「幹嘛？」她沒好氣地說。

「妳要想的話，可以回去讀書，我來供妳。」

「你供我？」

像聽見什麼笑話一般，小蠻噗的笑出來，感到無比荒謬。聲音都拉高了。

她轉過去看著他，「你傻了吧？真以為我看不出來？打腫臉充胖子，你可沒凱到那個地步，要不還能窩在這鳥不生蛋的地方，連桌上的電話都打不通！」

她話語尖銳，不給人留餘地，男人木然的臉上卻不見一點窘迫。

「錢我會想辦法。」他說。

「有病。」小蠻翻了個白眼，可隨即念頭一轉，眼睛賊溜溜的，嘴上故作嘆息，「我早不讀書啦，有沒有錢結果都一樣，不是那塊料，再努力也成不了女狀元，還不如拿錢多買幾個LV——」

「還是去唸書吧。」

「……」男人語氣認真，叫小蠻一時無語，有些受不了地說，「能不能別那麼老古板，跟老媽子一樣——喊，懶得跟你說這個。」

「女孩子多讀點書……才有前途。」

「那可不一定！」小蠻冷哼，「知不知道現在外面多少大學生高中生晚上跑去陪酒賣身的？光我認識的一雙手就數不過來，這算什麼前途？倒是裝清高比誰都在行，賣起來比誰都使勁。」

「……」

小蠻翻回身看著他，配上那頭紅似火的髮，異常地張揚、苛薄，「怎麼，不相信啊？你不是說自己是過來人嗎，還能不知道？」

她爬起來，伸腳從地上勾起自己的背包，拉到床邊，彎腰從裡面翻出一包菸。

給自己點了一根，急急吸了兩口後，才想起問他要不要。

男人沒理，她無所謂，收回手，聳聳肩說：

「我以前有個姊妹，唸書時成績不知道多好，做什麼都是第一，每個老師眼中的乖寶寶、好學生——」

她仰起頭，口鼻噴出一道白煙，拖長的聲音涼拔拔的，「可那又怎麼樣？初中就敢和老師亂搞男女關係，這叫亂倫吧——嘿，結果肚子白叫人搞大了，悶不吭聲憋了九個月，大半夜躲在家裡廁所把孩子生下來，家裡居然一個人都沒發現——

「你信不信？這世上居然有人能一聲不吭地生孩子？就是她——

「光那個血喔，當時淌得滿地都是——」

小鸞伸手誇張地比道。

「誰也不知道那是誰的種……死鴨子嘴硬，誰問她都不說，書是讀的比我多啊，還不是全讀到狗肚子裡去了！」

她想起許多從前往事。想起麗雀。想起自己那個叫麗雀恨得牙癢癢的生父。想起那個無緣的死人姊妹。還有小強尼——她已經好久沒去看過他了。當年她還未離家，麗雀清醒時，從不愛說生父，卻很愛數落她生父的那一家子，戲謔地說那一家的八卦。小鸞自幼對生父那邊的事就有強烈的好奇之心，原來她還有個素未謀面的姊妹。聽麗雀說多了，總止不住心癢，幾年前還自己悄悄跑去那間忠義育幼院瞧過好幾眼，異想天開，想藉此找到自己的生父。

因此她見過那個小孽種。那是個小男孩。現在她已差不多忘了那孩子的長相了。只隱約記得在一群大大小小的潑猴裡，有那麼一個獨自坐在角落玩積木，靜悄悄的，不吵不鬧，個頭小小——還有些瘦弱吧。她只遠遠看過一眼，當時不知怎的，去時還興致沖沖，可真的見到了，她又不敢上前認，也不知道自己有沒有看錯。

聽裡面的大嬸說，那時常有一個自稱「小強尼表姊」的年輕女孩過來探他，每次都會給孩子帶衣服帶吃的帶圖畫書，陪孩子玩一個下午，給他講故事。除此之外，從沒見過有其他親戚來探視小強尼，小蠻聽了頗感失望。

那間老舊的育幼院讓她感到壓迫非常，那些孩子老是睜著黑黝黝的眼珠子盯著她瞧，彷彿盯著什麼稀有物瞧，那種眼神竟讓她感到洪水猛獸一般，呼吸一窒，她在裡頭徘徊不到十分鐘，就在桌上草草壓上兩百塊錢，回頭瞄小強尼最後一眼，便匆匆離開，此後再也沒有去過……

小蠻噴出一口菸，不知又想起什麼，笑容冷冰冰的，相當嘲諷：

「知不知道她最後是什麼下場？」

那男人喉結上下滾了滾，脖子有些僵硬地轉動，慢慢扭過頭來看著小蠻。

「……她最後是死在個野男人家裡的，這次更厲害，聽說那是個毒犯哩，學電影在人家家裡割腕，死的時候還不到二十歲……」

「你告訴我，這叫什麼前途？」

小蠻背著壁燈，一口菸全呼在他臉上。

那男人大半張臉淹沒在陰影裡，對小蠻的話毫無反應，他怔怔地，彷彿入了定，魂魄投入了幽不見底的洞穴中，黑壓壓地下沉。

不知過了多久，他的聲音才像氣泡似的，咕嚕嚕地從水中冒出來。

糊里糊塗的，小蠻沒聽清楚。

「你說什麼？」

「……後來呢？那孩子呢？」他嗓子像給火燒過似的。

「什麼孩子啊……」小蠻皺起眉頭，想不透他問這幹嘛，這是重點嗎？

「妳姊妹叫什麼名字？」

他忽然捏住她的手腕，力大如牛，彷彿要掰斷她的手！

「噭！痛死了——你又發什麼瘋！」

小蠻痛叫一聲，一把甩開他的手。

她趕緊跳下床，菸掉在床單上，碰出一兩顆火星子，迅速燙出一個焦黃的印子。

她戒備地瞪著他，心臟咚咚地狂跳起來，不知道這人一時又哪根筋不對。

只見那男人緩緩從床上坐起來，呼吸有點急促，竟喘了起來。

那視線牢牢鎖著小蠻，彷彿急於向她索求著什麼，執著、熱切地叫她頭皮發麻。

他們幾乎同時開口：

「你再這樣我不客氣了！」

「她叫什麼名字……」

一個高聲，一個低語，在空中撞到一塊。

此時此刻，一切都透著股疑影。沒來由地叫她感到不舒服。

……小鑾抿著唇，簡直弄不懂是個什麼情況了。

只又想起第一晚這個老渾蛋也是說著說著，突然就發瘋把她壓在牆上，說掐就掐，差點把她掐死。

她意識到危險可能再度靠近，捏緊拳頭，警惕地往後退。

「你腦子有病吧！」

她猛地喊完，一把抓起地上的背包，轉身時還差點給地上的錄音機絆倒，一個踉蹌，疾疾地奪門而出。

7

午夜時分，麗雀下了班，一到家又見那討債鬼躺在沙發上，正翹著腿擦指甲油，氣就不打一處來。

將手上那袋已經發涼了的胡椒餅和蘿蔔絲餅，啪地摔在桌上那疊亂糟糟的舊報紙和沾著新舊油漬的廣告傳單上。

小鑾瞄了麗雀一眼。那張臉塗著厚厚一層不甚光滑的脂粉，經過一天的摧殘，早已出油暗沉，嘴邊法令紋卡出兩道深深的粉溝，從鼻翼劃到殷紅刻薄的嘴角，暈得這裡一塊，那裡一塊。她是真老了。皮肉都開始塌了，再不是記憶中那張西施美人的面孔。

半個月前的晚上，她從那男人家落荒而逃，背著一包家當，在路邊熬到天亮，最終趁著白日無人，悄悄回到了將軍廟街的家。

麗雀直接進了廁所卸妝，動作匡匡噹噹的，小鑾也沒在意，自己翻撿了桌上的袋子，回來這段日子，她幾乎天天餓著肚子，一天下來，就指望著麗雀午夜帶回的這餐消夜填肚子。

黃紙袋由內而外沁出了油漬。她把每個餅都撿出來聞了聞，最後選了個胡椒餅，咬了兩口，差點就被那股發涼的豬油味膩得嘔出來。她勉強吃了一半，滿嘴糊糊的餡料嚥下去，飽足感沒有，卻越來越反胃，她摀著肚子，又把餅扔回紙袋裡去，癱回沙發裡。

「妳到底什麼時候去找工作？好手好腳的，成天待在家裡長霉，告訴妳，我可不白養妳。」

換上蕾絲吊裙，麗雀挽起長髮，素著蠟黃的臉孔走出來，原先兩道黑色細長的柳葉眉在臉上消失得乾乾淨淨，一根毛都找不到，乍看上去頗為嚇人。她的臉瘦又長，眼角垂落，下壓的菱形嘴唇也淡得發白，和夜晚在檳榔攤裡賣弄風姿的西施，簡直判若兩人。

麗雀踩著拖鞋，給自己倒了杯涼茶，一口一口配著冷卻的餅吃。

小巒不說話，母女倆各占據沙發一頭，中間一條楚河漢界，誰也不願靠近誰。

「妳要回來住也不是不行，」一粒芝麻落到了腿上，麗雀伸手捻起來抿進嘴裡，和著一口鹹香的蘿蔔絲餅嚼爛了吞下去，神情頗為滿足。有了飽足感，她的臉色不再像剛進門時那般難看，只說，「每個月給我交錢，房租我就不收妳的了，就是水費電費的，我們得一人一半。」

麗雀精打細算，計較得明明白白，小巒按著翻騰洶湧的胃，耐著性子聽對方碎唸了好一會兒，只覺得耳裡嗡嗡一片，難受得厲害，最後實在受不了，就倏地站起來，咚咚咚地走到自己房裡去，沒一會又走出來，把錢丟到桌子上。

「夠沒有？不夠就先欠著，別嘮叨了！」

說完，又把自己摔進沙發裡，兩條腿都蜷縮上去，大腿抵壓著胸口，不發一語。

燈扇在頭頂上轉著，吹得桌上的傳單和報紙一掀一掀的。瞧她這副德性，麗雀也沒生氣，捧著茶，慢悠悠地喝了一口，才把杯子放下，把桌上的錢一張張撿起來疊整好，一邊說：

「當初早跟妳說了，妳那男人不是什麼好東西，妳還偏不信，看吧——」

「我早就知道，妳這副死德性，早晚有天在外面受夠了罪，就會自己灰溜溜地跑回來。」

麗雀的聲音扁平、尖細，小蠻緊抿著嘴，頭抬起來，臉色難看地盯著麗雀半晌，才拖著聲音說：

「……妳就不能盼我點好嗎？」

「盼妳好？就是盼妳好才跟妳說這些，可妳哪次聽進去，我有什麼辦法。」

麗雀伸開五指梳攏自己的長髮，語帶諷刺：

「我以前也像妳這樣……一碰上男人，眼睛都是瞎的……妳也真不愧是我親生的。」

「妳也承認自己是瞎了眼？」小蠻冷哼一聲。

麗雀斜睨她一眼。

「是啊，要是不瞎，哪來的妳啊？

「讓妳還能坐在這兒跟我擺臉色，吃我的住我的，還不知感恩，就得多虧老娘當初瞎了眼！」麗雀聲音尖細。

小蠻冷笑，語氣有些恨恨的，一字一句地說，「妳根本就不想生下我——

「妳不就覺得我是個累贅，一直拖累妳麼？」

麗雀看著那張似曾相識、倔得幾乎討人嫌的臉孔，正目光赤紅、凶狠狠瞪視著自己，就忍不住心中一樂——可惜她就是她親生的——麗雀早把這個女兒給摸得透透的了，知道她不過是隻紙老虎，外強中乾，草包一個，根本不足為懼。

麗雀反問：「難道妳不是麼？」

她將袋子裡的那顆被咬剩半塊的胡椒餅拿起來，也不介意，當著小鸞的面，就啃起來。

「我自認也不算虧待妳，起碼讓妳有的吃有的喝，也把妳養到這麼大。有些真話大可不用說出來，妳就自己摸著良心想想，哪天換我老了，妳也會這麼給我養老嗎？」

麗雀涼涼一笑，擺明了就是瞧不起她。

小鸞沒說話，紅著眼眶，呼吸急促，也不知是不是惱羞成怒，麗雀撇撇嘴，抹去嘴角的油，只覺得十分好笑，「就妳這沒出息的樣子，永遠沒有自知之明，到哪都要做祖宗，我也沒敢指望妳。」

「沒急著讓妳報這份生養恩，妳就該千恩萬謝了，換做我是妳——嘿，我可沒妳這麼不知好歹。」

小鸞被麗雀堵得一句話也說不出來。這樣的場面倒是不罕見，麗雀就是她天生剋星，太了解她了，在麗雀面前，她往往是既沒面子也沒裡子，可每次依然要做一副張牙舞爪的樣子。

麗雀感覺也是差不多了，藥不能下得過猛，便不再往對方痛處戳，反倒開始提醒她：

「妳也看開點，要知道靠山山倒，靠人人跑，」麗雀摳著自己掉漆斑駁的紅指甲，作過來人的姿態，「只有自己最牢靠。」

「妳還不是男人找個不停。」小鸞頂了句。

「嗤，我交男人，是為了讓自己的生活過得好一點，既不是拿來喜歡，也不是拿來愛的。跟你們這些尋死覓活的小年輕可不一樣。」

說完，麗雀就不再理會小蠻，開始站起來收拾桌子。

她把杯子和垃圾拿去廚房，就關了燈，進房間之前，又想起什麼，轉頭說，「對了，妳這些天出門自己小心點，別碰到樓下那死老太婆，她現在逮著個活人就要提漲房租的事，妳可千萬別被她纏上，也絕不能答應她——不然我扒了妳的皮。」

小蠻沒應聲。

「聽到沒有啊？」麗雀皺眉。

小蠻將臉埋進了沙發裡，重重地喊了聲知道啦。

麗雀又看了她半晌，沒好氣地丟下句「櫃子裡有胃藥」後，就自己進了房間，沒再管她的死活。

8

一陣驚天的炮竹響，炸在午後滿地陽光扎眼的馬路上，敲鑼的敲鑼，打鼓的打鼓，紅色紙屑滿天亂飛，咚咚隆隆的，霧白的煙硝洗漫了整條將軍廟街口。三點半過後，樓下就是黃昏市場。麗雀說得沒錯，一個下午，那老太婆支著張矮凳蹲守在樓下，和隔壁雞肉攤的老闆說閒話，有時說到喉嚨卡著了，動不動就往地上重重吐兩口痰，小鸞人在樓上聽見，都能想像出那張皮皺乾縮的臉上一排陳年暗色的肉疣顫動的樣子。

傍晚她上好妝，塗上深紫色的口紅，拿起包出了門。

下樓時，那老太婆還在，她背對小鸞坐在樓梯口，只露出半邊身影，窸窸窣窣吃著西瓜。小鸞悄摸摸地下樓梯，只見地上一團一團泛黃帶泡的痰沫，浸著零零星星的西瓜籽，慘不忍睹的樣子，她看了一陣噁心，心裡把老太婆臭罵一頓，然後憋著氣，踩著高跟鞋，抬腳直接跳跨過去。跳出去後，她就頭也不回地往前走，只聽見背後那老太婆掐著粗啞的嗓子大喊，「喂，等等，妳是誰？哪一樓的？」……

幾個孩子在街邊拿著泡沫水，追逐遊戲，成串的大小泡沫被夕陽照得流光溢彩，四處亂飄、破滅。再飄。再破滅。

老太婆在後面罵罵咧咧，小鸞恍若未聞，連連閃過地上那些潮濕青黃的菜葉子，手裡的皮包甩得像個流星錘，她回頭睨了眼，嘴上忽然咧開一抹笑容，一把紅髮在火色餘暉中劃出一道圓弧，身上的鏈子撞得叮叮噹噹的，在亂哄哄的果菜販子和往來的發財車中一路熟練地穿梭、閃躲，玩兒似的溜了出去。

9

四周噴出一股狂躁的熱浪，一群人跟鬼上身似的擠在舞池裡蹦躂，因為燈光閃爍陰暗，盡顯得魔影幢幢。

小蠻撥了撥瀏海，手中捏著張傳單，擠過一波又一波人群，好不容易才晃盪到吧檯邊去，終於看見一個穿制服的酒保。她問他，你們這兒是不是還徵人啊？

酒保卻沒聽清，歪過頭，大聲回了句，「妳說什麼？」

小蠻揚起手中的粉色傳單，又重複喊了一遍，「我說——你們還招不招服務生啊？」

這回酒保聽懂了，他上下打量了一下小蠻，正要說話，忽然有隻手從後面拍了下小蠻的肩膀，是個熟悉的聲音，「小蠻？」

還沒轉頭，就聽出了是誰。小蠻下意識把傳單藏回身側，慢慢地回過頭。

是同樣抹個大濃妝的白白。

一個多月，小蠻沒再跟阿雄那夥人聯繫過。

白白頗為熱情地說：「妳跑哪去啦？這麼久都不見妳。」

小蠻心跳一突一突，掃了眼左右，卻不見阿雄和石頭其他熟人的影子，只有白白一個，一時間，也不知是失落，還是鬆口氣。

白白一身皮裙皮靴，頭上戴了一頂十分誇張招搖的銀色流蘇，掩蓋住了自己所有的頭髮，閃亮亮的，像個埃及豔后似的，前衛得很。

「妳怎麼在這兒？」小蠻沒答反問。

「喔，」白白兩隻圓圓的眼珠子轉了轉，接著笑嘻嘻地說，「我們來這玩啊！」

聽見她說「我們」，小蠻的頭皮又緊了起來，心怕撞見阿雄他們。

但又沒想好怎麼問，那張傳單都被她捏成了團。

見白白的眼神在自己和酒保之間來回地瞄，小蠻只想趕緊離開，於是朝白白丟一句：「我朋友在等我，先走了。」說完，就要繞過她離開，白白卻攔下她。

「哎——」白白抓住她的胳膊，親密地貼上去，「幹嘛走那麼急啊！都是朋友，大家一起玩，一起熱鬧嘛！」

「你們自己玩吧，我還有事。」小蠻說。

「幹嘛啊？難道你和阿雄還沒和好？」

「別跟我提他，以後都別提。我們散了。」小蠻抽出手臂，瞪了白白一眼。

白白愣了愣，隨即乾笑幾聲，接著又試探地問：

「那……妳剛是來找工作的？」

小蠻瞥了她一眼，已經不想跟白白再說下去，轉身就要走，再次被白白拉住。

「哎呀，我沒那個意思，妳別生氣嘛。

「這又沒什麼！怎麼說我們也算朋友，妳要是有困難，我可以幫妳啊，」說到這裡，白白又一副「都是女人我了妳」的模樣，眨了眨眼睛，「我發誓不會告訴阿雄他們。」

小蠻心浮氣躁，聽白白說完，狐疑地看她一眼，「妳想幹嘛？」

「幹嘛這樣看我……我也是好心想幫妳。」白白撇撇嘴。

「喔，怎麼幫？」

倆人走到一個僻靜角落去。接著白白開始單方面地訴苦。

「最近錢都不太好賺了，阿廣說再這樣下去不行，就跟他朋友找了點別的門路。吶，這幾天我們都在幹這個，別說出去啊——我們現在一個晚上起碼能賺到這樣！」

白白雙眼冒光，壓低聲，伸手比了個數字，臉上表情誇張得很。

說完，她左顧右盼，見沒什麼人，才打開自己的皮包，悄悄拉出一只裝著數十顆藍色藥丸的透明夾鏈袋。

小蠻低下頭，看清楚後，臉色猛然變了。

「什麼東西？」她瞪大眼睛，厲聲說：「妳瘋啦！敢沾這個——」

白白被她吼得嚇了跳，連忙把皮包拉鍊拉起來，並拉著小蠻，叫她小聲一點。

「妳冷靜點，聽我說，不是妳想的那樣！這不是『那個』——」白白小聲地解釋：「放心，這東西沒事的，只是助興、助興！吃不死人的！就是聽了音樂，會更 high 一點——就像他們那樣，真沒事，相信我，我都賣好幾天了，看，那些人都好好的……」

只見白白滑稽似的左右搖了搖頭，小蠻幾乎被她那一頭銀絲閃得頭暈。順著白白手指的方向看過去，只見舞池裡一團亂糟糟的，那些人像永遠不知疲倦，手足擺動，瘋癲地搖頭晃腦，中了邪一樣——

她心裡一陣悚然。

再看著白白，眼神全變了。

阿廣是阿雄那夥的其中一個朋友，每次打牌手腳都不乾不淨，目光透著一股歪邪之氣，一看就不是什麼好人。小蠻以前見過幾次，對他印象差得很，極不喜阿雄與他打交道。

她銳利地盯著白白，逼問她：「妳老實告訴我，妳跟阿廣搞這東西多久了？還有誰一起？阿雄他們也在弄這個嗎？」

「妳怎麼不相信我呢？這東西真沒事，不會上癮的，我自己都吃過，難道我會害妳？知不知道一晚上我們每個人能賺多少？」白白也著急了。

小蠻不敢置信地看著白白，覺得她簡直瘋了，同時又想：肯定是阿廣！那王八蛋以前話裡話外，就沒少暗示阿雄弄這些邪門歪道，一定是他搞的鬼！

「妳少跟我廢話，妳就告訴我阿雄跟石頭碰沒碰？」

小蠻油鹽不進，白白好說歹說，最後火氣也上來了。

「喲，不是說你們早散了嗎？他們怎麼樣關妳屁事？」

小蠻瞪著她。

「妳這人怎麼不識好歹啊？虧我還想著分妳點好處呢！活該被人甩。」白白冷笑。

小蠻指著白白的鼻子罵：

「好事？我勸妳還是離阿廣遠一點吧，難怪我從第一眼看他就覺得不順眼，從來也沒順眼過，果然不是什麼好鳥，早晚要栽。」

「妳──」

「妳個屁！」小蠻打斷白白，「告訴妳，這些東西有多遠扔多遠，別再沾這些鬼玩意，到時禍到臨頭都沒人聽妳哭！」

說完，小蠻就推開她，跟避什麼髒東西一樣快步離開舞廳，也不管白白在背後怎麼喊她。

那夜小蠻沒回家。

她跑去電話亭打了好幾個電話，可電話那頭沒人接。

她在路上晃盪，最後又跑去了阿雄他們在廣州街的那個窩。一個多月前她一聲不響地離開，把鑰匙丟在了客廳，現在進不去了，只能乾站在大門口。這個時間，阿雄他們應該是不在家的，她脫下一雙高跟鞋坐在樓梯上，揉捏自己發紅的腳跟，因為白白的刺激，她一時心熱，眼巴巴地跑過來，想找他們「問」清楚……

那一晚，小蠻就一個人坐在樓梯上，從上半夜坐到下半夜，也漸漸冷靜下來。她告訴自己：她過來，只是來提醒他們，離阿廣和白白遠一點。如此而已……

可她在樓梯上坐了一晚上。偶爾瞌睡又猛然驚醒。那扇鐵門後始終靜悄悄的，沒有一點聲音。直到外面的天都亮了，她僵著發麻的四肢，恍惚地看著樓道外暗青的天色，才慢慢反應過來，阿雄他們整夜都沒有回來。

10

小蠻從未見過自己的生父。對於這個男人僅有的一點了解與幻想，大多來自麗雀醉酒時的謾罵。

「除了張好臉，沒啥卵用——」以前麗雀經常拉著舌頭這麼說。

當時她年紀還小，自幼缺愛，對「父親」有過一陣如飢似渴的盼望。麗雀常在醉酒後胡言亂語，給了小蠻一個誤導，以至於那些年，每每看到那些堂而皇之、登堂入室的「賤男人」，她第一個反應都在想：這是不是我爸爸？

從前麗雀會把那些男朋友帶回家睏覺。什麼樣的男人都有。

麗雀以前做過很多工作，洗頭妹，按摩妹，美容小姐，那時年輕貌美，也服侍過幾個有錢人。交往過的男人中，有日本人，還不乏有幾個體面的生意人。小蠻印象最深的是一個開西服行的老闆。每次那個男人來到她們狗窩一般凌亂的小家裡，都會彎下腰，紳士地給小蠻遞來一盒進口的美國巧克力，十顆裝，每一顆巧克力的形狀口味都不一樣。有做成貝殼樣子的。有的還夾酒心的。弄得小蠻有好長一段時間，都以為這個男人就是她父親。她每次都趕在融化之前，依依不捨地吃完，每顆都能在嘴裡含著老半天，末了，還要把髒兮兮的手指一根根舔乾淨。

麗雀總笑她像隻護食的小老鼠，兩頰鼓鼓，連那些綁著緞帶的巧克力盒子都被她當作寶貝一樣存放起來，堆積如山。

因為麗雀的緣故，小彎是個性早熟的。她常獨自坐在客廳玩那些疑似她父親的男人們帶來的小禮物，玩具，娃娃，髮夾，一邊聽著不時從房裡傳來的壓抑的叫床聲，狀似痛苦，又似歡愉……

大人們在房間裡幹些什麼事，她像是隱隱的，在某一天自己就開了竅。也用不著誰特地去與她解釋這等「男女之事」，她也不問。

她曾經壯著膽，問過其中一個男人：「你是不是我爸爸？你有點像我爸爸……」

其實她根本沒見過她生父長什麼樣子。

之所以那樣說，不過是因為那個男人長得有幾分英俊筆挺，使年幼的她，初次對一位異性心生一股羞澀的親近之感，期盼又歡喜，打心裡以為這是她爸爸。

那男人是個軍人。身形很是高大。每次他來，她最喜歡讓他把自己捧起來玩拋飛，或讓她坐在他脖子上玩騎馬。有好長一陣子，麗雀都讓她喊他乾爹。

那位乾爹對她很是親密。她讀國小的時候，每個週末，經常開著一輛藍色飛羚，載著麗雀一塊去接她放學，然後高高興興地到館子吃飯，儼然就是一家三口。晚上回到家，乾爹還會抽空教她寫數學作業，陪她一塊做美術勞作。想不到那隻青筋疊起硬梆梆的手掌，糊起紙燈籠來，也那樣俐落靈巧，從頭到尾她偷奸耍滑，沒出一分力，全是她乾爹一人之力完成的。作業她就更不愛寫了，喜歡偷懶，可他不縱著她，一板起臉孔，她就知道怕了……

麗雀在一旁切水果，笑說：「這死丫頭就沒一次聽過我的話，抄棍子打她都不怕，可你一嚇她，就老實了。你快治治她。」

「孩子光打是沒用的，要教。」乾爹說。

「嘿，我可不會教，你厲害，你來教呀——」麗雀嗔笑地勾住他的脖子。

「我教就我教，妳一邊去。」乾爹也笑。

只是記憶中這樣的好光景也沒得太長久。在她國小畢業之前，忽然有一天，她乾爹也就不再來了。那輛飛羚老爺車也不曾再在她的校門口出現。

小蠻曾聽他們在電話中吵過幾次架，麗雀整天在客廳抓著話筒，神色哀戚，苦苦哀求，她就躲在房間裡，整天下來一句話也不說。家裡再一次冷清了下來。那回麗雀萎頓了很長一段時間。給那個男人傷了心，足足小半年對小蠻沒一個好臉，常常獨自在客廳喝得爛醉，不分時間地耍酒瘋。一喝醉，就要罵她生父，連帶看她不順眼，老把她抓起來打，報紙雜誌衣架子掃把，手邊抄到什麼都能拿來打她，連裝著醬瓜的碟子都能拿來砸她，弄得她滿頭滿臉皮全是醬瓜汁。麗雀瘋了一樣。一下罵她拖油瓶、一下罵她惹禍精，罵她跟她那個沒卵用的爹一樣，不中用。討債鬼。只會拖累她——

每次被麗雀抓著打的時候，她只會惡狠狠地瞪著地板，咬緊嘴巴，不求饒，也不呼痛，一個屁也不放。倔得很。

她的成績一直吊車尾。升了初中後，麗雀又恢復了以前帶各樣男人回家的日子。不過半年多的時間，她卻看上去憔悴蒼老許多。麗雀身邊的男人，每隔一陣子，就要換張面孔。隨著年齡越大，男人越換越勤，會給她帶東西的叔叔越來越少。小鸞不再怎麼願意同麗雀那些男朋友交流了。每次放學回家撞見他們，也不愛叫人，背著書包就直接進了房間，有時就會聽見麗雀在背後說，「不用理她……」

家裡的馬桶越來越髒，就像小鸞和麗雀之間的關係，越來越緊張。那些男人不像她乾爹，沒水準，習慣差得很，撒尿從不把蓋子掀開，弄得蓋沿全是發黃的尿漬，濕漉漉，臭烘烘的，還濺到了地上去。小鸞不敢再用那個馬桶，每次要上小號了，只能脫了褲子，蹲到浴缸裡去解決……

入夜，麗雀叫得越來越放肆。高低起伏，猶如一道道猛烈彎曲的海浪，隔著一道牆，小鸞搗上棉被，也無法阻擋母親與男人的喘息從漆黑的四面八方撲打而來，她似乎能憑空想像出那樣的畫面，她小心翼翼憋著氣，終於在被中探索般偷偷撫摸起自己的四肢，除了冰涼以外，什麼感覺也沒有，她忽地止住動作，隨即被鋪天蓋地的羞憤給淹沒……

她一共離家過兩次。

第一次她剛升初二。

那一年她的胸部開始發育，生出了石頭般的硬塊，連同對母親那股時而高漲時而壅塞的情緒，輕輕一碰，就疼得她想大吼大叫。

麗雀就像徹底忽略了這回事。一直沒提帶她去買內衣。小鸞堵著一股氣，也不願意主動開口求她，寧願放著讓男同學的目光老往她身上瞄。母女倆在無形中僵持，一天過一天，一天過一天，誰也不主動跟誰說話，表情卻日漸帶著不假掩飾的嫌惡，且不遺餘力要讓對方感受到……

小鑾幾乎從不跟麗雀那個開貨車的男朋友說話。

每天回家，就悶不吭聲把自己關進房間，除了洗澡上廁所，一步也不踏出自己的房門。

那晚上她照常捧著衣服進廁所洗澡。那個男人穿件白色泛黃的汗背心，獨自坐在客廳看電視，桌上擺著幾隻啤酒罐，還能聽到他悶在體內咕嚕嚕的呼吸聲。麗雀不知上哪去了。

她進了浴室，煩躁地看了眼馬桶，又朝廁所門狠狠瞪了一眼。

放了水，她脫下衣服，又不小心磕到了胸部，她痛呼一聲，手一鬆，衣服不小心落到地上那灘深黃的尿漬上。

「……」外面電視機的音量在慢慢變小，她一股火直直地往上冒，簡直氣得想大叫。

熱霧漸漸散開，她把那件衣服丟到垃圾桶，才跨進浴缸。她愛乾淨，洗澡向來慢吞吞的，打肥皂時，恨不得把每個地方都搓一乾二淨。洗完頭髮，開始洗身體時，她忽然有種奇怪的感覺，全身的汗毛都豎了起來。她滿身泡沫，低下頭來沖水時，一個激靈，她捏緊了蓮蓬頭，屏住氣，猛地轉頭朝門口下方通風的百葉縫看去——

「啊！」她嚇得魂飛魄散，下意識抓起肥皂就往門上丟過去。

漱口杯、澡盆、牙刷能扔的全扔了過去。

匡啷匡噹的，那塊肥皂在濕漉漉的磁磚上滑稽地溜動。

她手忙腳亂把衣服往濕淋淋的身上套，泡沫水刺得眼眶發紅。蓮蓬頭落在地上，浴室下起一片熱雨，天花板全都濕了。她嚇得手顫巍巍的，從凌亂的地上撿起一支刮鬍刀，在手中捏得死緊，幾次深呼吸後，把門砰地打開。

……此時客廳已經空無一人，電視還開著，桌上的酒罐東倒西歪。她抖著腳走出去，心如擂鼓，眼珠子神經兮兮地左顧右盼，一邊朝門口移動。

她環視客廳，在門口停步幾秒鐘，便捏著刀片奪門而出。

那個狼狽的夜晚，她踩著塑膠拖鞋，頂著濕漉漉的頭髮獨自坐在路邊。

她面色蒼白，衣服裡面還沒得內衣穿。她腳趾緊繃蜷曲，心裡羞恥異常，只覺得暗處還有無數的目光正直直盯著她瞧，在那些無數冒著綠光的眼睛裡，她就是一盤葷菜，隨時能夠被肢解。她緊張地拱起背，幾乎要縮成一團，面上偏偏還要裝作一副無事等人的樣子，事實上，她那時也只是一個半大的孩子，只要她不忽然脫衣裸奔，周遭根本不會有人注意她……

路上的飯館小吃開始打烊了，鐵門半拉，人聲稀疏，巷子裡的招牌明明滅滅，夜色中，一點一點，螢螢的，遠遠看去，恍恍惚惚，就像半隻崁在縫隙裡奇異淫邪的眼睛，像，不像……不管像與不像，都那麼叫她頭皮發麻。

11

再見到石頭，是在一個火爆的週五之夜。

小蠻找到了份新工作，就在一間叫「世紀星」的夜場跳鋼管舞。她前頭連連碰壁，才真正曉得獨立生存的不易。當年她十四歲正逢叛逆，處處與麗雀做對，孤身逃家後便遇到了阿雄，從此就像烈火澆上了油，不多久，就公然與他們混在一起——說起來，她並沒獨立自主地生活過。

她原先應徵的是服務生，謊稱自己高中畢業，實際上，她的學歷撐死也就算個初中肄業，好在有那幾年的「社會歷練」，她是一丁點也不露怯，撒謊也不臉紅。那間世紀星是個地下舞吧，匿在那條嬉皮的美國街裡，沿著滿牆噴漆塗鴉的樓梯往地面下走，穿過一扇看似柵欄的鐵門，繞過一只半人高的螢藍色大水缸，就是她如今上班的地方。

裡面分別有三張黑色的巨大圓檯，圓檯中間各有一根冷冰冰的銀色鋼管從天花板往下貫穿而過，每天晚上營業，都有一群男客人圍聚在檯子邊喝酒看舞。

面試時，經理問她會不會跳舞，她腦子一轉，臉上笑嘻嘻的，不會也說自己會。半點遲疑都沒有。

結果第一個晚上上檯，她就出了差錯。

與另外兩張檯子上捉著鋼管飛旋倒吊、活像馬戲團現場的熱舞女郎比起來，小蠻的動作可謂單一又笨拙，但架不住她是新面孔，舞技不及另外倆個舞孃高超，卻勝在敢作敢為，一下抬大腿，一下拉領口，弄得檯下不斷跺腳吹口哨，氣氛熱血沸騰，一時頗受客人的歡迎，一晚上沒少往她身上塞小費。

這幫男客大多醉翁之意不在酒，大晚上特地上門，到底是來賞舞還是看人，想看的是什麼，大夥都心裡有數。

第一個晚上下工後，那倆個鋼管女郎對小蠻皆是一臉輕蔑之色，離開時也不跟她打招呼。小蠻滿身大汗癱在椅子裡，腰腿都僵硬了。經理面色不善，將她留下談話，她氣喘吁吁，也不心虛，沒等經理率先發難，就先誠惶誠恐認了錯。

「經理，您要說的我都明白……可您看，這兒叫世紀星，不叫鋼管舞吧？既然是表演，只要客人看得高興錢給得大方，跳什麼舞不是跳？客人就是貪新鮮，只要能把他們哄高興了，願意掏錢，不比什麼都重要？您就給我一個機會，不試試看，怎麼知道我一定不能幫你賺錢呢？反正您隨時都可以炒了我嘛。」

經理是個四十歲左右的中年男人，姓塗，鼻孔下兩撇鬍子還真就跟畫上去似的，整個人油頭粉味，老愛穿著各色鮮豔的泰國綢衫，一條褲子鬆鬆地卡在胯間，彎下腰還會露出一點內褲的花邊，行止騷包，最愛壯碩有肉的少年郎。

小蠻歪理一通，塗經理直直瞪著眼，冷笑連連，「嘴皮子倒耍得厲害。」

「您是個好人，我第一眼看見您就知道啦。」小巒咧嘴一笑，「您就給我個機會吧，我肯定行的。」

塗經理斜眼打量她，不知是否被說動，也不說留不留，可最後還是沒趕她離開。

小巒就這麼留在了世紀星。大事小事皆聽從塗經理的安排，一三五作服務生，缺人了，就頂人上檯跳舞。

時間是不等人的，過得或快或慢，完全取決於一個人活得有沒有目標。世紀星就是個失序的桃花源，在這個地方分秒是沒有意義的，每天晚上她就在舞廳裡陪一群騷亂的臭男人吆五喝六，嘻笑怒罵，上下其手，男人女人都在紅燈綠影的光斑下皺縮成一團，笑得嘴角咧開，也不知是否真有那麼快樂。

起初她興致勃勃，認為這次自己主動掌握了命運，主動離開了阿雄這個不見底的火坑，一股腦地飛了出來——只是生活禁不起檢視，對於時間的感知一旦遲緩下來，她又像是打回原形。即便身處在轟炸式的音浪笑語之中，她仍隱約聽見命運的笑聲。其實她心裡清楚，所謂重新開始，哪有嘴上說的那樣容易。她害怕的事太多了。她害怕一個人。害怕太遼闊的世界。她沒有學歷，沒有生存技能。她過敏的東西實在太多了：陌生的環境，一切遙遠而未知的事物，有格調的夢想，以及他人鄙夷的目光……許多東西，光是想一想，都能叫她渾身不舒服。

她只能游離在這般烏煙瘴氣的環境，像是牢牢地長在這裡了，從沒有徹底離開的決心。這似乎就是她的命運，從幼年開始，從她逃家撞見阿雄開始，前方總是一片迷霧，她情願目光短淺，只有待在原地，不去面對，才能叫她擁有一點稀薄的安全。

石頭是在她工作的第二個禮拜，才主動與她聯繫。

那個晚上石頭來世紀星找她。小蠻穿著黑白馬甲制服，頂著一頭藻綠的鮑勃假髮以及黃色眼影，倆人迎頭撞上時，一時間，誰也沒認出誰來。

「妳──」

兩個多月沒見，小蠻率先回過神，她領著石頭穿過人潮，走到吧檯，給石頭開了瓶啤酒，期間石頭一直在打量她，見小蠻沒有先開口的意思，也有些尷尬，便問她：「妳現在在這上班？多久了啦？」

小蠻還未回答，旁邊就有人噗哧一聲笑出來。音樂放得大聲，後面的檯子爆出浪般的喝采，簡直是吼出來的，石頭朝隔壁幾個酒客瞄了眼，那幾個人也在看著他，像是喝多了，酒氣上臉，目光交會間，挑釁之意甚濃。

石頭頓了頓，沒理會他們，轉頭繼續跟小蠻說話。

「妳……最近還好吧？」

「好啊，」小蠻抬頭看了他一眼，面無表情，鼻子裡輕不可聞地哼了一聲，「有什麼不好。」

石頭見狀，心頭跳了跳，一時想不到話說，悶頭喝酒。

「你們呢？最近怎麼樣？」小鑾拿抹布擦著檯面，一邊說。

「還好，都是老樣子。」

「我找你們有一陣子了。」小鑾直接說。

「喔，那個，」石頭看她一眼，說，「最近事比較多。」

「我之前回去拿東西，你們一晚上都不在，一個人都沒有。」

「什麼時候？」石頭說，「我們這陣子很少回去住，可能是剛好沒碰上。妳什麼東西沒拿？很要緊嗎？我找時間回去幫妳看看。」

「我東西多，跟你說你也不知道。你們什麼時候回去，跟我說一聲，我自己回去收拾。」小鑾說。

「也不確定……」石頭開始支吾起來，又說，「妳要是不太急，就先等等，到時我再找妳吧。」

「那你們現在住哪？為什麼不回去？」

此時隔壁有客人點了酒，小鑾放下抹布，過去給他們開酒，來往間和他們說笑幾句。再走回來，就聽石頭感嘆：

「妳現在過得也不錯，原本還擔心妳呢，這樣我也放心了。」

「嗤，以為我沒了你們就活不下去嗎？」

「我不是那個意思。」

「你還沒說呢，為什麼不回去？」

「喔，也沒什麼，妳也知道，就是『例行疏散』，避避風頭。」

到處都是人，石頭說得含糊，小鸞卻聽得明白。

她心想：什麼風頭要避一個多月？但她也看出來了，再問下去，石頭肯定不說了。要麼就掰鬼話搪塞她。

她拖住了石頭，趁空悄悄溜去找塗經理和他商量今天能不能提早下班，塗經理早遠遠地看見個男人在吧檯一直和她搭話，便翹著他那根留指甲的小指，尖聲說，「提早下班？我看是提早出場吧？」

「不是，突然有點急事。」小鸞笑得諂媚。

「妳還能有什麼急事？我告訴妳，我肯留妳已經是給妳方便了，別得寸進尺啊，人隨便招都有，不缺妳這麼一個。」塗經理語氣不佳。

「經理，拜託行個方便吧。大不了今天工錢我不要了行麼？」

小鸞雙手合十，千拜託萬拜託，最後以扣半天薪水為條件，塗經理才點頭放行。

午夜剛過，她和石頭一身菸酒氣步出了世紀星。

石頭還有些不自然，勸她，「妳才剛上班，這樣不太好吧？我看你們那個經理都不太高興了。要不妳先回去，我改天再來找妳，又不是以後都見不到了。」

倆人一塊在路燈下步行，影子拉得歪歪長長，小鸞叼著菸，不理會石頭，自顧說，「我前陣子碰到白白和阿廣。」

「啊？」石頭應了聲。

小蠻有意無意斜了他一眼：

「你們最近還常一起混嗎？」

石頭搖頭，說也沒有。

小蠻聳聳肩，也不知道想什麼，安靜地有些反常。石頭都有些不習慣。

路上，石頭告訴她，其實在她離開沒多久後，不知道是誰打電話向警察舉報他們半夜在住處從事非法活動，弄得警察上門來問話。好在阿雄機靈，最後證據不足，就算家裡支著麻將桌，最多也只能說明他們非法聚賭，其他什麼也證明不了。

不過為保險起見，他們那陣子都很少回去，全部分散居住。他和么么一塊，阿雄則住在別的地方。

石頭說完後，過了會兒，就聽小蠻說：

「帶我去找阿雄吧。」

他臉色明顯為難了，沒直接答應。

「你放心，我不是去找他吵架的。」幾個月不見，小蠻就像變了個人，語氣相當客氣，「我就是去看看，不管怎麼說，大家相識一場，也還是朋友。」

「不是我不幫你，」石頭有些猶豫，「其實我也不確定阿雄現在在哪，我得先問問他。」

石頭本以為小蠻會發火，哪料到她只是對他笑了笑，痛快地說行。

他有些訕然，最後只得摸摸鼻子，在她咄咄逼人的視線裡，走進電話亭打電話。

12

石頭打過電話後，便將小蠻帶回阿雄的落腳處。

其實小蠻根本沒什麼東西要拿，這不過是個藉口，粗糙與否其實沒人在意。在路上，她已對今晚即將發生的事有了預感，對此她不無厭倦，可每一次還是忍不住要急撲上去，不為別的，只為這是她選擇的男人，與她格調不高的愛情。

石頭沒有多說什麼，他的任務就是將小蠻帶去，再把空間讓給他們，最後識相地離開。彷彿這兩個月，不過就是他們之間比較漫長的一場爭執，爭執總有結束的一天，就像他常和阿雄說的那樣：再等等吧，氣消了，她就自己回來了。

那晚——她果然就回到了阿雄身邊。

小蠻不免悲哀地發現，即使她始終憤於承認麗雀是她的生母，可在許多地方，她們仍驚人地相像。只要男人仍有願意給當讓她們上的一天，她們就會義無反顧地上鉤，從不長記性。

小蠻不再和他們四處接客，而是選擇留在世紀星上班。她也沒有搬回去，只是經常跑去找阿雄過夜。

她開始處在一種自厭的情緒裡。即便對這個男人早有了清晰的認識，也不再相信他的一言一語，肉體上還是要與之糾纏。她不再輕易與阿雄吵架，但也不再給他笑臉，言語上一逮到機會就要與他作對，她所冀望的是得不到了，只能從這種相互苛刻的相處中，得到一絲半推半就的快感，然後告訴自己：這就是她絕望的愛情。

有一天完事後，阿雄提議：「要不妳搬過來吧？」

小蠻想也不想地拒絕了。阿雄還有些驚訝。

「妳這樣兩邊跑的不嫌麻煩嗎？」

「搬過來天天跟你吵架，你不更麻煩？」她故意說。

「別一身刺的行嗎，我也只是個建議……算了，隨妳吧，懶得跟妳吵。」

小蠻一聽，氣就又上來了，可她忍住了。

「這話應該我來說。這次回來我也想明白了，我不會再管你，你以後想怎麼樣就怎麼樣，我不在乎了。」她嘴裡咬著髮圈，一邊扣著內衣說。

「那妳在乎什麼？」阿雄笑問。

「只要你對我好一點，」喃喃自語般，她直盯著手裡燃燒的菸頭，也不看阿雄，「但你不想也沒關係。其實不想最好……等我也徹底厭煩你的那天，就算你跪著求我回來，我也絕不回頭。」

「……」

阿雄望著小蠻白皙突起的背脊出神，不禁有些懷念她從前動輒大發雷霆的潑辣做派，這陣子她總是這樣的，面上冷冷淡淡，一副看破世事的神遊姿態，想與她示好，卻總是話不投機，倆人看著是和好，實際上卻是「遠」了。

阿雄有些無奈，想把這個事給解開，嘆口氣說：

「說吧，我們現在算怎麼回事？」

她扭頭看著他，身體還半裸著，看不出喜怒。半晌，換她問：

「那你說，我們這些年又算怎麼回事？」

玫瑰紅的燈光下，煙霧繚繞。

他們四目相對，有那麼瞬間，都感覺好像有點不認識對方。

這樣骨感而沉默的時刻，在他倆之間從來沒有過。

菸灰燒成長長的一截又落下，阿雄問她，是不是真想散了。阿雄臉上沒有半分笑容，神情認真，認真到讓小蠻忽而感到一陣疼痛，臉上木木的，嘴就半張在那兒，又像啞了一樣，遲遲答不出是，或不是……

除開石頭那幫人不算，麗雀算是第二個察覺的。

麗雀像是開了神通，從小蠻又開始夜不歸宿後，沒隔兩天，小蠻一回家，就被麗雀逮著問，「妳又回去找那死人囉？」

小蠻沒應，當時麗雀額頭上敷滿了黃瓜片，哼笑，「以後再說妳賤妳可別不高興，我看妳也是完了。」

小蠻木著臉，不想理會，沖過澡就回了房間，倒上了床。

沒多久，麗雀踩著拖鞋步進她房間，叨叨地問：「我說妳，到底有沒有在吃藥？我警告妳，千萬別犯傻，藥該按時吃，別回頭給我搞弄出了人命，還想讓我幫忙養，我是一分錢都不會給妳出，妳只能自己想辦法，別想給我帶個拖油瓶回來，聽見沒有？妳可別跟我一樣……」

外頭電視開著，小蠻一下棉被拉過頭，一句話都懶於應付麗雀。

日子過得渾然，不知不覺，她在世紀星工作了快半年。

夏夜看足球賽開始成為一種流行。塗經理為了趕潮流，在店裡裝了台電視機，世紀星沒表演的單數日，就播起了球賽。一幫高頭大馬的金髮洋鬼子，在她眼裡，長得大多都一個樣，在綠油油的球場上橫衝直撞，眼花撩亂的，根本看不清誰是誰。

阿雄他們迷上了賭球。因為她的緣故，偶爾他們會一幫人跑來世紀星喝酒看球，手裡舉著酒瓶，對著電視咆哮，罵個不停，還頭頭是道地分析起戰局。她從不刻意和他們表現得太親近，可來得多次了，店裡的人也看出了她和阿雄的關係，都說她是他的「七仔」。

阿雄身邊的朋友經常換來換去，有的小蠻見過，有的沒見過，大多不熟悉。開起酒來也從不手軟，有一回，他們喝高了，酒瓶多得從桌上堆到地上，她一整個晚上都繃著張臉，來回清理桌面好幾次，最後不知道哪個人瞎喊著，「那就是阿雄的七仔，他們的地盤，不要緊啦！放開喝，都算他們的！」

一夥人哈哈大笑，小蠻心中冷笑，一句話都不接他們的，阿雄叫了她好幾次，她理都不理。她和一個工讀生打了招呼，倆人接了棒，她不再去給那桌送酒善後。眼看快要下班，她到置物櫃前換衣服，換好了也不想出去，便躲在後面抽菸摸魚。

抽到一半，那個工讀生慌忙地跑進來，說她那桌朋友在外面快打起來了。小蠻趕緊跑出去，只看見阿雄那桌人已經全部站起來，怒氣沖沖地，正和另一桌客人叫囂：

「誰撞的？誰？」

「幹他媽沒長眼啊，敢撞老子！」

「你他媽罵誰！」

阿雄已經和對方推搡起來。

塗經理已經跑去勸架，見小蠻跑出來，還急切地朝她打眼色，讓她趕快過來幫忙。

「好了，夠了沒！」她上去拉住阿雄，臉色相當不悅。

「妳走開！」阿雄滿面通紅，但遠不到醉瘋的程度，她瞪著眼，咬牙說：「這我上班的地方！別帶你朋友在這鬧事！」

「我朋友，」阿雄突然甩開她的手，一雙眼狠狠地瞪著她，大聲起來，「他媽我朋友不是妳朋友？一晚上擺個臉色給我看什麼意思！」

石頭嚇了一大跳，趕緊過來用身體分開他們，對小蠻說，「別理他，他喝醉了！」

小蠻一張臉冷得凍人，看了阿雄幾眼，直接掉頭走到另一幫年輕人那邊，勉強揚起笑臉，抓起對方的手，連連和他們道歉。眼看那幾個年輕人幾乎就要被安撫下來，突然阿雄又在後面爆吼出聲，「妳他媽當我死了！對誰笑呢！」

一隻酒瓶子隔空飛過來，鏘地碎在地上，兩邊人打了起來——

後半夜一群人全進了警局。

事後塗經理告訴小蠻，他經營這間舞吧好幾年，這種場面他沒少見過，可既然這幫人是她的朋友，她多少有責任，再來喝酒可以，但他不希望他們再在這裡鬧事。否則只能請她走人。

快天亮的時候，才有人稀稀拉拉地從警局門口走出來。

晨風偏涼，小蠻套著件肥大的外套，縮著腿，坐在對面的公園抽菸，路燈忽然暗了，一雙鞋尖進入眼前，她抬起頭，看著酒醒後的阿雄，醞釀許久，一字一板地說：

「以後帶著你那幫爛人，有多遠滾多遠，別再來我上班的地方。」

阿雄低頭看著她，冷笑起來，「爛人？那妳跟我睡了那麼多年，妳是什麼？」

「對，我也不是什麼好貨，賤透了，要不還能跟你這麼多年？怎樣，滿意了嗎？」

阿雄吐了口氣，有些氣抖。

「妳到底想怎麼樣？」

「我想怎麼樣……」她反覆了一遍，慢慢站起來，也沒動手，一時勃發的恨意直化成一撮撮尖刀，扎進阿雄的心窩，「……我想你去死，你去嗎？」

阿雄當然不可能真的去死。這也就是她一時氣話。這樣多年，他們都習慣了，話說得再難聽，面當著面，氣撒完了，好多計較不來的事往往也就不了了之。

小蠻仍繼續在世紀星上班，塗經理竟沒說要炒她，她多少有些感激，於是跳起舞來更加賣力。

阿雄偶爾仍會在世紀星出現，卻不再帶那一群狐朋狗友，最多也就帶著石頭一起上門。來了，也不再當眾拉著小蠻扯東扯西，他們點酒，她送酒，也不做言語交流，看起來就像沒什麼關係的陌生人。

小蠻每逢週六上台表演。她現在的舞藝勉強過得去了。有時在檯上跳得忘我，不經意就見阿雄坐在不遠不近的角落，隔著一票酒客，面無表情盯著自己。

而她往往心中平靜——她自認是平靜的——抓著鋼管，大腿來來回回蹭出了瘀青，沾滿亮片的藍色眼影覆蓋住整個眼窩，隨著光影閃動，對周遭的騷動予以漠然，偏偏與阿雄遙遙對視。

……她不遺餘力在阿雄眼皮底下與酒客們調情，奮力地扭腰擺臀，極盡色情，在一波波灼熱滾燙的聲浪裡，她攀在鋼管上，目空一切，沉溺在這片洶湧的報復的快樂之中，載浮載沉。

她想那個男人說得對。

她覺得自己正在脫胎換骨，馬上就要刀槍不入了——

13

那年冬天來得遲。秋老虎過後，氣溫猛烈地驟降，閒暇時，小蠻仍會去找阿雄，大多時候是睡過就走，不再過夜。

十一月天氣冷下來之後，小蠻去得更少了。因為世紀星走了一個員工，正缺人手，她自告奮勇地加班，乖覺得讓塗經理頗感狐疑。她藉由忙碌克制了自己想去找阿雄的陣陣衝動，待那晚撕下月曆，她數了數，才驚覺日子過得飛速，她沒去找阿雄，阿雄也沒再來找過她。

晚上上班時，小蠻有些心不在焉。打烊後已是凌晨兩點，她收拾好自己，對著鏡子重畫了口紅，裹上麗雀以前的毛呢綠大衣，攔了輛計程車去找阿雄。

樓道刮呼著冷風，她拖著腳步爬上去，才到四樓門口，就聽見門裡面一陣吵雜。

她在外面敲門敲了好一陣，手都拍紅了，門才打開。

開門的是好久不見的阿廣。

「是妳啊，好久不見。」阿廣笑說。

一股濃濃的臭味跟著飄出來，屋子裡顯然還有其他人，神經質的笑聲此起彼落，亂哄哄的。

小蠻心裡撲通跳著，臉色難看，阿廣把她放進門。屋裡放著歌，六七個男男女女圍聚在狹小的客廳，沙發地上，連同白白在內，一個個面色興奮發紅，七橫八臥，又叫又笑，和瘋子沒什麼兩樣。

桌面一片凌亂，酒瓶零食杯子還有四灑的現金以及撲克牌，屋子忽然多了一個人，有些人有反應，有些人沒反應，一個男人撩起眼看見小蠻，便笑咧了嘴，晃晃蕩蕩地站起來，口齒不清朝她招手：「還有啊？快來啊——」

阿廣笑嘻嘻地走過去把他踹倒，「別他媽亂說，這阿雄的馬子。」

小蠻面色鐵青站在門口，看著這群人，止不住心裡厭惡。抬腳就往房間走，白白不知道在後面跟誰嘻嘻哈哈，「嘿，又有戲看了……」

她欲開門，卻發現鎖上了。

她用力扭著喇叭鎖，一股火氣衝上來，大力拍門：

「開門，

「開門！」

此時背後又響起阿廣那討人嫌的聲音：

「嘿，冷靜點，他不在這兒。」

小蠻騰地轉過去，將信將疑地瞪著阿廣，阿廣笑嘻嘻地靠上來，想伸手摟她。小蠻打開他的手，一點也不客氣，阿廣歪靠在牆上嘆息，舔了舔嘴唇，一副沒骨頭的樣子，「真辣……」

「辣，」小蠻壓低聲音，面無表情地說，「你也吃不著。」

客廳還有人悄悄往他們這邊窺視，阿廣直直盯著她，有些神經質地笑出來，手指了後面，

「他在那邊。」

小鑾走向另一間小房間。推開門，只聽見沉沉的鼾聲。她啪地打開燈，就見阿雄光著上半身，整個人躺在床上不醒人事，只有他一個人。她不察地鬆了口氣，到床邊叫了他好幾聲，又推又搖，湊近看，發現他眼眶不正常的烏青，很疲倦的樣子。

阿雄被她叫醒，沉沉地打了幾個呵欠，一見是她，還有些回不過神，躺在床上動也不動，神情空洞，渾渾噩噩地問她怎麼來了。

她把包扔在地上，門一關，質問他外面那群人怎麼回事。

她說話不客氣，開口就說他們是垃圾，一點也不怕外面那幫人聽見，「你腦子壞了是不是？我不是早跟你說過，他們——」

阿雄打斷她，疲軟地說：

「妳不是說不在乎我做什麼嗎？還管什麼？」

「他們在嗑藥！」小鑾瞪大眼睛。

「我知道。」阿雄懶洋洋的，很是不以為然。

「妳什麼時候這麼膽小了，這點事也值得大驚小怪？更過分的事妳都跟我幹過，才幾個月不到，以前的氣魄哪去了？」

「這是一回事嗎？我跟你說過多少次，這些東西不能碰，就是不能碰！我那個姊妹，最後死得多慘你都忘啦？她就是死在個毒犯家裡的，你也想這樣害我嗎？你要我跟你一起坐牢啊——」

小蠻極其激動，臉都氣紅了。

「我不管，你快叫他們走啊——」

小蠻說了一大串，阿雄從頭到尾神情冷漠，並不應聲。她氣上心頭，彎腰撿起地上的手包，就朝他砸去。阿雄不閃不避，那包砸中他的下巴，劃出一道小口子，很快滲出了血。

「叫他們滾啊！」她高聲說。

阿雄倏地站起來逼近她，兩眼赤紅，兩頰的腮骨，隨著呼吸忽隱忽現。她仰起臉，絲毫不退讓。幾個月的壓抑、忍耐、不滿，瞬間就爆發了。或許他們就不該見面。一輩子不見，反而還能念著對方的一點好。不見，就還有一點癡迷、想念。或許世界總有一種關係就是這樣的：一旦面對面，愛情，就只剩下憤恨了。

阿雄紅著眼，聲音就穿過牙關：

「妳以為妳是誰？憑什麼管我？

「妳也就是個賣的，都是半斤八兩，妳憑什麼嫌棄他們，憑什麼嫌棄我們啊——」

阿廣靠在門上聆聽房門內劇烈的爭吵，摔摔打打的，隔著門板砸得乒乓作響。只覺得差不多了，他把菸頭在壁紙上擰熄，裝模作樣地開門進去勸架，他從背後抱住那把垂涎已久的蜂腰，轉過背擋著阿雄，假意勸和，拖著小蠻往外走，一邊走，邊趁機將手從她裙子裡滑進去。

小蠻掙脫不開。

她高聲尖叫。

「啊——放手！

「操，給我放開！再不放手我殺了你！」

「冷靜，冷靜點！」阿廣把臉埋進小蠻的後頸，深深地呼吸，一陣推扭之間，他陰莖已經興奮勃起，腿上捱了小蠻好幾腳，不但不鬆手，勁還越來越大。

鞋飛了一隻，小蠻披頭散髮，又打又咬，掙又掙不開，一聽後面那扇房門忽然砰地聲關上，她愣了下，眼眶迅速發紅，一時驚怒交加。她渾身發抖，分不清是慌的還是氣的……

客廳幾個精神萎靡的人見狀，紛紛拖著身體，行屍走肉般地跟著湧上來。阿廣將她強推進廁所，重重地壓在冰涼的磁磚上，廁所既無窗口，也沒光亮，黑漆漆的，伸手不見五指，像個活埋人的坑。小蠻嘴上重重一磕，磕出了血，疼得唇齒發顫，腿間突然一涼，耳中只剩下客廳那群人的歡笑以及阿廣潮濕作嘔的吐息：「他不要妳了，妳跟我吧，妳跟我……」

凌晨四點多，街上淒冷一片，路燈蒼白，柏油路面的溫度低得像冰一樣，凍得人牙根打顫。

小蠻裹緊大衣，整個人像在洗衣機裡絞過一樣，頭皮濕漉漉的，她垂頭赤腳，如遊魂一般行走在空無一人的大街。

她踉踉蹌蹌跌進一座無人的電話亭，皮包一開，零錢叮鈴噹啷滾落一地。

「一一零勤務中心您好——」

那頭電話一接通，她縮在地上，忍著疼痛，盯著掀開的腳指甲，兩片嘴唇上下哆哆嗦嗦，噴出一口白煙：

「喂……

「我，我要報警……

「有人聚、聚眾吸毒，恐嚇勒索，

「強……強迫女人，賣淫──」

14

從監獄出來那天，早晨還是陰雨綿綿。豈料到了中午，一束金刀陡然破開土城上空的陰霾，陽光如漏油一般自灰敗的雲間淌瀉而出。與他相熟多年的老獄警見狀，馬上齜開一嘴黃牙，對天興嘆：「嘿，撥雲見日啦。」

「以後好好做人，」老獄警斜睨了他一眼，「趕緊走吧，別回頭望。」

在獄裡待過的少有人不信鬼神。離開那日，老獄警大約是看他孤伶伶地可憐，便塞了一只半舊不新的紅符袋給他，上頭印著保生大帝的字樣，說這是過了香火的，讓他隨身攜帶，出入可保平安……

他是一個人慢慢走出來的。

走出鐵牆那剎那，他身上沒有一分錢，沒有一個人來接，天大地大，一只黑色塑膠袋就是他全部的家當。

新世紀的旋風已經刮開了這座城市，新式樓廈旱地拔蔥般連連拔起，四處都是現代化的痕跡，每天他走在大街上，逆行在人群裡，企圖在這一片翻新的景象中，尋找舊日的一點痕跡。

以前有個獄友告訴他有些西藥傷腦子。吃多了會把人吃成個呆子。

他不知道是不是真的，只是有時候，他也能明顯感覺到記憶開始力不從心。時而一覺醒來，他會記不清楚昨天發生了些什麼事，也想不起現在到底是哪一年、今天又是幾月幾號，可遙遠以前的事情，卻記得一清二楚……

時間叫他感到失序。偶爾他照著鏡子，就像是從一個深淵中浮出來的一樣，這張皺縮發黃的臉孔，以及瘦的眼皮底下塌出兩顆漆黑的洞，都叫他感到陌生，卻嚇死人地生動、鮮明。

15

第一次在車站見到那個女孩，她穿著條油黑到發亮的皮裙，正叼著菸，頂著一頭番茄紅的假髮，舉止輕浮地在路邊與人打情罵俏，隨機勾搭陌生男子，行徑老練。

那夥年輕人讓他聞到一股新鮮熟悉的「粉頭味」，瞄一眼，他就知道他們是幹什麼的了。

他遠遠就看見那個女孩。

匆匆一瞥，就駭得手心一片潮濕……

他忍不住尾隨了那女孩兩夜，一直不遠不近地跟著她，直到那晚終於掏出身上所有的錢，成了她的嫖客。

旅館內，他時常看她看得出神。

這女孩的側臉遠看上去和文靜還有三分像，近觀卻又成另外一回事了。

文靜總是安靜斯文，鬱鬱寡歡的，且從不塗脂抹粉，一張臉皮薄肉淨，青春光潔，左邊的顴骨上有顆極小的痣。

這個女孩卻狂妄囂張，一對大眼皮抹得五顏六色，粗暴得掩去了青春。她穿著極短的褲子，窄小的衣服下露出一截白腰來，渾身嬉皮，說話總是揚著下巴，活像隻不知天高地厚的小鳥，一副飛過天下的樣子，既不屑世俗，也蔑視所有道德禮教……

第一次他問她叫什麼名字，當時她嚼著口香糖，吹出一顆碩大的泡，搖頭晃腦的，直到啵一聲過後，才嘻嘻笑地說：「我叫小蠻——」

當時床邊的綠燈一閃一閃，照亮她身上那股熊熊燃燒的氣焰。

那麼年輕，滾燙，灼人——

時空緩緩逆流。他怔怔看著她，幾乎忍不住想伸手摸摸那張臉。那是個可怕的瞬間。在這張遠看神似文靜的臉孔上，他竟影影綽綽看見了自己——那個過去的，年輕的，一樣無知無畏的許放。

從前的許放一樣無處可去，現在換他收容了這個無處可去的女孩。無條件地帶她回家。倆個人窩一張床上躺著。

在此之前，他已經孤獨了很久。出獄之後，整天陪伴他的唯有家裡四面牆，自由讓他無所適從，一個人的時候，他喜歡長時間待在窗前，跟死了一樣的躺著，他可以一天都不吃東西，餓了就光喝水，唯有想起過往那些人和事的時候，才會稍稍地復活一下。

這個女孩為他的生活帶來一絲熱呼的人氣。證明人到中年，他許放還有那份閒心，還有那份莫須有的力氣，一切都是說不清道不明的，讓他對著一個毫不相干的女孩，忽而產生了一種前所未有的奉獻的衝動。

他希望這隻羔羊能夠從良。「冥冥之中」，他迫切想把過去諸多東西，曾經自己缺失的，曾經缺失別人的，通通「還」到她身上，彷彿這麼一還，自己也能跟著完整了似的。

偏偏這女孩是隻夜鶯，說來就來，說走就走。

在他家中留下的痕跡只有那只新水杯和新牙刷毛巾，她逃了，再沒有出現過……

他刻意去那夥年輕人他們慣性出沒的地方等待，只是人海茫茫，能否相遇全看緣分。

他找了她很久。可他不知她的真實姓名，也不知她住在哪裡。他想見她，就經常在入夜之後，跑去他們第一次碰見的那個車站公園附近遊晃。

那個地方是無數流浪漢的聚集之地——

他看著附近那些張燈結綵的店家，天南地北來往的行人，從左走向右，從右走向左，看著那些燒得赤紅的燭火，以及那些腳步蹣跚、孤獨的拾荒者。每一晚都有不同的女子在附近賣力拉客。

他仔細留意每個女人，卻再沒見過那一個偷過他皮夾的紅髮女孩，連同她身邊那群同伴，都像徹底消失了一樣。

這片雜亂的女人町也曾有他真實的回憶。

從前他也在這座城市裡到處混跡。

那時他還年輕，人還悍勇，有兄弟，有朋友，也有數不清的露水情人——

16

倆人再見面，是在那個冬天徹底過去之後。

那個紛亂的夜晚後，小蠻病懨懨地向塗經理辭去了工作，塗經理口頭挽留，卻留不住她。她萎靡在家，西藥中藥吃了一大堆，床上墊著一疊紙，每天稀稀落落的，如此過了一個多月，總算沒再見紅。

那段時間麗雀幾乎將她當做隱形人，狠狠臭罵她一頓之後，便不管不顧，不聞不問，倒讓小蠻落了個清淨，每天吃了睡，睡了吃，兩耳不聞窗外事，再不去想那個晚上發生的噁心事，也渾渾噩噩度過了一個新春。

新年開市，火車頭附近很是熱鬧。路上許多攤販賣著各色鮮花和香包，乞丐跪地討飯，還有盲人在一旁獻藝賣唱，混濁的汗臭中，夾雜著艾草的辛澀與濃郁的花香。

初春的空氣依然微涼，她套著一雙誇張的黑色網襪，穿著迷你裙，腳踩著一對三吋恨天高，一臉巴掌臉比從前更尖，襯得兩隻眼睛大得嚇人。

一頭金燦燦的西瓜皮，讓她嬌小的身軀在夜色中突兀異常，當那個男人一步步穿過人群，再次直逼到她面前來時，幾乎叫小蠻升起一種陰魂不散的錯覺。

她表現得像是第一次遇到這個人，笑得沒心沒肺。

「你好啊，帥哥——」
那男人蹲下來，用那對深深下陷的眼睛注視著她，淡淡地說：
「我找了妳很久。」
「喔——找我幹什麼？」
「妳最近好嗎？」
「什麼好不好……」她嗤笑，眼窩上的金蔥閃閃發亮，「你這是要幹嘛？談心啊？我可沒空，不做買賣就別騷擾我，小心我告訴警察叔叔你性騷擾。」
「妳怎麼了？」
他目光極為熱切，毫無緣由，莫名其妙的，老叫小蠻看不懂。她避開他的眼神，心生煩躁：
「你是不是聽不懂人話？我又不認識你，神經！」
說完，她站起來要走，卻被男人拉住。
周圍的人潮笑語包裹住他們，男人的手心乾燥溫熱，朝她手裡塞了幾張發皺的鈔票，她扭頭瞪視他，欲抽回手，氣呼呼的：「我不做你的生意！」
他卻不放手，一身枯瘦的軀體幾乎把她罩住，讓她感到心悸，卻無法迴避。連忙倒退了好幾步，還是不免聞到男人身上那種苦澀的氣息——
她要呼救，就聽見對方放輕聲音說：
「別怕，

「今晚天氣好，

「我帶妳去個地方。」

深夜的碼頭，放眼望去幾乎空無一人，河海與天空連成一色，又黑又濃，路燈照不清遠處，黑得叫人發慌。

夜風帶著厚厚的海鹹味，讓小蠻泛起一陣冷意，皮膚起了點點疙瘩。她打了個冷顫，由內而外，忍不住發抖。

男人把外套披在她身上，她轉過頭，問他來這做什麼。他不答，直接繞過她往前走，她抿了抿嘴，沒辦法，只好跟上去。

碼頭泊著一排大大小小的漆藍漁船，路燈圍著一圈飛蟲，光線虛掠過幾艘斑駁的船板，沿著碼頭，一條水泥階梯往下直沒入了黑水之中，薄薄的浪輕輕地浮動，岸邊飄著各種垃圾、菸蒂。只見他突然跳上岸邊一隻漁船，咚地一聲，船身大幅一晃。

「你幹嘛？」她嚇了一跳。

「鞋脫了，上來。」他朝她伸手。

「你要幹什麼？」她戒備地說。

「妳不敢？」男人說。

她拉著臉，最受不了別人這麼激她。她試著往前走一步，可鞋跟太高，看著下面那黑乎乎的腥臭河水，好一會兒，她才抓住他的手，勉強跟著跳上去。

他帶她繞到船的另一頭坐下，此刻，天地間只剩下蟲鳴和潮汐，淡水河黑粼粼地映著岸邊的路燈，再往外，就剩下一望無際的虛無。天空少許稀微的光斑，似有若無，月亮半隱在雲後，對岸有一抹巨大的陰影，他告訴她：那就是觀音山。

他拉開一罐啤酒遞給她。她啜了一口，含在嘴裡，就聽他在一旁說，「我少年時代在這裡讀過書，那時我有個兄弟，我們經常在放學後溜來這裡玩，很多人會在下面釣魚，也有小孩站在河邊撒尿……我和我兄弟就趴在漁船上守株待兔。小時候我們都相信河底下有水怪，每次都要拿著石頭往河裡一通亂砸……」

「現在跟以前不一樣了。以前對面山上還沒起這些洋別墅，後面也沒有這麼多高樓，這條河已經變了很多，不再像我記憶中的那麼平靜，這裡，還有那裡……唯一不變的是，它一直那麼髒。其實這麼多年過去，到現在也沒人見過什麼怪物從這條河裡冒出來過，倒是越來越多人，會從這裡跳下去。」

「哼，什麼怪物？美人魚嗎？」小巒面無表情地說。

「不知道，」他說，「我沒見過。」

她嗤了聲，很是不屑：「這你也信，都是騙小孩的。」

「……確實是騙妳的，」過了會，他又說，「其實我見過美人魚。」

小巒看傻子似的看著他，滿臉的輕蔑。男人忽然露出一絲笑意，眼角一叢叢的細紋，在這黑黝黝的夜裡，幾乎要開出一朵花來。

「你當我白癡啊？」她瞪著眼。

「我真見過，」他直接仰躺在甲板上，也不嫌髒，聲音幽幽的，好似腳下黑汪汪的潮水，

「當時她就站在我面前，從這裡跳下去……穿著白裙子，頭髮很黑，皮膚很白。」

她翻了個白眼，嗤了一聲。

「然後我就把她抓起來，脫光她的衣服，跟她在船上做愛。」

她罵他神經病。男人低聲笑出來，把手裡酒罐捏扁扔了出去，就從鼻子裡輕輕地哼起了歌。

她第一次看他這麼笑，輕快地像個二十出頭的少年郎。

她看了他一會兒，拉攏身上的外套，像被感染了，也有些想笑。

「你說點別的吧。」她說。

「我坐過牢。」他說。

「……」

「有個女人曾從這裡跳下去，就為了讓我說句愛她。」

「最後變成泡沫飄走了吧——」她打斷他，斜眼睨他，「你還真能編故事。」

小蠻也把酒罐扔了出去，噗咚一聲，沉入河中，聽著暢快。

她晃晃地站起來，走近船邊，瞇起眼，又低下頭，眼前黑壓壓的一片什麼都看不清楚。

一隻手忽然從後面伸過來抓住她。

「當心摔下去。」

「嘿，不是有你嗎？」她轉頭，嘴裡酸澀的酒氣全噴在男人的脖子上。

忽然間，她問他，「如果我掉下去，你會不會跳下來救我？」

潮水輕飄飄打在船身。

他定眼看著她，目光炯炯。

他說會。

說得跟真的一樣。

她搖頭，表示不相信。

「撒謊，」

對著漆黑的夜空，她緩緩抬起雙手，做出一個幼稚飛翔的姿勢，在甲板上，輕輕搖擺起來。

「你們男人嘴裡說出來的，都是放屁。」

「怎麼妳才信？」

她掃他一眼，體內尚有酒精的餘熱，心中也有空曠的冷。她唇齒打顫，收手摟住他的腰，端詳眼前這個滄桑又衰老的男人，慢慢湧出一股奇異的焦灼。她有個離奇大膽的猜測。

她想，這個男人，大約是真的有點喜歡自己的。

否則為什麼對她這麼好？還幾次都不圖她的「回報」。

一直以來她都有些抗拒這個男人的眼神。因為那雙專注的眼睛，總是一逕地釘在她身上凶猛地搜刮、尋覓著什麼，小蠻以自己有限的認知，狹隘的思考……得出的答案除了男人女人間的那回事，已經想不出別的緣由。

她都不知道是該可憐他，還是可憐自己。她想，或許一直以來，自己渾渾噩噩等待的就是這樣一個男人吧。童年渴望的父親，成年期待的男人，在內心深處，她仍一直等待與「他」的相遇。可命運非要將她橫耍一通，當這個人疑似真正出現了，她又膽怯了，只能拿出最大的惡意，考察對方。

「那你跳啊，

「只要你敢跳下去，我就相信你囉——

「敢嗎你？」她張揚一笑，風掀起她的髮絲。

當她再度睜開眼睛，船上只剩下她一個人。

低沉的落水聲，消失在漆黑平靜的河面上。

她愣了幾秒，渾身一抖，直撲到船弦邊，她張開嘴巴，卻沒有聲音，剛剛那一下猛烈炸開的水花，彷彿只是天地間的一抹幻覺，眨眼間痕跡全無。

17

汙黑的河水似又漲高了一層，底下彷彿暗藏無數鬼影，不停攪動。晦暗發臭的河面浪潮翻動，偶有漣漪，那些被浸得稀爛的塑膠袋紙團竹籤子，不知道從哪個角落開始緩緩地飄出來，在水面上飄零追逐。

一道濕淋淋的身影，終於從漁船另一邊艱難地翻爬上來。

一步一步，遲緩、笨重地朝她靠近。甲板斑駁濕滑，小蠻兩腿發軟跪倒在船舷邊，假髮都歪了，幾乎面色呆滯，眼睜睜看著那個男人慢慢向自己撲壓過來。

他說：

「跟我回去吧，」

她嚇得忘記閃避，任鹹腥冰冷的河水落到眼眶，刺得她痛喊一聲，死死拽著對方濕透的衣領，疼得說不出話來……

「讓我照顧妳。」

……她完了。她想。

她突然感到一種恐慌，在那個男人步步逼近的過程中，她彷彿又看見了曾經叫自己疼之欲死的東西，以及即將隨之而來的危險——

那一年對小蠻來說永遠值得祭奠。

在那個倒發春寒的夜晚，她的愛情未被凍殺，反而隨著那道炸開的黑色水花再一次破土抽芽，在那個萬物復甦的季節裡迅速盛放。

18

跳河之後，那個男人大病了一場。

那天晚上，她跟他回了家，折騰一晚，倆人都睡了長長的一覺。隔天下午醒來，她發現他嘴唇發白，渾身燒得滾燙，肩膀乃至脖子出了大片嚇人的紅疹，幾乎蔓延到下巴，兩隻眼睛也都發了炎，又紅又腫，看上去狼狽又可憐。

……他睡得很沉，噴出的鼻息都是炙熱的。

小蠻叫了他好幾次，試著把手貼到他臉上，他也沒醒。她不住撫摸他乾燥的眼角，粗糙的觸感叫她感到些許新奇，像在研究什麼似的，動作間一反常態，帶著罕有的小心以及溫情。

愛情就是這般莫名其妙的。

或許就是這個男人的孤獨與虛弱，激活了她所有的母性與柔順，小蠻抿著嘴，一時間再也強勢不起來了。她心軟了。她不想走了。她想照顧他……

整個下午，她殷勤地跑上跑下，給他買藥，買吃的。

她把他那套浸了淡水河的衣服倒了洗衣粉泡在浴缸裡，赤腳踩了好幾次，淘了三遍水，才把衣服洗得乾乾淨淨，香噴噴的。她算著時間，每四個小時就給他點一次眼藥水，直到半夜也不放過他，還老問他這裡癢不癢，那裡癢不癢，癢了就給他呼兩口氣，揉一揉，不准他自己伸手去撓。

早上醒來，她就把自己的臉往他臉上貼，不知道是不是年紀大了的緣故，看似一場小感冒，卻病來如山倒，怎麼養也不好，有時白天那股熱退了，到了晚上又燒起來，燒了好幾天，總是時好時壞，反反覆覆。

沒幾天她就心煩了，忍不住就罵他兩句真沒用。可罵完，又覺得自己話重了，心虛了，怕他生氣，悄悄瞄他兩眼。但他從不跟她計較。

她就像一夜間換了一個人，以往那些輕浮、劣性有一大半蕩然無存。說話不再老帶刺，對待這個男人也慢慢地溫存起來。

那段日子，他們處得出奇和睦、親密。她不再老戴著假髮。大多時候素面朝天。說話變得輕聲細語。也不再老喂啊、喂的叫他。晚上洗過澡，她沒事可幹，就爬上床與他肩並肩躺在一起，倆人蓋一條被子，開著那台單卡機，要是他精神還好，就纏著他說話，直到昏昏睡去。

她開始對這個男人產生好奇。想深入地了解他、知道他的過去。從哪裡來的，以前是幹什麼的，最重要的是前面有過多少女人，有沒有結過婚……

甚至她在等待一個完美的時機，她想親口問他，卻更想聽他親口說，他肯定地喜歡她。或者愛她……

她想得很多。想這男人對自己的種種可能，以及不合常理的殷切，越想越投入、得意。她未必不能跟他「試試」。只要他對她忠心不二，從一而終，她也不嫌棄他，即使這樣的關係未必能夠長久，可她不願意想得太遠，就要現在——起碼現在，和他在一起，她就高興。

小蠻腹中醞釀許久，一到晚上，就忍不住地問他種種問題。

她仔細地觀察他，他態度不見一點迴避，配合地招了他的「歷史」。他說起他在海邊的老家，從小就泡在海水裡長大。家裡有幾個親兄弟，但如今各自關係疏遠。說起他的爺爺奶奶，早在好幾年前就一一過世。……她表現出前所未有的耐性，不好意思表現得太過急切，其實她更加關心的只有兩個問題：到底他結沒結過婚、有沒有過孩子。

若有，她和他關係也就不道德，可失望之餘，很大可能她仍會將就。

可他若是一一否認，她又不敢全然相信。

她本是一個矛盾至極的草包，凶悍強勢大多是裝出來的，一時衝動，掰下那層皮，她的本性仍然幼稚天真，難以堅定拒絕一個自己喜歡的男人。

「你老實告訴我……」她有些猶豫，「你以前有過多少女人？」

只見他想了想，搖頭說：「不知道。」

「什麼叫不知道？」她聲音拉高。

「很多，沒算過。」

她瞪大眼，有點來氣了，原先怕這男人不老實，可這下太過老實，她又無法接受。這幾天她幾乎認定這個男人就是她小蠻的囊中物，一聽他這麼說，差點沒像捉了姦的大老婆一樣蹦起來。

「你結過婚嗎？」

「沒有。」

「真沒有？你沒要我吧？」她一臉懷疑。

男人搖搖頭。

她難掩酸氣，問他是不是也對那些女人這麼好？

他再次搖頭，說不好。

她又問他：

「……你以前女人這麼多，就沒想過結婚嗎？」

「沒有。」

「為什麼？」

「我年輕時不檢點，不知天高地厚，看女人也不過是件衣服，穿過就扔……不是沒想過結婚，只是從沒想過要跟哪一件衣服結婚。」

看他面無表情地說完，她被這番話繞得有些發愣，像是聽懂了，又像是沒聽懂，一時不知如何反應。

他一隻眼睛還在充血的狀態，一條條的血絲、細碎的紅斑，布在眼白上，顯得有些猙獰。

她有些訥訥，接著又聽這男人平平靜靜地說：「妳想問，想知道，我就告訴妳。我以前不是什麼好人。」

「你……」她張嘴，似想說些什麼，猶疑片刻，又止住了，反手關上燈，悶悶鑽進被子裡。

卡帶早停了。

四周靜悄悄的，偶爾機車從街上呼嘯而過，聲音傳進了窗內。

她在黑暗中睜著眼睛，焦距虛無，漸漸感到一陣氣餒。她問他：「……你覺得我是個什麼樣的人？」

他卻沒有回答。

小蠻有些失望，甚至有些受傷，她佯裝不在意，故作灑脫地說：

「是不是也覺得我很爛、活得一團糟？」

「妳……」

「別再跟我說教，」她有些心急地打斷他，一急聲音就高，她突然發現自己其實並不那麼想知道他的答案，她有點怕，怕他也真打從心底瞧不起她。

「換做你是我，從小碰上一堆爛人爛事，還說得出這種風涼話嗎？」

男人沉默不語。

「你知道嗎，」她喃喃地說，「我前一個男人，他對我一點也不好，是我自己傻，瞎了眼，非要跟著他……可後來我也報復了他，他現在可能什麼都沒了，這輩子算完蛋了。

「我這個人就是這樣，吃不了一點虧。要是做不到，一開始就不要給我希望。你要是說了，又騙我，我也不會傻傻受著，大不了同歸於盡，我才不怕。」

她慢慢把手伸到空中，張開五指，在緩緩握緊，晦暗中，隱約只看到黑色模糊的一團。她的聲音又弱下來：

「我知道都是我自找的，其實我也想做個好女孩，但從沒有機會……

「我其實一直有個願望，想要有個人，一心一意地喜歡我，一輩子對我好……

「我還想要一棟屬於自己的房子，面朝大海，春暖花開……」

男人一直沒接話，她慢慢把頭轉向他，黑暗中，看不清他的面目，只聽見他的呼吸。

「我能再問你件事嗎？」她輕聲說。

「嗯。」

「那晚你說要照顧我……是不是認真的？」

「嗯。」

「那你會對我好嗎？」

「嗯。」

「好多久？一輩子嗎？」

「嗯。」

「我要你連著說。」

「我照顧妳，」他聲音全啞了，「一輩子對妳好。」

「誰要照顧我？你是誰？」

「我，許放，我照顧妳……一輩子對妳好。」

她眼眶一熱，隨後噗嗤一笑，整個人栽在棉被裡，不停扭著身軀。突然她摸黑撲到他身上，許放一時不防，被她親上了嘴。

19

愛情能迅速改變一個女人。

兩千年的春天，亂花漸欲迷人眼，野性的芬芳來勢洶洶，許放和小蠻也正式開始同居。說是正式，不過是小蠻暫時沒再動過離開的念頭，連他病好了，都沒提過要走。她的作息不再日夜顛倒，開始活得像個普通女孩，每天跟他待在一起，每一天都是平淡無奇——他對她百依百順，除了他始終不跟她做愛。

回首這段過程，從她單方面的鄙夷，再到現在彼此湊合，一切就像水到渠成。

小蠻一直沉溺在這種新鮮感裡，昏頭轉向，她甚至開始懷疑，自己前頭二十多年所承受的種種不順與痛苦，就是為了等待這個男人的出現。

然而她又有些不敢相信，有朝一日，這些願望一下就變成了現實。

許放病好之後，就要出去上班。

她每天閒在家，熱衷扮演起了賢妻良母，收拾環境。不時擦擦地，洗洗衣服。最初幾日她樂在其中，早晨會特地醒得比許放早，用那台新買的迷你瓦斯爐，支起鍋子，興致勃勃給他煎兩顆荷包蛋做早餐。

只是這股感冒一般的熱情沒能持續長久，堅持了沒幾天，她就怠惰了，每天睡到日上三竿，等她醒來時，許放已經不在……

許放開始早出晚歸的生活。每天早上乾乾淨淨地出門，到了晚上就一身餿地回家，一問之下她才恍然大悟，原來這個男人在工地做工。

她想起平時在路邊看見的那些膀大腰圓的工人們，個個衣衫襤褸，在暴日下揮汗如雨地做苦力，整天渾身髒兮兮、黑抹抹的，跟街友似的。她有點不樂意，看看許放，心想他也會是這個樣子，心裡就彆扭起來……

許放見她皺起眉頭，再後來聽她「狀似關心，實則嫌棄」地咕噥起來，「你怎麼去做工啊？那麼累，一點都不輕鬆。」

他也不生氣。面上淡淡的，只說這樣賺得多，賺得快。

「賺錢的工作那麼多，你可以做別的啊。」她略為天真地說。

許放叼著菸，過後，耐著性子又對她重複了一次：

「我坐過牢，外面沒地方敢用我。」

「嘖！你又來了，我跟你說正經的呢！」小蠻翻了個白眼，把枕頭抱在胸前，腦袋轉了一圈，笑說，「我知道了，是不是你學歷太低——怎麼，跟我還不好意思承認啊？」

「我說真的。」他有點無奈。

「好好，那你告訴我，到底是因為什麼事被關進去？是殺了人還是放了火啊？」她敷衍地說。

「……我兄弟在我家藏毒，我女人去告了警察，後來在我家割腕自殺，之後我就進去了。」

她注視著他，有些半信半疑，便問：

「她為什麼告警察？」

「她覺得我不愛她。」

「那，你到底愛不愛她啊？」小蠻憋著笑。

「我——」

看許放認真投入的神色，小蠻也終於裝不下去，忍不住哈哈大笑。

她拿起枕頭往他臉上重重一砸，覺得他實在好玩極了，「你這人，編故事也不編個新穎點的，拿我說過的故事逗我——鬼才信你！」

許放笑了笑，沒再多說。倆個鬧了一會兒，後來一起仰倒上床。

小蠻又說，「哎，說真的，我認識一些朋友，還算有些關係……可以幫你找個輕鬆點的工作，怎麼樣都比你現在好！」

「別再去找妳以前那些人，」許放語氣忽然有些重，隨後又說，「錢我自己能賺。」

「我也是為你好，還不是怕你太辛苦！還有，什麼叫『那些人』啊？」她有點不舒服，「你是看不起他們？我也是『那些人』之一！」

「別再跟他們聯絡了。」

「我都還沒說什麼工作，你聽都沒聽就拒絕！」

「不用聽，我知道妳要說什麼。」

「你到底什麼意思？你是瞧不起我囉？」

倆人吵了一架。

或者說是她單方面地大呼小叫，許放全程保持沉默。

她也不想跟他吵架，可她發覺自己竟受不了一丁點被他看扁的可能。這讓她相當過敏。她惱羞成怒，劈哩啪啦說了一通，就氣呼呼地跑到客廳去待著。

她滿肚子火，心煩意亂，胡思亂想。

她想：他一個打工仔，又老又窮，身體還差，她肯跟他過日子就該偷笑了，還敢嫌她？他憑什麼瞧不起她？……

倆人各據一地，房間那頭安安靜靜的。

過了很久，才聽見腳步聲走來。

許放走出來，步到她身邊。她不想理他，把臉轉向沙發內側窩著。

「去裡面睡。」他低聲說。

她沒動。

他把她抱起來，不顧她掙扎，把她抱回床上。她紅著眼罵他王八蛋，可還是乖乖躺在床上，沒再亂動。

「睡吧，很晚了。」許放嘆氣。

她翻來覆去睡不著，就推他：「你是不是真的嫌棄我？」

「妳想太多了。只是不想妳再跟以前的人聯繫，再回去過那種日子。」

「我沒有要回去以前的日子！」

她瞪大眼睛，情緒又激動起來，可她忍住，幾次深呼吸後，就跟他說，「我就是覺得，要是你太累，可以換個工作，要不我也能出去工作。我剛剛就想跟你說，去年我在……」

許放卻打斷她。

「妳要是在家無聊，可以回學校讀書，我供妳。」

「你到底能不能聽我說完？我沒在跟你說這個！」她險些氣死。

「我要說的就是這個。我養得起妳。賺錢不用妳，要麼去讀書。」

「……」

小蠻徹底無語了，氣悶的同時，又生出一絲複雜的甜蜜。

她背對他躺下，把被子蓋過頭。

接下來的幾天，她故意不與他說話。

許放卻渾然不介意，她不說話，他也能不說話。每天早上照樣在床頭上放上飯錢，就出門去了。

這人簡直是她的剋星。她彷彿一拳打進棉花裡，吵也吵不起來，差點先把自己憋死，只能自己隨便找了個臺階，訕訕地溜下來。

她知道許放的工地在哪裡。

她自己一個人越來越待不住。一天中午，就買了點吃的喝的，想去工地看他。她生平第一次走進工地，大白天的，就接受到無數的「注目禮」。那些蓬頭垢面的大老粗，正三三兩兩四散躲在陰影裡，一雙雙眼睛自四面八方聚焦在小蠻身上，賊溜溜地打量她，狂妄一點的——甚至直接朝她吹起了口哨。

小蠻不理會那些人，隨手就抓過一個渾身曬得赤紅、汗涔涔的年輕小子，問他許放在哪裡？這年輕人一開始還沒反應過來，一頭霧水，就轉頭大聲問了句：誰是許放啊？

接著那一幫工人就開始騷動起來。

「喲，來找老許的啊？妳是誰啊？」

「老許的女兒？他還有這麼大的女兒？」

小蠻瞪著那幫人，差點破口大罵，那年輕人這時才意會過來，抓了抓頭，原來是找老許的。

他領著小蠻往那廢墟似的水泥樓裡面走，小蠻提著袋子，面無表情，直到經過那幫工人面前時，才忽然扭頭對他們說：「我不是他女兒，我是他老婆。」

噎弄得一群人目瞪口呆。

那年輕人帶她爬上二樓，一下讓她小心頭上，一下讓她注意腳下，途中還跟她解釋：現在是放飯時間，所以沒什麼人，大家都跑去休息了。她不時點頭，直到遠遠看見許放的背影時，阻止了那年輕人開口叫人，朝他擺擺手，那年輕人傻呼呼地點頭，就留下她，自己離開了。

整層樓幾乎空蕩蕩的，散發著原始的水泥氣味，灰撲撲的粗糙的裸牆，滿地的菸頭垃圾，還有發鏽的鐵釘。

……她輕手輕腳地靠近，躲在一根裸灰的柱子後頭，不聲不響，看著遠處的男人。

他正獨自工作。頭上戴著頂螢黃的安全帽，背對著她，兩手戴著棉手套，用鐵鉗夾起推車裡的一摞磚。他身上套著件發黃破洞的汗衫，汗衫全浸濕了，反覆彎下腰又直起來，隔得遠遠的，她都能感覺到那隻消瘦的胳膊，肌肉正在顫動。

他渾身都在滴水，腳邊一圈水泥地，都被汗液浸成了深灰色。

他推著車，輾過地上細碎的雜物，喀啦喀啦地，動作緩慢，到哪裡停步，地上就開出一片水花。

他蹲下來休息，摘下安全帽，抹了把頭臉，疲倦的五官緊縮在一起，那安全帽成了個水盆，一倒蓋，汗就嘩啦嘩啦掉出來……

小蠻抿著嘴，遲遲沒有上前。遠遠看著許放佝僂著身體，不斷地站起又蹲下，站起又蹲下。

她不知道自己看了多久，忽然之間——就有點難以呼吸。她按著胸口，也止不住體內那絲酸意蔓延。

那個年輕人坐在樓梯上吃便當，忽然聽到身後一陣急忙的腳步聲，趕緊站起來，回頭就發現剛剛的那個女孩正站在背後，面色難看。還沒來得及說話，她就把手裡的塑膠袋硬塞給他，敷衍地說：

「……請你了，別跟他說我來過。」

「那怎麼好意思——」

袋子裡全是涼飲零食，那年輕人有些驚喜，小蠻懶得理他，匆匆下了樓梯，豔陽下，她將兩手插進口袋，頭也不回離開了工地。

20

許放再度察覺到小鑾過分的殷勤與討好。

好比她突然又堅持早起給他做早餐。甚至有天晚上，當他拖著僵硬的軀體回到家裡，洗完澡，她就精神奕奕拿著瓶未拆封的紅花油走過來，指使他趴下，說要給他做推拿……

許放早已見怪不怪。他是過來人，也年輕過，衝動起來也曾說風就是雨，面對她這種三分鐘熱度的習性，只把原因歸於她的年紀，心性不定。

小鑾不顧許放的拒絕，非要給他按摩。她騎在他腰上，架勢有模有樣，吭哧吭哧的，開始在許放身上，恣意地推、拿、捏——搓了起來。她神色認真，回想下午藥房店員教給她的方法，揉起他硬得和石頭一樣的肩膀。

紅花油來來回回地摩擦，滑溜溜的，很快就在皮膚表面上發熱。

像一根根火辣辣的針，刁鑾地往肉底下鑽。

「這裡是膏肓穴，」她開始賣弄起來，「還有這裡，是風池穴——

「你別以為我在瞎掰啊！我問過啦，那藥房的人說，這穴道不僅專治肩頸痠痛，還治頭痛流眼油哩！」

小鑾發現，他的身體遠比他的臉看上去還要年輕。皮膚是赤銅色的。肩膀比腰來得寬，摸上去很光滑。

背脊中央有條深深往下陷的溝，向下延伸到褲子裡，她坐在他腰上，兩隻白皙的手掌撐在他仍富彈性的肌肉上，輕輕往下壓，再緩緩地，沿著那條溝的兩側，一截一截往前推。這個肌膚相親的夜晚，一個提供服務，一個接受服務，自發性的，並不存在買賣關係。整個過程異常寂靜，只有辛辣的氣味在跳躍，繚繞，橫衝直撞，到最後不再只是熱，還發燙了——

許放動了動四肢，啞著聲說：

「……好了，妳下來吧。謝謝妳。」

「才按多久——要按三十分鐘才有效。」

「已經夠了。我感覺好多了。」

小蠻卻不起來。

盯著許放的腦勺，她把紅花油扔到一邊，慢慢地彎下腰，試探地貼上他的背。

他們倆身上都是同一種味道。

隨著呼吸起伏而交融。又嗆又辣。又熱又澀。

許放趴著沒動。小蠻明顯感受到他身體在那一瞬間的僵硬和不自在。可她也沒做什麼多餘的事，只這麼安安靜靜地抱著這個男人。緊靠他。依偎他。

……她想，世上那麼多男男女女，有那麼多種關係，或許正有一種愛意，恰恰就得是在倆個人孤獨的時候才會出現。

她感到一陣顫動的心悸，以及膚淺的甜蜜。

叫她迫不及待，想與他有更進一步的親密關係。

她閉上眼睛，聲音有些虛抖：

「你想要嗎？」

許放沒有反應。

她注視著他凌亂又帶點灰白的髮梢，忐忑又躁動。她輕輕親吻他的耳根、耳垂、還有脖子。這一親，紅花油的刺激讓她的嘴唇跟著發麻。

她忍不住嘶了口氣，就在這時，許放突然翻身，直接把她從背上掀下去。

眼看他要下床，她連忙抱住他的腰，堅決不讓他逃避。

她簡直搞不懂了！哪裡出錯了？世界上居然還有這種男人，三番兩次，她幾乎是捧著自己把肉餵他嘴邊了，他還能不要——

這讓她感到挫敗。急得臉紅了。她問他究竟為什麼。這老古板卻說：「我不是圖妳這個。」

她氣得跺腳。

「我知道，沒關係，我讓你圖！」

「我希望這段關係乾淨一點。」許放認真地說。

她像看絕種動物似的看著許放，胸口起起伏伏，接著開始語無倫次：「你知不知道性對於一個男人和女人來說有多重要？知不知道外面有多少夫妻因為沒有性生活而分開的？……」

她也不知道自己在說什麼，見他笑了，就止住嘴，感到十分羞恥。他輕掰開她的手，又一次在她面前蹲下，專注地看著她。

每次許放這麼看著她，她就有點受不了，彷彿他只將她當做個不成熟的孩子，而不是一個身體發育成熟的女人。

「不做夫妻，做兄妹，一樣可以照顧妳。」

「誰要跟你做兄妹！不要臉！」

她發火了，一巴掌直接甩在許放臉上。

她氣急敗壞把他趕去客廳，只扔給他一條被子，後半夜，她一個人在床上翻來覆去，心火難消，直到天亮都難以入眠。

21

春天很快就過了一半。許放仍然在做工，小鸞卻不願再悶在家裡。

一方面是因為無聊；一面是她對貧窮的未來過度敏感。

她難得思考許多：自己一個人尚且不能忍受拮据的日子，換做倆個人，長此以往，恐怕就要相看相厭。她不願那天太早到來，那只能設法一起改善他們的生活。

……

她瞞著許放偷偷跑出去上班。

這份新工作，還是她跑回世紀星求塗經理幫忙安排的。

她不敢讓許放知道，左思右想，也只能做白天的工作，每天還得在許放下工之前趕回家去。她認為這是「善意的欺騙」，立意是好的，撒謊是為了體貼他身為男人的尊嚴。

她不要臉了。還特地跟塗經理說，工作時間盡量要短、要賺得多的，最好是在下午，做什麼都行。並再三強調：絕不出場。

當時塗經理正跟新招的男服務員打情罵俏，聽完便一臉輕蔑，說：「世界上要有這種工作，老子自己就先上了，還他媽能留給妳？」

小鸞連連陪笑、千拜託萬拜託。差點沒跪下來求了。

塗經理問她是不是從良了，她心中還感到相當溫熱，笑嘻嘻地點頭。

塗經理從鼻子裡哼了一聲：「大徹大悟啦？不容易啊——可別到最後又是遇人不淑。」

「不會了。從前是我鬼迷心竅，可這次不同，我遇到個人……特別好，以後我就跟他了。」

「好人還能讓妳出來賺？」塗經理恨鐵不成鋼地說。

「不是他讓我出來的，他什麼都不讓我幹，說要養我呢，還說要供我回去讀書！他特別穩重，說我還小，還沒結婚，就不跟我上床……」小鑾語氣藏不住驕傲，一邊辯解，還自己添油加醋，越說越多，說到末彷彿連自己都信了似的。

說著說著，又嘆氣：

「我就是看他辛苦……想幫他分擔一點。」

塗經理像看傻子似的看著小鑾，壓根不信。

但到底嘴硬心軟，最後還真給她找了個符合她要求的「外快」。性質跟以前在世紀星跳舞時差不多，下午時段，上台表演「清涼秀」。那間「牛肉場」的老闆是塗經理的朋友，客人比較單純，大多是些年過半百的老頭子。

小鑾千恩萬謝，確定了時間後，二話不說點頭答應。

她特地抽空回麗雀那裡收拾了一袋衣服和化妝品。麗雀早就習慣她的神出鬼沒，把家裡當成賓館，把外頭當作老巢。麗雀一直觀察小鑾的神情，再憑藉自己對這個「冤親債主」多年的了解，便問她是不是又找到下家了？

見她不反駁，麗雀撇了撇嘴，說：「妳還真是我親生的，少了男人妳會死啊？這次又是個什麼貨色？幹什麼的？我告訴妳，男人長得好看不能當飯吃，吃軟飯的不能要，吃毒的也絕不能要，別跟妳那短命姊妹一樣，最後還得連累老娘給妳收屍——」

小蠻不理她。只專注收拾了個大背袋，塞得鼓囊囊的，裡面裝了她這些年嚴密藏在房間各處的「私人財產」，其中不少還是跟著阿雄他們那時所賺取的不義之財，連阿雄都不知道她藏了這麼多東西……

離開前，她看了麗雀一眼，想了想，還是決定告知她一聲。說她這次可能不會再回來了。叫麗雀自己保重。

語氣平靜且認真。

麗雀卻不以為然，直接翻了個白眼。

「這話幾年前妳就說過，這是第幾次了，妳自己算過嗎？」

「這次不同，我遇到一個好人，是真心對我好的……」

「這話妳以前也說過。結果怎麼樣，不用我提醒妳吧——妳啊，就是記吃不記打！我看妳真是要撞見個厲害的，疼死妳，才知道學乖！」

小蠻背上包，毅然決然走下樓梯，後頭麗雀還倚在大門口，對著她的背影喊道：「我勸妳清醒點，就算世上真有那麼好的男人，人家也不可能看上妳這樣的，那要不是腦子有毛病，就是另有所圖——」

小蠻走得很快。

如今她已經找到了依靠。

麗雀往後再不可能傷到她。

她雖是她的女兒，可最終不還是證明了：她做到了麗雀這麼多年做不到的事——她絕不會跟她媽一樣。她比她要強。

小蠻帶著近乎重新投胎的喜悅之情，馬不停蹄回到許放家裡，一刻也不停歇，就又開始在屋子裡四處找地方藏匿自己的「百寶袋」。

她滿頭大汗，連連換了好幾個地方，直到認為隱密無虞，不會被許放發現之後，才好似解決一樁人生大事。她長長地吁了口氣，張開雙臂，仰倒上床，此刻她心跳之快，並不亞於許放為她跳進淡水河的那一夜，甚至就像回到多年前，她第一次離家出走的那晚……

只是那份心境卻是徹底不同的。

她既激動，又徬徨。

既有對前路的不安，更有對於一個男人的奢望。

……她躺在床上，痴痴地看著天花板，心想：以後這裡就算是她的家了。

這個家雖然不面朝大海，也不春暖花開，但這裡有她的男人——

不過幾秒鐘，小蠻已生出無限的妄想，未來在腦海中如火如荼地建構，她慣愛將一切想得最美。蠢有蠢的好處，蠢人最合適談戀愛——就好比小蠻。此時此刻，她的身心乃至於靈魂，已乾淨簡單到只剩下這麼一個男人：彷彿擁有了這個男人，就等於擁有了整個世界。

22

「知道了知道了，晚上我接，你記得跟老闆說要留給我啊——」

昨天打完電話，小蠻就對許放撒了個小謊。說今天要回家一趟，看看她母親，順便拿點東西，可能會晚點回來，也可能會過夜。許放一點懷疑都沒有。

她現在已自詡為女主人，許放家裡空蕩蕩的。她認為應該買台電視，還想要一架新的梳妝台與衣櫃。她還想買支手機。甚至還想跟許放商量，不如退了這間破房子——夏天就要到了，她可受不了沒有冷氣的生活。

想要的東西那麼多，才驚覺生活簡直窮瘋了，處處都要錢。

她自認現在與許放還處在「熱戀期」，一個好女人就該處處為自己的男人著想，她不好意思向他提出諸多要求，顯得自己嫌貧愛富似的。她不介意維護他的「自尊」，畢竟這是她的男人。於是她選擇自己更積極地賺錢。往往許放早上一出門，她後腳就開始洗澡，梳妝打扮，中午還不到，提著包就出門了。

她非常謹慎，兩個多月來，從未露出馬腳。

塗經理給她介紹的工作，她很滿意。錢多事又少。她做兩個禮拜的秀，加上那些老頭猛往她衣服裡塞的小費，可能比許放累死累活搬一個月的磚頭都要賺得多。

她早就在手機行裡物色好了兩支最新的銀色「摩托羅拉」。她讓老闆給她留著貨，一支就要好幾千，她和老闆殺價殺得口乾舌燥，不只要給自己買，還要給許放買。買一對。

她每天清點自己的私房錢，暗暗計畫，準備在不久後，給許放一個禮物。

春天即將終結，城市已經出現稀疏的蟬聲。

她現在已經「充實」地想不起過去，以及去年的這個時候，她人在哪裡、跟誰在一起。她不願意去回想。因為那些過去代表她愛情的失敗，跟許放在一起的每一天，她一分一秒都不願回憶過去。

她醞釀多時，每天撕日曆數日子，親吻口袋裡的鈔票，只為給許放一個終生難忘的驚喜。

23

冥冥之中，那個驚魂之夜，也由一陣瘋狂拍門聲拉開序幕。

開門那瞬，許放幾乎產生一種時空錯亂的暈眩感：眼前那張哭花的臉孔開始扭曲了，恍惚間，他彷彿再次看見那個愛穿白衣服的女孩，往日那些無數撲朔迷離的夢中，這張臉總是青澀，柔弱，蒼白——他想拭去她的眼淚。

抬起手那一刻，許放只感到如釋重負，一陣很久都沒有過的輕鬆……

……門外，小蠻一身藍白水手服，頭髮凌亂，身上斑斑殷紅的血跡。

她臉上的妝全暈了，哭得黑一道白一道，許放門一開，就撲到他懷裡，嚶嚶流淚。她慌得六神無主，顛三倒四地說：完了，我完蛋了，我要死了，我殺人了……

她的皮包落在地上。

百褶裙上有一灘血跡。

她死死抱著許放，如抱著救命浮木，瑟瑟發抖，淚流滿面。

她聲音抖如篩糠，整個人徹底陷入崩潰狂躁的狀態。

一張嘴就和連珠炮似的。說她回家路上突然撞上以前的仇家，那人是吃過毒的，腦子不正常，一見到她，就猛追著不放。對方要搶她錢，她不肯，一急之下，不知怎麼的，拿出包裡刀子就捅了對方一刀，那人一時沒倒下，她又捅了他一刀……

許放抱著她坐在地上，神情鈍鈍地，聽她叨叨的交代，從頭到尾一句話都沒有。

小蠻已經嚇瘋了。

「對不起，我錯了，你別不理我，求求你，別不管我……」

小蠻哭得極其可憐，像個走失找不到父母的稚嫩兒童，許放深深地吐出一口氣，雙手捧起她的臉，仔細一瞧，他的指尖也抖得厲害。

他不過問她為什麼這身打扮，也不問她那個仇家究竟是誰，倆人之間有什麼過往，只啞著嗓子，向她確認：「人死了？妳確定他死了麼？」

小蠻卻聽不見他的聲音。

她鼻涕糊得滿臉，只不停地朝許放道歉、語無倫次地為自己辯解。

直到許放重重打了她一巴掌。她抖了一下，才渾渾噩噩地清醒過來。

許放沉下聲：

「人在哪裡？告訴我。妳跑出來的時候有沒有被其他人看見？仔細想想——」

「我，我……」她支支吾吾，腦中混亂，一下說沒人看見，一下又說好像有人看見。她極度恐懼，牢牢拽著許放粗糙的手掌，試圖獲得一點安心。

想到剛剛阿廣面色猙獰，摀著腹部，臥在血泊裡的樣子，她又忍不住哭出來，失聲說：

「死、應該是死了吧……他都不動了，而且流了好多血……我，我也不知道，他就躺在那兒……我真不知道，我真的不是故意的——」

她第一次在許放面前哭成這樣。

黑色的淚痕在臉上劃過一道又一道，把飛揚的氣焰給澆滅了，取而代之的正是那種孩子式的無助與惶恐。

她滿身冷汗，呼吸困難，緊緊貼著許放。

這個時候，全世界也只剩下這麼一個男人可以叫她信任，她腦子裡已經掠過許多畫面，包括想像自己被警察逮捕，戴上手銬，坐進囚車，送進監牢，然後上報，判死刑……一想到這些她就不堪忍受，彷彿馬上就要發生。

許放問她有沒有受傷。她拚命搖頭，說沒有。她把皮包拉開，一股腦把裡面的東西全倒出來。化妝品、錢包、鏡子、梳子，包括那兩只嶄新的手機盒子，有些已經沾上了零星的血點，很是怵人。

那把匕首是從前阿雄送給她防身用的。

阿雄自己隨身攜帶的那把是個假的。給小蠻的這把卻是真傢伙。這些年她一直帶在身上，也就當個裝飾品，從未有機會派上用場。

她對許放毫無隱瞞，他問什麼，她就答什麼，卻沒敢說之前阿廣毒癮發作強暴過她，當時她確實恨不得那幫人通通去死，才心一橫跑去報警，那晚她人就躲在樓下，親眼看著警察上樓，後面的事她就沒再管過，也沒去打聽。她天真地以為萬事翻篇，誰想到冤家路窄，竟還在外面碰見那賤人阿廣……

她想老天爺肯定在整她。

她就不明白，怎麼每次她想認真做好一件事，最後總會搞砸呢？她明明已經想著要從良了啊！

她恨恨地說：

「我發誓，是他先找我麻煩，真的，我，我就捅了他兩刀——怎麼辦，我……是不是會被抓？

「我，我是不是完了？

「我……

「我不要坐牢！我不想坐牢！我寧願去死——」

她抱住頭，高聲痛哭。

許放制住她，手指耙梳她的頭髮，嗓子乾得猶如荒漠。

他赤手抹去她的淚和鼻涕，一點也不嫌棄，隨後耳語似的，輕聲對她說，「我去看看，妳把刀給我，衣服脫下來，然後進去洗個澡……就待在這，哪也別去，等我回來，知道嗎？」

她死命搖頭，不肯放他離開。

小蠻後悔無比。

她覺得許放可能是害怕了，退縮了。後悔和她這個麻煩在一起了。就像麗雀說的，她掂不清自己的斤兩，現在這個男人終於要「清醒」了。

他要丟下她跑了！

……她眼淚直掉，死活不鬆手。

彷彿只要放他走出這扇門，她就真完了！

「我錯了，我真的知道錯了……

「我們走吧，躲到沒人認識的地方……我有錢……

「我發誓，以後都聽你的話，真的！我們走吧，你帶我走，好不好！」

她跪在許放跟前，尊嚴面子通通拋掉了，她不斷哀求這個男人，無比虔誠、卑微。

許放紅著眼，用力按著她的腦袋，安撫著她：

「不會，妳不會坐牢，

「聽我說，冷靜點——」

他將那把帶血的匕首拿水沖乾淨，反覆擦拭乾淨，然後就插在了自己的褲袋裡。他伸出舌頭，舔拭掉她的眼淚，鄭重地承諾：

「我就去看看。說不定什麼事都沒有。妳在這等我回來，我答應妳，一定回來。」

24

她將自己從頭到尾洗了三遍，換上乾淨的衣服後，就開始收拾東西。她把那個沉甸甸的「百寶袋」翻出來，又收拾出一個行李袋，將自己所有的衣物都塞了進去。

做完這些後，她人就坐在客廳裡，黑漆漆的，連燈都不敢開，等著許放回來。

時間像條苟延殘喘的老狗，匍匐起來要命地虛弱且緩慢。熱水澡留下的餘溫，早已盡數退去。她身上冰涼涼的，不時重重地冷顫，她抱雙腿，啃咬著手指甲，盯著時針走過了十二點。十二點半。一點。……門口始終沒有動靜。

……客廳一點聲音都沒有。

等到凌晨兩點鐘的時候，她的頭髮已經乾了。

她神情木然，格外地麻木與平靜。

她想，許放不會回來了……

她狀若遊魂走回房間，摸黑躺上了床。

黑暗中，她閉上眼睛，顫巍巍地握著刀，將刀尖抵上了左手腕，卻遲遲不敢劃下去。

她哽咽地想：這一刀必須快狠準地劃下去。因為她怕疼，所有的勇氣，可能就只夠劃上這麼一刀，要是一刀不死，一刀不死……

她怨恨地想，要是自己成了厲鬼，她絕不會放過任何一個虧欠過自己的人。她會纏著他們一輩子，叫他們每天吃不好、睡不好，直到向她懺悔、求饒，把自己嚐過的所有痛苦，都要叫那些人一一嚐過一遍。

她想……

她想再等等。

再等五分鐘。要是他再不回來，這一刀她就下去了。絕不猶豫。

她咬著牙，哭濕了臉。她試著輕輕劃了下，離奇的是，並不像她以為那樣疼痛。許久，她又試著劃了一下，漸漸，她如墜夢中——

電燈瞬間大亮。

她手裡的刀被打掉，左臉捱了記火辣辣的耳光。

小蠻愣愣看著許放。心如擂鼓。隨即看向自己的手，胡亂摸了一通，卻發現皮肉光滑，除了幾道刀背壓出的紅色壓痕，什麼傷都沒有。她呆傻傻的，像失了魂一樣。原來她還沒死。他真的回來了！

許放面色難看，又搧了她一巴掌。

她高腫著半張臉，一下哭一下笑，幾乎是深情脈脈地對著他，隨後猛地跳下床，那衝勁，像恨不得將自己撞進許放身體裡去——

25

一輛破得掉漆的摩托車，亮著車頭燈，晃過冷清的街口，穩穩地駛上河橋，在即降破曉的鴨青天色中一路朝北而行，逐漸遠離這座冰冷又無情的城市。

清晨的風涼涼地吹著，小蠻縮在許放背後，頭靠著他骨骼突出的肩膀，一路上聞著他身上的氣味，不安又疲憊。

路上，她問他：

「我們去哪裡？」

「我的老家。」

「你家在哪裡？」

「海邊。」

「喔……」

許放大半夜出去到底做了什麼，又看到了什麼，她一句也不敢多問。許放也不跟她說。他叫她收拾東西，她就收拾東西。讓她拿錢，她就拿錢。叫她走，她就走。歷經這一夜，她像是由內到外真正地安分下來，知道「厲害」了。她已經徹底被許放馴服。許放一個指令，她就一個動作，半點遲疑都沒有。

夏天夜短晝長。蟬聲開始鼓譟。

遙遙紅日漸漸浮出。她緊摟著許放的腰，頭髮被風吹亂，熟悉的街景正在後視鏡裡，漸漸縮小乃至消失。

也許是做賊心虛，一路上，她都不怎麼願意把整張臉抬起來，半張臉藏在外套裡，只偶爾抬起往周遭瞄上一兩眼。

屬於城市樓房越來越稀疏，天色逐漸翻亮，她看見馬路兩側，有高大的鐵網，以及連綿的不知名的青山。環山而建的鬼屋似的別墅。以及高高聳立的焚化爐。……

不知過了多久，路上開始有稀疏的、三三兩兩的貨車、公車。

不遠處的河面上有零星的漁船，劃出一道道的水波。

他載她到淡水附近的一處公車站停下。

倆人各自背著行囊下車，這個時間，車站已有不少乘客。有男有女。有拖著菜籃精神矍鑠的老人。還有背著書包昏昏欲睡的學生。公車一班接著一班靠站，車屁股噴出一股黑氣，又再度駛遠。

他和她並肩坐在椅子上。兩隻手牢牢地牽著。

等車的過程中，誰都沒有一句話，直到車站又剩下他們倆個人。

在這段空檔，許放低聲囑咐她自己先走。把小蠻嚇了一大跳。

他說，仔細想想，昨晚還是走得太匆忙，有些東西還沒處理掉，他覺得不放心，也不安全。

小蠻不願意，表示要跟許放同進退，要走一起走。可許放異常地強勢，他臉一拉下來，小蠻就怕了，諾諾地不敢再說。

他不放心，又重新叮囑一遍，「等等妳上了車，就直接搭到最後一站。下車後，對面應該有兩間民宿，是面著海的。現在是淡季，平時附近沒什麼人，妳可以先住進去。記得把錢貼身收好，省著點用……」

小蠻面色陰鬱，沉默不語。

天空越來越亮。

陸陸續續又有乘客走到車站，一旦有人來，許放就不再說話。

這班車一共等了三十一分鐘。排隊上車時，他們倆拖拖磨磨排在最後。前頭那一聲聲鏗鏘的投幣聲，震得小蠻心神不寧，快輪到她時，她才忽然想起什麼來，急忙忙地翻起了背袋。將那盒手機從行李袋裡掏出來，匆匆地拆了封，塞給許放。

一夜沒睡，她臉色不好，白裡泛青。她支支吾吾地說：

「這個……昨天本來想給你一個驚喜，是我自己存錢買的……

「我們一人一支，一模一樣的。我的號碼已經幫你存進去了。我會打給你，你記得接，好不好。」

許放拿著手機，嗯了聲。

上車時，小蠻腳步猶疑，一步三回頭的。在司機要關門時，她突然大叫一聲。

「等一下——」

她背著兩只行李袋站在階梯上，呼吸急促，看著車門外的許放，伸出手抓住他，惶惶不安地說：「要不我還是跟著你吧。等你弄完了，我們再一起走，好不好？」

許放搖頭。

她咬著下唇，只好再次向他確認：

「你真的會來找我嗎？」

「嗯。」

「那你什麼時候來？」

「過兩天。」

她沒問過兩天是幾天，只一股勁地盯著他，眼中是濃濃的依賴：

「那我等你。」

「嗯。」

「我相信你，你從來沒有騙過我。」

「……」

「你要來的時候記得給我打電話。電話我存好了，到時候我去站牌前等你，你要記得……」

司機開始不耐煩地催促，小蠻回頭看了一眼，許放笑了笑，也催她上車。

「上去吧，找位子坐好。多想點開心的事，路上瞇一覺，醒來差不多就能看到海了。很漂亮。」

「那你弄完趕快過來，」她慢慢放開手，說，「我等你。」

車門關上後，她找了靠窗的位子坐下，打開車窗看著許放，幾乎要把整張臉都探了出去。

那天早晨，她穿著件鬆垮垮的黑色上衣，洗盡鉛華，唇色發白。黑色的瀏海被風吹得亂七八糟，眼珠子一眨一眨的。在早晨微光中，她臉上隱約可見一層極細的絨毛，看上去就像個十六七歲的小姑娘，涉世未深，很是稚氣，對這個殘酷的世界充滿了不安。

公車駛動時，她在車上紛亂地朝許放揮手。早晨六點多，太陽已經升得很高，空氣中掀起一波熱浪。

頭頂上的藍天，像被淘洗過的一樣，萬里無雲，潔淨無比，映得整條淡水河也跟著清澈起來，閃爍細碎的金光。

辛勤的人們已紛紛出籠。碼頭上，船隻出港，孩子上學，野鴿紛飛。她也終於離開了這座傷人的城市。

許放站在原地，目送那台公車不緊不慢地穿過路口的綠燈，駛入盡頭茫茫的金色光影裡，直到車和人都徹底消失在模糊的視線之中。

他背著行李袋，獨自漫步到碼頭。

這個時間，岸邊的老街依舊冷清，旁邊的觀音廟已經捻開了第一枝香火，銅鑄的爐頂白霧繚繞，餘下的飯館、攤販、電動廳、紀念品店，皆是大門深鎖，成群的野狗窩在屋簷下酣睡，鹹風陣陣，吹動了那些貝殼、海螺風鈴，沿路叮叮噹噹地響著。

許放坐在岸邊抽菸，一陣電話鈴聲忽然響起。

他許久才反應過來，是口袋裡那隻手機在響。

電話斷了，不出幾秒又迫切地響起來。

綠色的小螢光幕，黑色的字體一閃一閃，來電顯示的名字是：**老婆**。

……他按下接通，就聽見了小蠻略帶埋怨以及緊張的聲音。

「怎麼那麼久才接啊？」

「……」

「是不是不太會用？其實很簡單的，盒子裡有說明書，你翻翻就會了……先學接電話打電話吧，等你過來，我再教你怎麼發簡訊。」

「……」

「你……怎麼不說話？」

「……」

一陣長久的沉默，她似是下定決心：

「我，我是想跟你解釋……

「我騙了你。這陣子我其實一直偷跑出去上班。但我真的沒做以前那行了，就是朋友那裡剛好有缺，我……只是去做服務生。

「我看你每天那麼辛苦，覺得很難受，才想著多少賺點錢，能讓我們都好過一點。我知道你對我好，我也想對你好的……

「對不起，你能不能原諒我？」

那頭，一直等不到許放的回應，她開始哽咽。

「你生氣了嗎？我跟你道歉，真的，我發誓……以後絕不再跟你說謊了，你相信我。以後我都聽你的。你要是希望我去讀書，我就回去讀書。以前那些人，我一個都不再聯絡了，好不好？」

「嗯。」

「那，你能原諒我嗎？」

「嗯。」

「……謝謝，你真好。我愛你……」

「……」

遙遙的河口之外，有幾隻輪船，從碼頭望去只有指腹大小，黑點似的，極其緩慢地在海平線上移動著。大片的海鳥自藍澄澄的天頂上劃過，不知道在哪一個瞬間，遠處那些黑點就不見了。

海潮輕輕拍打，他將老獄警給他的平安符點火燒了，隨後將打火機塞到空菸盒裡，捏在手心裡把玩，紅符袋在火光中慢慢蜷曲，融成焦黑一團，散發出一股臭氣，他揚起手，將菸盒撲通一聲扔到了黑綠色的河水中。

……電話一直沒斷。

小蠻不想掛電話。沿途拚命找話跟他說。匯報自己到了哪一站。她說天氣很好。天空很藍。陽光很好。筆直的公路看不見盡頭，延綿不斷的綠樹，鬱鬱蔥蔥的，有矮房，有青山，有瓜田。路邊還有許多頭戴花布的老太太在賣風箏。

她說，她從小到大都沒放過風箏。以前小時候看見別人家的家長帶孩子玩，她都很嫉妒。說她還沒去過海邊。等他過來找她後，她要下去游泳……

她一路說，陽光曬得手機都有點發燙。

……

許放一直看著河面的倒影。

只隱約看見一個衣著灰敗，面目模糊的中年男人，在明媚的岸邊，踽踽獨行。

許多遙遠的、他以為自己這輩子再不會想起來的記憶，在這一刻，又一次逆流回眼前。

二十多年前，那個海闊天空的早晨，有個少年光腳偷車，意氣風發地扎進了那條荒涼蔚藍的公路，從此一去不復返。他不記得自己是怎麼來到這個世界上的。也不記得曾經愛過自己的父母，或者被父母愛過。他無牽無掛，自由自在，想去哪裡就去哪裡，想跳海就跳海——

他叫許放，也許的許，放浪的放——

彷彿在昨天，他還是那頭初生之犢，上天下地，對這個世界無所畏懼。
曾經他就是整個花花世界。
如今只是這個世界裡的一個渺小人物。
他曾經犯過一些錯誤，也和一個女孩永遠錯過。
如果可以，他想重新回去……
回到那一年，或許他不會再去偷那輛車。
回到那一年，他也許不會打開那扇門。
回到那一年，就算用騙的，他也會認真對她說聲我愛妳……

「哎，我看見海了！」她驚呼。
「以後，」他輕聲說。
「等等，我開窗，給你聽聽海浪的聲音——你聽——」
「……以後，好好保護自己，再遇到男人，別那麼傻了……」
「你聽見了嗎——海好藍啊——」
「別像她一樣……」
「喂？你有沒有聽見？你快點來找我好不好，我有點等不及啦……
「唉，沙子飛進我眼睛裡啦——」

一隻手機隨著行李袋陡然砸破平靜的淡水河，噗咚一聲，把河面上的人影給蕩糊了，驚起一片墨綠水花，咕嚕嚕的，幽幽沉入垃圾滿布的河水裡，岸上人來人往，河海映著天空，天空之上，還是天空……

小蠻揉著刺痛的眼睛，淚水直流。看著黑下去的螢幕，她拔掉電池，換上盒子裡的另一塊。按了好幾下，才發現這塊也是沒電的。

她心中一陣沮喪，氣得跺了下腳。

鐵皮公車搖搖晃晃，那顆沙子還堵在眼皮裡，扎人得很。握著毫無反應的手機，這時忽然被車窗外的景色吸引了注意，她眼睛一亮，疲倦瞬間隨著眼前廣袤蔚藍的流體一掃而空。

她還沒見過海呢！

毫無建築物的遮擋，那是一片綿長蜿蜒的海岸線，藍色的流體看似無窮無盡，蕩漾著透明的金光。

她忍不住把頭伸出窗外，在豔陽底下瞇起了眼。

突然而然，她感到一陣愚蠢的幸福，幸福得叫她想哭，也說不清是什麼緣故……

公車直直前行，不遠處，輕柔的白浪一波一波推上沙灘，像情人的眼淚，劃過愛人的臉。

沙灘上，大人們正帶著孩子高放風箏。

他們在踏浪，嬉戲，追逐。

……她仰起了頭，朝天空深深吸氣，依稀記得那日……

碧海藍天，陽光燦爛。

——全文完。

曾經他是整個花花世界

作　　者：台北人
責任編輯：李佩璇、柯惠于
責任企劃：劉凱瑛
主　　編：劉璞
副總編輯：林毓瑜
總 編 輯：董成瑜
發 行 人：裴偉

裝幀設計：蔡南昇
內頁排版：宸遠彩藝

出　　版：鏡文學股份有限公司
11070 台北市信義區東興路 45 號 4 樓
電　　話：02-6633-3500
傳　　真：02-6633-3544
讀者服務信箱：MF.Publication@mirrorfiction.com

總 經 銷：大和書報圖書股份有限公司
242 新北市新莊區五工五路 2 號
電　　話：02-8990-2588
傳　　真：02-2299-7900

印　　刷：漾格科技股份有限公司
出版日期：2020 年 02 月 初版一刷
I S B N：978-986-98373-5-4
定　　價：360 元

國家圖書館出版品預行編目 (CIP) 資料

曾經他是整個花花世界 / 台北人著.
-- 初版. -- 臺北市 : 鏡文學, 2020.2
304 面 ; 14.8×21 公分 . -- (鏡小說 ; 27)
ISBN 978-986-98373-5-4(平裝)

863.57　　108023109